Née sur la côte Est des États-Unis, près de Newburyport, Danelle Harmon a écrit une dizaine de livres dont la série des Montforte. En 1994, elle rencontre sur Internet celui qui allait devenir son second mari. Comme il était anglais, elle n'a pas hésité à traverser l'Océan, malgré son horreur de l'avion, pour le rejoindre. Après avoir habité une charmante petite ville près d'Oxford, ils vivent maintenant dans le Massachusetts. Admirée par les plus grandes auteures de romance, dont Julia Quinn et Susan Wiggs, elle a malheureusement cessé d'écrire en 2001 suite au décès de son père.

Le diabolique

Du même auteur
aux Éditions J'ai lu

LA SAGA DES MONTFORTE

1. L'indomptable N° 8783
2. Le bien-aimé N° 8831
3. L'intrépide N° 8891

DANELLE

HARMON

LA SAGA DES MONTFORTE - 4

Le diabolique

ROMAN

Traduit de l'américain
par Nicole Hibert

J'AI LU

Titre original
THE WICKED ONE

Éditeur original
Avon Books, an imprint of HarperCollins Publishers, New York

1

Blackheath Castle, comté du Berkshire, Angleterre, hiver 1777

Il approchait.

La chambre était plongée dans une pénombre inquiétante. Malgré les épais murs de pierre séculaires, on entendait la bise cingler les tours du château. La flamme de l'unique bougie vacillait, en butte aux courants d'air qui réussissaient à se couler dans les interstices des fenêtres à petits carreaux.

Elle n'aurait su expliquer comment, mais elle sentait sa présence – il était arrivé. Il serait bientôt là.

En dépit des hurlements du vent, des battements frénétiques de son cœur, elle percevait un bruit de pas.

C'était lui.

Il montait l'escalier en colimaçon qui menait à ses appartements, en haut de cette tour.

Elle eut un léger tressaillement ; son pouls s'accéléra encore. Assise au bord d'un imposant lit en chêne sculpté, les jambes croisées, les pans de sa jupe déployés autour de ses hanches, elle était sur le qui-vive. Chacune de ses sensations lui sembla soudain plus intense : l'air froid sur sa peau, les draps de lin qui effleuraient ses mollets, le tapis de laine sous ses pieds nus, la façon qu'avait la flamme de la bougie, sur la table de chevet, de s'étirer, de frissonner – comme elle, impatiente et craintive.

Elle caressa la crosse de son pistolet, rassurée par le poids de l'arme dans sa paume. Retenant son souffle, elle se tendit, pareille à une chatte prête à bondir sur sa proie.

Il serait là d'une minute à l'autre...

Ne se doutant de rien, le maître des lieux gravit les dernières marches, son pas lourd couvrant à présent le sifflement aigu du vent – son complice depuis qu'elle s'était, à l'aide d'une corde, hardiment lancée à l'assaut de la tour et avait enjambé le parapet, puis le rebord de la fenêtre. Les murailles qui avaient obstinément résisté aux canonnades de la guerre civile et aux assiégeants du Moyen Âge n'avaient pas empêché une femme déterminée et en colère de pénétrer dans la forteresse.

Car rien ne la détournerait de sa mission. Elle était venue dans un but précis et ne repartirait pas bredouille. Cet homme l'avait déjà flouée une fois. Ses diaboliques manigances avaient failli lui coûter sa position à la cour de France et sa réputation dans les cercles américains de Paris – ceux qui s'employaient à obtenir le soutien de la France dans la lutte pour l'indépendance de l'Amérique.

Elle s'était donné beaucoup de mal pour occuper le devant d'une scène politique exclusivement masculine, et il s'en était fallu de peu que le maître de ce château anéantisse ses efforts. Il était temps de lui rendre la monnaie de sa pièce.

C'était un adversaire à sa mesure – un remarquable duelliste, le plus redoutable du pays, prétendait-on. Depuis son plus jeune âge, il faisait l'admiration de ses pairs, jeunes ou plus âgés. Il avait apparemment joué un rôle dans le réseau d'espionnage britannique qui opérait en France, or il était notoire que les espions anglais avaient toujours plusieurs longueurs d'avance sur leurs homologues américains. Jamais une personne saine d'esprit n'aurait eu l'idée de se dresser contre le duc de Blackheath, surtout maintenant qu'il était au sommet de son pouvoir...

Un sourire félin erra sur ses lèvres tandis qu'elle serrait amoureusement son pistolet. Cette fois, il ne sortirait pas vainqueur de leur joute. Oh, non ! Parmi ses atouts, outre la supériorité intellectuelle de la gent féminine, elle pourrait compter sur l'effet de surprise.

Il s'arrêta derrière la porte.

Plissant les paupières, elle pointa son arme vers le battant. Le sang bouillonnant dans ses veines, les yeux rivés sur le loquet qui se soulevait lentement, elle saisit la fiole qu'elle avait volée. Puis elle se représenta mentalement sa cible : la poitrine du duc.

La porte tourna silencieusement sur ses gonds, un rai de lumière se faufila dans la chambre obscure. Dehors, le mugissement du vent devint soudain omniprésent. L'imminence du danger lui mettait les nerfs à vif.

Il était là, un bougeoir à la main. La lueur d'une torche murale, dans son dos, éclairait sa haute silhouette.

Elle se figea, le doigt sur la détente. Malgré elle, elle ne put s'empêcher de le trouver superbe.

Il avait toujours le visage impassible dont elle se souvenait. La flamme orangée de la bougie soulignait ses pommettes saillantes, ses lèvres charnues et bien dessinées, son profil de médaille, son nez droit et fin, son front noble. Ses cheveux se fondaient dans la pénombre – pas de poudre ni d'onguent sur ces épaisses mèches noires et ondulées, retenues par un ruban de velours sur la nuque.

Il l'observait fixement, tel un cobra prêt à attaquer.

La flamme chétive de la chandelle s'épuisait vainement à conférer un semblant de douceur à son visage austère et implacable. La minuscule langue de feu renonça et rendit l'âme. Semblable à une larme, de la cire fondue coula sur le bougeoir.

— Votre Grâce, je vous attendais, dit-elle avec un sourire fielleux.

Elle montra la fiole d'aphrodisiaque, et, d'une voix étrangement calme, ajouta :

— J'ai trouvé ceci dans votre coffre-fort. Et comme je n'ai pas droit à une autre erreur, vous allez le tester avant que je m'en aille – que cela vous plaise ou non.

Pendant un long moment, il resta de marbre. Impossible de deviner ce qui se tramait dans son esprit. Puis ses lèvres esquissèrent un imperceptible sourire tandis qu'il s'avançait vers le lit.

Vers elle.

Comme obéissant aux ordres du maître, la porte se referma doucement derrière lui. La jeune femme arma son pistolet. Le funeste cliquetis du chien n'empêcha pas le duc d'approcher. Dans son regard, il n'y avait pas la moindre lueur d'appréhension.

Une lavallière blanche, pareille à une cascade mousseuse, accentuait encore son charme ténébreux, sa morgue, l'ombre de barbe qui noircissait ses mâchoires. Il avait les cuisses musclées d'un cavalier chevronné. Des bottes de cuir maculées de boue moulaient ses longues jambes. Son maintien était sans conteste celui d'un homme qui avait l'habitude d'être obéi.

Incrédule, elle le vit déboutonner lentement son gilet.

Quelques mètres seulement les séparaient à présent, et cette distance diminuait de seconde en seconde. La jeune femme sentit que, sur la crosse du pistolet, sa main devenait moite.

Ses yeux se plissèrent. Elle avait une envie folle d'appuyer sur la détente, de lui trouer la poitrine pour le punir d'avoir, à force de ruse et de fourberie, terni sa réputation. Mais, indifférent au pistolet, il s'immobilisa près du lit, ôta son gilet et le posa soigneusement sur le dossier d'un fauteuil.

— Eva de La Mourière, dit-il enfin d'une voix de velours. J'espérais bien vous revoir un jour.

— Je vous assure, Blackheath, que c'est la dernière fois que vous me voyez.

— Et vous allez tout me montrer de vous, n'est-ce pas ? Ah, la nuit nous promet bien des délices…

Le petit sourire d'Eva s'évanouit, ses cils voilèrent l'éclat dangereux de son regard. Il la provoquait, et elle avait une sainte horreur de cela.

Lui tournant le dos, il se campa devant une grande psyché. Il y observa le reflet d'Eva, jaugea sa réaction tandis qu'il dénouait sa cravate avec une lenteur exaspérante.

— Alors, Blackheath… susurra-t-elle. Déciderez-vous de me compliquer la tâche ou de coopérer ? Vous avez le choix.

Il releva le menton pour achever de dénouer sa lavallière.

— J'avoue, ma chère, que je suis tenté…

Par le truchement du miroir, il étudia les seins de la jeune femme, la courbe de ses hanches. Visiblement, il cherchait à la désarçonner… et il y réussissait, car un frisson inopportun la parcourut.

— Je précise que vous avez le choix entre ceci – elle leva la fiole – et cela – elle désigna le pistolet, dont le canon était toujours braqué sur la poitrine de Blackheath. Personnellement, si je n'étais pas obligée de tester sur vous l'aphrodisiaque, je vous tirerais une balle en plein cœur sans hésiter.

— Vous ne gaspilleriez pas une balle pour moi, voyons.

— Ne jouez pas au plus malin, Blackheath. Vos manigances m'ont coûté très cher. Je suis venue me venger.

Lorsqu'il haussa un sourcil amusé, elle dut fournir un effort surhumain pour ne pas le tuer sur-le-champ. Elle darda un regard flamboyant sur son reflet dans la psyché.

— Ce n'était pas le véritable aphrodisiaque que vos frères transportaient la nuit où je leur ai tendu une embuscade, près de Maidenhead. Vous leur aviez remis un produit de votre cru. Résultat, j'ai volé une potion qui a rendu le roi de France affreusement malade. Il a manqué de mourir !

Elle déglutit, luttant pour maîtriser sa rage.

— Vous avez failli ruiner ma vie !

Il tira sur la longue bande de soie blanche, la faisant glisser sur son cou, et l'agita entre le pouce et l'index.

— *Moi,* je vous aurais contrainte à commettre un vol ? Et que faites-vous de votre libre arbitre, milady ?

— Vous m'avez ridiculisée, Blackheath. Je vous garantis que vous me le paierez.

— Eh bien, que cela vous serve de leçon, répliqua-t-il en haussant les épaules. Après tout, le brigandage est passible de la potence.

— Le meurtre d'un pair d'Angleterre l'est également, mais sachez que la mort ne m'effraie pas. Bon, trêve de bavardages. Déshabillez-vous. Mmm… non, j'ai une meilleure idée. Contentons-nous du pantalon. Je doute que l'affaire s'éternise.

— Je vous demande pardon ?

— Vous avez très bien entendu.

— Très chère…

Toujours tourné vers le miroir, il sourit à Eva avec une condescendance qui la hérissa. Elle l'aurait volontiers étranglé.

— … précipitation et plaisir ne font pas bon ménage.

— Je ne suis pas ici pour prendre ou donner du plaisir, surtout pas en compagnie d'un cadavre – car je vous certifie que vous ne serez plus que de la viande froide si vous avez le toupet de vous permettre des privautés avec moi. Non, Blackheath. Je suis là uniquement pour m'assurer que, cette fois, je détiens le véritable aphrodisiaque et qu'il possède les vertus qu'on lui prête.

Il la fixait de ses yeux noirs, fascinants, magnétiques, au-dessus de sa bouche au pli moqueur.

— Quelles vertus ?

— Cette potion a, paraît-il, le pouvoir d'envoûter celui qui la boit.

Le sourire du duc s'élargit. Il jeta la lavallière blanche, qui voleta un bref instant dans la pénombre avant de rejoindre le gilet sur le fauteuil.

— Ah… eh bien, envoûtez-moi, dit-il d'une voix caressante.

Eva eut l'impression qu'une coulée de lave se répandait dans ses veines. Le souffle lui manqua, son cœur s'emballa de manière inquiétante. Elle était venue jusqu'ici pour voler l'aphrodisiaque, humilier cet homme… mais l'idée de le séduire et, mieux encore, de le dompter, avait quelque chose de grisant. Ses yeux calculateurs s'attardèrent sur le triangle de peau que dévoilait l'ouverture de sa chemise au bas de son cou, puis glissèrent sur son torse. Elle l'étudia ainsi que les hommes détaillaient les femmes depuis la nuit des temps. Objectivement, il était attirant.

Non, se sermonna-t-elle. Elle n'obéirait pas aux pulsions charnelles qui, parfois, s'emparaient d'elle. Pas question de lui donner cette satisfaction. Qu'il la convoite, d'accord ; qu'il la haïsse, à la rigueur, mais il ne la posséderait jamais. C'était elle qui décidait.

Toujours face à la psyché, Blackheath entreprit de déboutonner sa chemise. Elle eut une bouffée de chaleur en voyant apparaître ses épaules nues et la peau lisse sous laquelle roulaient ses muscles.

Il se déshabillait tranquillement, comme un mari en présence de sa femme – alors qu'il se tenait devant celle qui était prête à le tuer.

Seigneur ! Il était magnifique. La chemise se balançant au bout de son index, il couvait Eva d'un regard plein de promesses.

— Et maintenant, très chère ?

— Tournez-vous face à moi et enlevez ce pantalon, dit-elle sèchement, mue par l'envie de l'humilier. Que je voie si le reste est à la hauteur de ce que vous m'avez montré jusqu'à présent.

Il ne broncha pas.

— Je vous ai demandé de retirer ce pantalon. De gré ou de force, vous boirez cette potion, et votre corps me prouvera s'il s'agit ou pas de l'authentique aphrodisiaque. Ensuite, je l'administrerai à un personnage infiniment plus important que vous.

Il poussa un soupir théâtral.

— Dans ce cas, ce petit… exercice n'a aucun intérêt, murmura-t-il en lâchant sa chemise, qui s'accrocha un quart de seconde au fauteuil avant de tomber sur le plancher.

Il ne se baissa pas pour la ramasser. Il ne daigna pas non plus se retourner, comme s'il se moquait du danger qu'il courait. Son indifférence attisa la fureur d'Eva – une colère suspecte, car il s'y mêlait du trouble.

— Vous comprenez, rentrer chez soi et trouver sur son lit une belle étrangère… tous les hommes en rêvent. Vous regarder, madame, songer que vous serez bientôt mienne me met dans un état d'excitation que je ne saurais décrire. Je vous pose donc la question : à quoi bon recourir à un aphrodisiaque, alors que je vous désire déjà ?

Eva ravala un juron, ce qui fit naître un sourire malicieux sur les lèvres de Blackheath.

— Si vous tenez tant que cela à vérifier l'efficacité de cette potion, je vous conseille de l'administrer plutôt à l'une des statues du hall d'entrée.

Eva sentit ses traits se figer.

— Ou bien, enchaîna le duc sans se départir de son ironie, buvez-en vous-même. Après tout, vous ne semblez pas enthousiaste à l'idée de partager ma couche. L'aphrodisiaque vous sera plus utile qu'à moi. Quoique…

Il laissa planer un silence lourd de sous-entendus. Puis il ajouta :

— … quoique je sois certainement capable de vous faire oublier vos réticences. Oui, décidément, nous n'avons pas besoin d'aphrodisiaque.

Ce fut la goutte d'eau qui fit déborder le vase. Eva se redressa d'un bond et, en deux enjambées, fut derrière Blackheath. Elle lui enfonça le canon du pistolet à la base du crâne. Se hissant sur la pointe des pieds pour lui parler à l'oreille, elle sentit l'odeur métallique de son arme, de la mort.

— Ma patience a des limites, murmura-t-elle. Vous en venez à notre affaire, oui ou non ?

À peine eut-elle prononcé ces mots qu'elle bascula brutalement en arrière et se retrouva étendue sur le dos, écrasée sous le poids de Blackheath, haletante, les bras cloués sur le matelas. Il l'y avait projetée à la vitesse de l'éclair.

Stupéfaite, le cœur battant à tout rompre, elle le dévisagea. Le duc avait gagné.

Dans les yeux noirs de son ennemi, elle lut à la fois un avertissement, une menace… et la même faim qu'elle éprouvait, tout en refusant de l'admettre. Il approcha sa bouche de la sienne, mais elle détourna vivement la tête.

— Savez-vous ce qu'on dit des femmes qui jouent avec le feu ?

— Détrompez-vous, je ne joue pas.

— Oh, je n'ai vraiment pas de chance.

— Ce n'est pas un jeu, Blackheath, marmonna-t-elle entre ses dents, le regard rivé sur la fenêtre près de laquelle l'attendait son sac de toile.

Elle s'était faufilée par là. Elle ressortirait par le même chemin.

Un frisson la parcourut quand les chaudes lèvres du duc effleurèrent son menton, enflammant ses sens, sapant sa détermination.

— Mais si, milady. Et je puis vous assurer qu'à ce jeu-là, je suis le plus fort. Pourquoi ne pas vous détendre et vous accorder un peu de bon temps ?

— Comment apprécier les attentions d'un malotru qui a failli détruire tout ce que j'ai construit ? riposta-t-elle. C'est vous qui avez échangé les fioles, avouez-le !

— Volontiers. Il était nécessaire de mettre cette potion en sûreté. Mon frère Andrew a un tempérament fougueux. Je ne pouvais pas laisser entre ses mains un bien aussi précieux – le premier aphrodisiaque jamais créé – même s'il en est l'inventeur. Je voulais qu'il rentre chez lui convaincu de détenir le produit authentique. Vous êtes également tombée dans le piège. En outre, je ne suis pas mécontent d'avoir entravé vos plans séditieux.

— Je suis américaine, répliqua Eva. Ce que vous estimez séditieux, vous autres Anglais imbus de votre importance, est pour mes compatriotes et moi-même simplement patriotique !

— Ma chère petite, quand les Yankees finiront-ils par accepter que l'Amérique n'est pas un pays mais un ensemble de colonies ?

Eva tremblait d'indignation. Elle tenta de se dégager, en vain. Il lui desserra les doigts pour s'emparer de la fiole et la poser sur la table de chevet, hors d'atteinte, hors d'état de nuire. Si seulement elle avait pu bouger un genou, elle l'aurait balancé dans l'entrejambe de Sa Grâce, avec toute sa vigueur, lui ôtant probablement tout espoir d'engendrer jamais le sixième duc de Blackheath.

Il se redressa pour la contempler d'un air triomphant, tel un fauve admirant sa proie avant de la dévorer. Il lui saisit délicatement le menton pour l'obliger à soutenir son regard.

Étrangement, un désir ardent flamba en elle. Ses seins pointèrent sous sa fine chemise de soie. Et malgré sa robe, ses jupons et son pantalon, elle sentit la protubérance qui tendait le pantalon du duc.

Réfléchis, Eva. Vite !

Le pistolet.

Elle tenta de lever un bras. Il avait hélas anticipé son geste, car il le bloqua aussitôt. Du pouce, il dessina de petits cercles sur la face interne du poignet d'Eva, doucement, jusqu'à ce qu'elle lâche prise, jusqu'à ce qu'elle oublie même l'existence du pistolet. Puis, portant la main d'Eva à ses lèvres, il déposa un baiser sur chaque doigt et murmura :

— Venons-en à ce qui vous amène ici, milady. Voulez-vous poursuivre cette entreprise de… séduction, ou préférez-vous rentrer chez vous comme une gentille petite fille ? Il ne nous restera plus qu'à imaginer ce qui aurait pu se passer.

À présent, il explorait du bout de la langue l'espace fragile entre les doigts d'Eva, provoquant en elle de délicieux frissons. Malgré elle, son corps réclamait des caresses plus hardies. Elle chercha au tréfonds de son être les vestiges de sa colère, mais n'y trouva que du désarroi.

De la peur.

Elle lui décocha un regard torve. Si les yeux étaient bien le miroir de l'âme, ainsi qu'on le prétendait, alors celle de Blackheath était un puits sans fond. Un lac d'encre. Toujours à ses effleurements, il titilla la paume d'Eva du bout de la langue, avant de l'embrasser.

« Regarde-le droit dans les yeux ! se tança-t-elle. Il ne faut surtout pas qu'il se rende compte de la manière dont ton corps, ce traître, réagit, ni qu'il devine la terreur que cela t'inspire ! »

Mais il n'était pas dupe. Elle le comprit au sourire satisfait qui fendit son visage. Il lui effleura la lèvre inférieure, et elle craignit de fondre, littéralement. Il était le maître. À ce jeu de la séduction dont elle était l'instigatrice, il était effectivement le plus fort, et elle voyait la défaite poindre à l'horizon.

Les paupières mi-closes, la mine langoureuse, il l'embrassa.

Ce fut plus fort qu'elle, elle noua ses bras autour de son cou. Oh, c'était si doux ! Leurs bouches qui s'épousaient, leurs souffles qui se mêlaient, l'exquise chaleur qui la consumait peu à peu...

Poussant un soupir, elle se cambra pour se coller contre le membre tendu de son compagnon.

Prends-moi...

Il s'arracha à leur baiser, fit courir sur la gorge d'Eva ses lèvres qui laissèrent sur sa peau un sillon de feu. Passant une main sous son corsage, il attisa son désir en jouant avec le mamelon dressé sous la fine étoffe de la chemise. Ô Seigneur... Qu'un homme ait le dessus lui était intolérable !

De nouveau, la peur fit brusquement irruption. Haletante, Eva détourna le visage.

— J'ai changé d'avis. Laissez-moi me relever, Blackheath, ou vous le regretterez.

— Si je vous laisse vous relever, nous le regretterons tous deux.

— Je vous aurai prévenu !

— Oui, oui…

Tout à son entreprise de conquête, il ne remarqua pas la dangereuse étincelle dans les yeux émeraude.

— Blackheath…

— Mmm… à propos, puisque nous en sommes aux avertissements, il est temps pour moi aussi de vous mettre en garde.

— Pardon ? s'exclama-t-elle, regagnant un peu de son insolence. Vous voulez me dissuader de pénétrer dans l'antre du grand méchant loup, le redoutable duc de Blackheath ?

Il tressaillit et darda sur elle un regard de prédateur – froid, noir, implacable.

— Si vous vous avisez de vous en prendre à un membre de ma famille, je vous retrouverai. N'importe où, fût-ce au bout du monde. Et à ce moment-là, je vous certifie que votre vie sera irrémédiablement anéantie.

Ces mots la glacèrent. Ses oreilles se mirent à bourdonner.

— J'ai beau admirer votre ingéniosité, enchaîna-t-il, les moyens que vous avez utilisés pour voler l'aphrodisiaque sont à mes yeux méprisables. Vous avez probablement une haute opinion de vous-même, mais permettez-moi de vous dire qu'il n'y a pas de quoi se vanter d'avoir manigancé pareille embuscade. Mes frères auraient porté secours à n'importe quel voyageur prétendument en détresse. Et, pour couronner le tout, vous avez assommé Charles et l'avez abandonné inconscient dans le fossé – ce sont là des méthodes dignes des plus infâmes hors-la-loi. Vous auriez pu le tuer.

Le regard de Blackheath se fit plus perçant encore.

— S'il n'avait pas agi avec sang-froid, vous auriez pu tuer également Andrew. Vous me connaissez mal, milady. Sachez que je suis impitoyable envers ceux qui osent menacer ma famille.

Dans un sursaut de fierté, Eva saisit la main de Blackheath, qui n'avait pas cessé de lui titiller le sein, et la serra entre ses doigts comme dans un étau.

— Si votre famille n'a pas l'intelligence d'éviter les routes de campagne la nuit, elle n'a eu que ce qu'elle méritait.

— Et vous, ma chère, si vous n'êtes pas assez maligne pour vous tenir éloignée de la chambre d'un homme, vous n'aurez, vous aussi, que ce que vous méritez... et ce que vous semblez désirer.

Hors d'elle, Eva chercha à tâtons le pistolet, sans réussir à le récupérer. Il était entortillé dans les draps de lin. Tout semblait se liguer contre elle.

— Que diriez-vous si nous cessions de bavarder pour continuer notre dialogue... charnel ?

Elle lui sourit.

— Excellente idée.

À cet instant, elle leva brusquement un genou. Il n'atteignit pas la cible escomptée, mais s'enfonça dans le bas de la cage thoracique du duc. Il en eut le souffle coupé, de douleur et de stupéfaction. Promptement, Eva se dégagea et, avec force, le plaqua sur le matelas, à plat dos. D'un coup de reins, elle s'assit à califourchon sur lui et lui planta ses deux pouces dans la trachée.

Il écarquilla les yeux, abasourdi.

— Je sais retourner une situation à mon avantage, marmonna-t-elle. Tâchez de ne pas l'oublier.

Il déglutit – ou plutôt, essaya de déglutir.

— Feu mon époux, le comte, a été durant deux ans gouverneur d'une colonie française perdue en Orient, ajouta-t-elle d'un ton sévère. Quand je ne compensais pas son incompétence en m'acquittant de ses obligations politiques à sa place, je m'instruisais auprès des autochtones. J'ai notamment appris à me défendre, en cas de nécessité. Manquez-moi encore de respect, et je vous tue.

— Ma chère, si telle est votre intention, je vous prie d'utiliser votre pistolet, articula-t-il, sarcastique. La mort par strangulation est… ignoble.

Elle ne le lâcha pas pour autant. Il demeura immobile. Pendant un long moment, ils se dévisagèrent, chacun refusant de baisser les yeux, de céder du terrain.

Puis, malgré elle, le regard d'Eva dériva vers la belle bouche si bien dessinée, sur laquelle errait une esquisse de sourire, et vers ses propres pouces pressés au creux de la gorge de son ennemi. Comment ne pas admirer cet individu ? Il renoncerait à la vie plutôt que de tousser ou suffoquer.

L'un et l'autre avaient gagné une manche dans ce jeu du chat et de la souris, cependant, au bout du compte, elle triompherait. Elle aurait le dernier mot. Eva relâcha la pression de ses pouces, effleura la marque rouge sur la peau.

L'ombre mangeait la figure de Blackheath, mais elle vit dans ses yeux noirs une lueur admirative.

— Si j'avais su que vous préfériez être au-dessus, je vous aurais suggéré cette position plus tôt.

Eva en perdit son sang-froid. Avec un rugissement de fureur, elle bondit hors du lit. Son pied se prit dans les draps, elle battit l'air de ses bras pour retrouver l'équilibre… et tomba de tout son long, entraînant draps et couvertures avec elle et, Dieu merci, le pistolet, qui tournoya sur le sol glacé.

Comme Blackheath sautait à son tour du lit, elle empoigna son arme, pivota et tira.

La détonation résonna entre les hauts murs de la chambre. Elle vit la fiole d'aphrodisiaque exploser, le liquide cramoisi gicler comme du sang. Le duc chancela ; du sang, véritable celui-là, coulait le long de sa jambe. Il fit deux pas vers elle et s'écroula.

— Eva-a-a-a-a ! rugit-il.

Ce n'était plus le moment de jouer, se dit-elle. Elle avait intérêt à déguerpir en vitesse.

Saisissant son sac de toile, elle s'élança vers la fenêtre, l'ouvrit en grand… et disparut.

2

Blême de rage, Lucien se redressa, claudiqua jusqu'à la fenêtre et s'agrippa au rebord pour scruter la nuit glaciale. Hormis une corde se balançant dans le vide, il ne vit rien. Soudain, il perçut un mouvement en bas, sur la pelouse. Un instant après, il entendit les sabots d'un cheval sur l'allée gravillonnée. Puis ce fut le silence. Brusquement, la porte de sa chambre s'ouvrit.

— Monsieur le duc ! Je m'excuse de vous déranger, mais il m'a semblé entendre un coup de feu... Tout va bien ?

Lucien se retourna.

Phelps, son valet, jeta un coup d'œil à la jambe de son maître et, pâle comme un linge, s'appuya contre le chambranle pour reprendre ses esprits. D'un geste, le duc le congédia. Sans demander son reste, le domestique redescendit les marches à toute allure.

Lucien gagna tant bien que mal le fauteuil, s'y assit et, dans un tiroir de la commode voisine, prit un couteau avec lequel il fendit son pantalon au-dessus du genou. Un éclat de verre de la taille de l'index saillait de sa cuisse. Le sang ruisselait, recouvrant les taches rouges de l'aphrodisiaque. Les dents serrées, il extirpa lentement, à l'aide de son mouchoir, le bout de verre qui lui déchirait la peau et le muscle.

Le sang jaillit de plus belle. Une douleur fulgurante lui cisailla la cuisse. Il se pencha pour ramasser sa lavallière, qu'il pressa sur la blessure. À cet instant, Phelps réapparut, suivi d'une femme de chambre.

— Monsieur le duc, on est allé chercher le médecin. Le majordome ne saurait tarder.

La servante ne put contenir son effroi.

— Par la Sainte Vierge, m'sieur le duc… qu'est-ce qui vous est arrivé ?

— Un intrus s'est introduit dans le château, murmura Lucien, fixant la fenêtre par laquelle s'était enfuie la comtesse de La Mourière.

— Un intrus ? s'exclamèrent en chœur les domestiques.

Du coin de l'œil, Lucien vit Phelps gesticuler, ordonnant à la fille de balayer les éclats de verre et d'éponger le liquide suspect.

— Laissez cela, dit-il, et retournez vous coucher.

— Mais comment diable s'est-il débrouillé pour escalader… s'étonna Phelps avant que le duc l'interrompe d'un regard noir.

Lucien se leva et ordonna :

— Qu'on selle Armageddon !

— Mais, monsieur le duc, vous… vous êtes blessé !

— Et sortez la meute du chenil. Immédiatement.

Phelps faillit protester, mais se ravisa. Il valait mieux ne pas contredire son maître, surtout lorsque celui-ci était en proie à une colère contenue que seuls ses traits austères trahissaient. Il fit la courbette et retourna au rez-de-chaussée, talonné de près par la servante apeurée, afin de transmettre les ordres du duc.

Lucien attendit d'être seul pour quitter sa chambre d'un pas titubant et descendre péniblement l'escalier de la tour. À mi-chemin, il croisa sa sœur, lady Nerissa de Montforte, qui accourait, en robe de chambre, accompagnée d'une nuée de domestiques inquiets.

En voyant la jambe ensanglantée de son frère, elle étouffa un cri.

— Lucien !

— Va te coucher, Nerissa.

— Que s'est-il passé ?
— Je t'ai dit d'aller te coucher.
Elle tenta de lui bloquer le passage. En vain. Les serviteurs agglutinés hésitèrent. Certains se précipitèrent vers leur maître pour lui offrir leur aide, mais il les chassa d'un revers de main, réclama son chapeau et son manteau. Ses gens répétaient ses ordres, Phelps l'implorait d'attendre le médecin, certains juraient qu'on mettrait le grappin sur « l'intrus » et qu'on lui ferait passer un sale quart d'heure.
— À quoi ressemblait-il ?
— Par où est-il parti ?
Mais Lucien n'écoutait plus. Agrippé à la rampe, il descendit les dernières marches.
Nerissa, alarmée, lui saisit le coude.
— Il est hors de question que tu montes ce maudit cheval, décréta-t-elle alors qu'il déployait des efforts surhumains pour ignorer la douleur lancinante qui le tenaillait. Tu as besoin d'un médecin, de points de suture et de repos.
— Je t'ai dit d'aller te coucher, Nerissa.
Parvenu au rez-de-chaussée, Lucien traversa l'immense hall médiéval. D'immenses fenêtres à meneaux découpaient des carrés de nuit du sol au plafond et reflétaient la lueur des bougies qui se consumaient sur un gigantesque lustre. D'antiques heaumes semblaient toiser celles et ceux qui osaient déranger le silence nocturne.
Nerissa courut derrière son frère. Une armée de serviteurs lui emboîtèrent le pas afin d'empêcher leur maître d'aggraver son état. Peine perdue. Malgré son sang qui gouttait sur les dalles de marbre, Lucien atteignit la lourde porte en chêne, l'ouvrit et s'en fut.

Eva de La Mourière lâcha la bride à sa jument grise qui se mit à galoper à travers les Lambourn Downs. Une pluie fine tombait, lui picotant les joues. Sa monture dégageait une odeur de sueur qui se mêlait à celle du cuir humide des sacoches de selle.

Blackheath lui donnerait la chasse, Eva n'en doutait pas. Jamais il ne la laisserait s'échapper aussi facilement. D'ailleurs, pour être tout à fait honnête, elle serait déçue s'il n'essayait pas de prendre sa revanche.

Tenant les rênes d'une main, elle détacha sa longue chevelure flamboyante. Qu'il la poursuive, si ça lui chantait. Jamais il ne la rattraperait.

Elle avait gagné !

Secouant la tête, elle éclata de rire. Le vent et la pluie avaient le goût de la victoire. Exaltée par la puissance déployée par sa jument, elle jubilait d'avoir eu le dessus sur cet homme que l'on disait invincible.

Ah... quelle glorieuse vengeance !

Les étriers meurtrissaient ses pieds nus, mais elle n'en avait cure. Elle se moquait aussi éperdument d'avoir les genoux écorchés et les ongles cassés. Et tant pis pour les bottes qu'elle avait abandonnées au pied de la tour pour mieux escalader la muraille.

Ce n'était rien, comparé au trophée qu'elle avait remporté.

Un trophée soigneusement rangé, bien à l'abri, dans une des sacoches.

Un nouvel éclat de rire fusa de ses lèvres. Combien de temps faudrait-il à Blackheath pour comprendre qu'elle l'avait berné ? Oui, cette fois, c'était *lui* le dindon de la farce. Quand découvrirait-il que le flacon sur lequel elle avait tiré ne contenait pas l'aphrodisiaque, mais le produit qu'il avait lui-même fabriqué – la potion qui avait cloué toute une journée le pauvre roi Louis à son pot de chambre ?

Tout à coup, elle entendit dans le lointain les aboiements de la meute. Elle allait les semer, ces chiens. Avec un cri d'allégresse, Eva éperonna sa jument, qui traversa un ruisseau peu profond et s'évanouit dans la nuit.

Les recherches furent vaines.

Le duc de Blackheath fit galoper le puissant Armageddon sur les pentes des collines, puis sur la route qui menait à Ravenscombe, suivant de près les chiens surexcités qui, quand ils perdirent la trace de la fuyarde, près d'une auberge à sept kilomètres au sud de Lambourn, se dispersèrent en gémissant.

L'aubergiste accourut, affublé de son bonnet de nuit. Avec force courbettes, il répondit aux questions du duc, se répandit en excuses, consterné de ne pouvoir venir en aide à un personnage aussi important.

Les mâchoires crispées, Lucien maudissait in petto la comtesse. Elle avait dû changer de monture, songea-t-il, dissimulant de son mieux la frustration qui le rongeait. Sa meute n'avait plus de piste à suivre.

Tournant le dos à l'aubergiste, il se plongea dans la contemplation des ténèbres. Eva de la Mourière s'était évaporée dans la nature.

Même s'il détestait cette insupportable créature, il la jugeait assez admirable… et extraordinairement désirable. La douceur de ses seins, sa bouche offerte à ses baisers, ses yeux de chat d'un vert étourdissant, ses cheveux pareils à des flammes, son sourire dévastateur…

Assez !

De méchante humeur, il se résigna à rentrer au château.

Par tous les saints ! Il la retrouverait et, ce jour-là, il la ferait sienne.

— Ça alors, tu me sidères ! Pourquoi refuses-tu que le Dr Highworth te soigne ? marmonna Nerissa en versant à son frère un doigt de cognac tandis qu'il plantait une dernière fois l'aiguille dans sa cuisse blessée.

À son retour, Lucien avait renvoyé le médecin plutôt rudement. Puis il avait déchiré son pantalon souillé de sang et entrepris de recoudre la plaie. Impassible, sans grimacer ni laisser échapper une plainte, sans même le secours de l'alcool ou du laudanum. Il n'y avait que lui pour s'infliger pareil traitement sans tourner de l'œil.

— Je croyais t'avoir dit de retourner te coucher, grommela-t-il.

— Voyons, Lucien ! Comment aurais-je pu dormir alors que tu arpentais la campagne en perdant des litres de sang ?

— N'exagère pas. En tout cas, je suis rentré, maintenant, et tu ne devrais pas rester ici, dans ma chambre. Ce n'est pas convenable.

— Je te rappelle que tu es mon frère, pas mon fiancé.

Lucien leva vers sa sœur des yeux qui brillaient d'une colère contenue avec peine. Nerissa y remarqua une étincelle inquiétante, calculatrice, qui la hérissa.

— À ce propos, grommela-t-il, quand comptez-vous annoncer votre mariage, Perry et toi ?

Stupéfaite, Nerissa se détourna pour échapper au regard trop perspicace de son aîné.

— Eh bien... nous l'annoncerons lorsqu'il m'aura demandé ma main.

— Je suis fatigué d'attendre qu'il se décide.

— Voyons, Lucien... Perry est jeune. Laisse-lui le temps de jeter sa gourme.

— Il a assez tergiversé. Ce n'est plus un adolescent. Ni lui ni toi ne rajeunissez. J'irai lui parler.

— Certainement pas !

— Oh que si ! rétorqua-t-il sur un ton qui ne souffrait aucune discussion.

Nerissa le fusilla du regard.

— Je t'interdis de te mêler de mes affaires comme tu l'as fait pour nos frères ! Tu as tiré les ficelles dans les coulisses pour que Gareth et Juliet soient obligés de se marier. Tu as quasiment traîné Charles et Amy devant l'autel. Quant à Andrew et Celsie, tu les as piégés d'une façon impardonnable. Tu te prends pour Dieu !

Elle secoua la tête.

— Non, je ne te permettrai pas de nous traiter comme des pantins, Perry et moi. Ce qu'il y a entre nous ne te concerne pas. Occupe-toi donc de tes affaires !

— Je suis ton frère aîné et le chef de cette famille. Tes affaires sont donc aussi les miennes.

— Et moi, je te prie de ne pas y fourrer ton nez !

Le regard noir indéchiffrable du duc se planta dans les yeux d'un bleu de porcelaine de sa sœur qui, pour l'heure, étincelaient de colère.

— D'ailleurs, continua Nerissa en triturant nerveusement la dentelle de sa manche, je préfère rester vieille fille plutôt que d'être la victime de tes manipulations.

— Si je manipule les gens, c'est pour leur bien.

— *Pour leur bien ?*

— Parfaitement.

— Je n'ai jamais rien entendu d'aussi prétentieux ! Je sais ce qui est bon pour moi, Lucien. Perry et moi ne serons pas des pions sur ton échiquier !

Esquissant un sourire, il rangea l'aiguille, le fil de suture et saisit le verre de cognac qu'elle serrait entre ses doigts au risque de le briser.

— Donne-moi ça, sœurette. Tu vas te couper.

Nerissa s'exécuta et le regarda boire l'alcool d'un trait. Malgré son air imperturbable, elle percevait en lui une rage, une tension qui ne présageaient rien de bon. Même si elle en devinait la cause – l'intrus, sans doute –, elle refusait qu'il passe ses nerfs sur elle. Mieux valait qu'elle s'éclipse avant que la situation n'empire.

— Puisque tu es manifestement d'une humeur massacrante, je vais me coucher. Mais je te le répète une dernière fois : ne te mêle pas de mes affaires.

Un sourire machiavélique, qu'elle connaissait malheureusement trop bien, étira les lèvres de Lucien.

— D'accord, sœurette. Va te reposer, maintenant. Je crois que tu as eu ton lot d'émotions fortes pour la soirée.

Il se leva, s'inclina courtoisement et la raccompagna jusqu'à la porte.

Elle était sur ses gardes, songea-t-il, tandis qu'elle s'éloignait dans le couloir. Aussi nerveuse qu'une biche apeurée. Naturellement, il avait la ferme intention d'intervenir dans la vie de Nerissa, qui, par ailleurs, avait raison : il était de fort mauvaise humeur. Agir l'apaiserait, l'aiderait à surmonter sa contrariété. Grognant comme un fauve en cage, il se mit à faire les cent pas.

Enfin, il sonna Phelps et, sans un mot, laissa son valet le préparer pour la nuit. Puis, pour faire taire la douleur cuisante qui le tourmentait, il avala une généreuse rasade de cognac, se glissa entre ses draps frais et resta immobile, les yeux grands ouverts dans l'obscurité, à rêvasser.

Il revoyait la luxuriante chevelure rousse de la comtesse, son regard de lionne, ses seins ronds, sa peau d'une blancheur virginale…

Cette nuit, il aurait du mal à dormir. Tant mieux, cela lui épargnerait les cauchemars qui le guettaient dans les limbes du sommeil.

Tu ne perds rien pour attendre, Eva. Tu seras mienne, j'en fais le serment.

3

— J'ignore totalement qui était cet intrus. Lucien refuse d'en parler, dit Nerissa au comte de Brookhampton, son prétendant, qui conduisait le phaéton, contournant habilement les ornières pleines d'une eau boueuse figée par le gel.

Des nuages bas couraient dans le ciel, s'accrochaient aux collines. Emmitouflée jusqu'aux oreilles, les mains dans un manchon d'hermine, les pieds sur une brique chaude, Nerissa observait la buée qui s'échappait de sa bouche à chaque mot. L'air sentait la neige : les premiers flocons ne tarderaient pas à tomber.

— On a seulement retrouvé une paire de bottes et la corde qui lui a permis d'escalader la tour. Seigneur ! Je n'ai jamais vu Lucien dans une telle rage !

— Il faut un sacré courage pour oser défier Lucien. Personnellement, je n'essaierais pas !

— Je n'ose imaginer le sort qu'il réservera à ce brigand le jour où il l'attrapera. D'autant que le fameux aphrodisiaque créé par Andrew a été détruit lors de leur affrontement. Lucien est vraiment furieux !

Nerissa nicha sa tête contre l'épaule de Perry et coula vers lui un regard tendre. L'humidité faisait boucler les cheveux blonds du jeune homme, le vent glacé lui rosissait les joues, le gris du ciel se reflétait dans ses yeux clairs. Il était beau à se pâmer, songea-t-elle en poussant un petit soupir. Elle regrettait qu'ils ne soient pas déjà mariés pour découvrir avec lui les délices du lit conjugal !

La sentant qui frémissait contre lui, il se pencha pour l'embrasser. Elle ferma les paupières, étourdie.

Le cheval attelé au phaéton continua d'avancer.

Une bosse sur la chaussée mit hélas fin à leur baiser passionné. Nerissa passa le bout de sa langue sur ses lèvres pour y goûter la salive de Perry.

Celui-ci reporta son attention sur la route.

— Si Lucien n'était pas intervenu, l'aphrodisiaque serait encore en sûreté, commenta-t-il.

— Chacun sait qu'il ne peut pas s'empêcher de se mêler des affaires d'autrui. C'est plus fort que lui. Mais dans ce cas, il a peut-être bien fait. Cet aphrodisiaque était bien trop dangereux. Pense à tous les problèmes qu'ont eus Andrew et Celsie.

— C'est le moins qu'on puisse dire.

Il sortit de la poche de son manteau deux bonbons, en offrit un à Nerissa et croqua le deuxième.

— Ce pauvre Andrew serait encore un homme libre sans cette maudite potion, ajouta-t-il.

— Euh… Perry, je… Il faut que tu saches…

— Mmm ?

— Lucien s'impatiente à notre propos. Il menace de prendre les choses en main si nous ne fixons pas bientôt la date de notre mariage.

Perry blêmit et faillit s'étouffer avec son bonbon. Nerissa lui tapota énergiquement le dos. Il se détourna et cracha la friandise dans le fossé.

— Vingt dieux ! jura-t-il.

— Si nous la fixions, cette date, il renoncerait à nous manipuler comme il l'a fait avec mes frères. Je serais la seule de la famille qu'on ne forcerait pas à se marier !

Elle avait beau parler d'une voix douce et caressante, Perry sentit son sang se glacer dans ses veines. Son affection pour Nerissa n'était pas en cause, car il l'adorait. Il la connaissait depuis l'enfance, et l'idée de l'épouser lui avait toujours plu.

Cependant, il ne voulait pas l'épouser *maintenant*. Il n'avait que vingt-cinq ans ; il avait encore trop d'aventures à vivre avec ses camarades du Cercle des Débauchés avant d'envisager de se ranger. Mais Lucien, qui était passé maître dans l'art de la manipulation, Lucien le machiavélique qui avait régenté tant d'existences, avait manifestement décidé que Nerissa et lui seraient ses prochaines victimes.

Pitié, que Dieu ou Satan nous vienne en aide !

Incapable de soutenir le regard plein d'espoir de Nerissa, il se perdit dans la contemplation de Blackheath Castle, dont l'imposante silhouette se dessinait à l'horizon.

— Je... euh... je ne crois pas que ce soit le bon moment, bredouilla-t-il piteusement. Ton frère ne nous mènera pas à l'église par la peau du cou. Et puis... je... je ne suis pas prêt à assumer pleinement le rôle d'époux, de père...

— Est-ce que tu m'aimes, au moins ? le taquina-t-elle.

— Bien sûr que je t'aime, Nerissa.

Il se pencha pour l'embrasser de nouveau, tout en donnant un petit coup de rênes au cheval afin de l'inciter à accélérer l'allure. Il n'avait aucune envie de poursuivre cette discussion. Plus tôt ils arriveraient, mieux ce serait.

— Je suis jeune, tu comprends. Toi aussi. Le mariage est un engagement pour la vie. Il ne faut pas prendre ça à la légère.

— Je te signale que nous ne sommes plus des enfants. Tu as vingt-cinq ans, j'en ai presque vingt. Et tu me répètes le même discours depuis deux ans. Une femme dans ma position pourrait bien se lasser d'attendre que tu aies fini de t'amuser. Elle pourrait décider de s'amuser, elle aussi, voire de chercher ailleurs.

— Qu'est-ce que je suis censé comprendre ?

Nerissa esquissa un sourire distant.

— Tu as parfaitement compris.

Irrité, Perry arrêta le phaéton devant les grilles du château. Pourquoi les femmes étaient-elles si agaçantes ? Toujours à houspiller les hommes, jamais contentes tant qu'elles n'avaient pas la bague au doigt ! Une promesse n'était-elle pas largement suffisante ?

— Écoute, riposta-t-il, si tu tiens absolument à exhiber devant tes amies une jolie bague de fiançailles, j'irai à Londres t'en acheter une…

— Perry, ne sois pas stupide. Les bijoux ne m'intéressent pas. C'est toi que je veux !

— Mais, Nerissa, je…

Elle baissa les yeux, feignant de s'intéresser à son manchon.

— Non, non, j'arrête de t'embêter avec cette histoire, j'ai compris quelles étaient tes priorités. Tu as été très clair.

— Ma chérie, trois de tes frères se sont mariés, alors tu te sens laissée pour compte. Mais ton tour viendra…

Les traits de Nerissa se durcirent. Désemparé, Perry enchaîna d'une voix implorante :

— Ce n'est pas que je ne t'aime pas. J'ai seulement besoin de temps pour… pour savourer ma liberté avant de me retrouver prisonnier de la routine… Oh, bon sang !

Elle se raidit, fixa sur le lointain un regard voilé par la tristesse. Un valet d'écurie approcha et saisit la bride du cheval. Jurant entre ses dents, Perry descendit du phaéton et alla aider Nerissa à mettre pied à terre. Retirant sa main gantée de la sienne, elle s'éloigna d'un pas vif.

— Nerissa ! Laisse-moi au moins t'accompagner jusqu'au perron…

— Bonsoir, Perry. Reviens me voir quand tu en auras assez de ta *liberté*.

Sur quoi, elle gravit l'escalier de pierre et pénétra dans le château.

Perry, exaspéré, grinçait des dents.

Ah, les femmes !

Ni lui ni elle ne remarquèrent le léger mouvement des tentures qui masquaient la fenêtre de la bibliothèque.

— Allumez d'autres bougies, Puddyford, murmura le duc de Blackheath qui, par la fenêtre, observait le retour de Nerissa et Perry. Il fait sombre ici.

— Bien, Votre Grâce.

Le domestique s'empressa d'obéir, tout en jetant un coup d'œil furtif à son maître, dont la mine soucieuse ne lui disait rien qui vaille, ainsi qu'à sir Roger Foxcote, assis près de la cheminée et plongé dans la contemplation de son verre de porto.

Fox attendit que le serviteur ait quitté la pièce pour reprendre la conversation.

— Tu souhaites donc que notre informateur parisien renonce à surveiller la cour du roi pour se concentrer sur les activités de cette femme ?

— C'est actuellement plus important pour moi.

— Mais est-ce plus important pour la Grande-Bretagne ? Ce n'est un secret pour personne : les Américains ne sont à Paris que pour semer la zizanie et tenter d'obtenir le soutien des forces armées françaises dans leur maudite guerre. Nous devons absolument garder une longueur d'avance sur eux, si nous ne voulons pas être obligés de combattre à la fois les Français et les Yankees.

Le duc, toujours campé devant la fenêtre, le dos tourné à son compagnon, ne bougea pas.

— La femme en question fait partie de cette délégation américaine. Elle est dangereuse, et tant qu'il me restera un souffle de vie, je m'emploierai à contrecarrer ses plans.

Blackheath pivota et s'approcha du feu de cheminée. Sur son visage se peignait une expression triomphante.

— Qu'y a-t-il ? s'enquit Fox.

— Perry vient de ramener Nerissa à la maison. Apparemment, les choses se passent comme je le prévoyais.

— C'est-à-dire ?

— Les deux tourtereaux se sont disputés, répondit Lucien, qui prit place dans son fauteuil et se versa un verre de porto.

La porte d'entrée claqua, soulignant la colère de Nerissa. De la bibliothèque, les deux hommes entendirent gicler le gravier sous les roues du phaéton qui repartait à toute allure.

— Mon cher Fox, as-tu remis ma lettre à lord Islington à Londres ?

— Oui. J'ai également acheté son domaine en Espagne pour un certain Don Eduardo Mendoza. Je dois cependant t'avouer que je suis troublé. Je me demande bien ce que tu comptes faire d'une propriété en Espagne, et pourquoi tu juges nécessaire de t'inventer une fausse identité pour t'en porter acquéreur.

Le sourire aux lèvres, Lucien huma le porto d'une belle couleur grenat.

— Ah... ce domaine espagnol me sera, je crois, très utile. Il fallait absolument que je fasse quelque chose pour remédier à la situation déplorable de Nerissa.

— Cacherais-tu dans ta manche un plan diabolique pour marier ta sœur ?

— C'est pour son bien ! se justifia le duc.

— Un de ces jours, tu iras trop loin et tu t'en mordras les doigts.

— Mon cher Fox, ne dis pas d'âneries. Jusqu'à présent, tout s'est déroulé à merveille.

Une semaine plus tard, alors que le duc de Blackheath s'occupait de sa correspondance, Nerissa fit irruption dans la bibliothèque.

— Lucien !

Il pivota, effaçant de son visage son expression satisfaite pour adopter une mine où l'étonnement se mêlait à l'inquiétude fraternelle. Il n'avait jamais vu sa sœur si désemparée.

— Il faut que tu interviennes, Lucien. Perry part pour l'Espagne. Te rends-tu compte ? J'ai peur qu'il n'en revienne jamais, vu la façon dont je l'ai traité…

Le cœur de Lucien se gonfla de joie. Ses instructions avaient donc été suivies à la lettre. *Parfait.*

Entourant de son bras les épaules de sa sœur, il l'entraîna vers la cheminée.

— Viens là. Buvons un verre de madère et raconte-moi exactement ce qui t'arrive.

Mais Nerissa était trop bouleversée pour s'asseoir. Elle accepta néanmoins le verre que lui tendait son frère et le but d'un trait – Lucien eut un froncement de sourcils réprobateur. Puis elle se mit à arpenter la pièce, ravalant des larmes de colère et de frustration.

— Hier, il a reçu une lettre provenant d'Espagne, du notaire d'un certain Don je-ne-sais-quoi, mort intestat. Or ce Don je-ne-sais-quoi n'avait pas d'héritiers directs, et il s'avère que Perry est son parent le plus proche ! J'ignorais qu'il avait de la famille en Espagne. C'est à se demander quels autres secrets il me cache ! Et voilà que cet Espagnol exige de le voir immédiatement pour lui montrer la maison et les terres et déterminer ce qu'il convient d'en faire. Oh, Lucien, c'est terrible !

Le duc lui adressa un sourire apaisant.

— Allons, sœurette, un court voyage en Espagne, ce n'est quand même pas catastrophique. Tu te tracasses pour rien. Songe plutôt que posséder une propriété là-bas est une chance. Quand Perry et toi serez mariés, vous pourrez y passer la mauvaise saison. Vous y serez bien mieux qu'ici, où il fait un temps de chien en hiver.

— Et s'il ne revenait pas en Angleterre ? Entre moi qui l'asticote à propos de notre mariage et son dragon de mère qui ne lui laisse pas une minute de tranquillité, je ne serais pas surprise qu'il préfère rester à l'étranger. Et puis, nous nous sommes quittés en mauvais termes…

— Ah, Nerissa… Rappelle-toi ce qu'on dit : un peu d'absence fait grand bien. Réfléchis. Si Perry s'en va quelque temps, tu lui manqueras. Laisse-le se languir de toi, ce sera excellent pour lui. Peut-être qu'à son retour, il aura compris qu'il est incapable de vivre sans toi. Il ne rechignera plus à fixer une date pour le mariage.

— Tu crois vraiment ?

— Je suis certain que tout finira par s'arranger.

Nerissa se jeta dans ses bras, comme la fillette qu'elle était naguère, qui avait besoin d'être consolée quand elle tombait et s'égratignait les genoux. Il se remémora les longs après-midi passés devant la fenêtre de cette même pièce, à observer Charles et Gareth montant leurs poneys dans l'allée. Comme il leur enviait leurs jeux, leur innocence, cette enfance qu'il avait perdue à l'instant où il avait découvert son père mort au bas de l'escalier du donjon ! Pendant que ses frères s'amusaient, lui devait se forger la maturité et la dignité que son titre de duc exigeait…

— Oh, Lucien… parfois j'ai envie de t'étrangler, et à d'autres moments je t'adore, parce que tu sais toujours trouver le mot juste.

Elle se dégagea de son étreinte, s'empressa de sécher ses larmes et sourit avec courage.

— Peut-être qu'à son retour, Perry te demandera ta jolie petite main, conclut Lucien.

Nerissa hocha la tête et, ragaillardie, sortit de la pièce. Elle ne remarqua pas l'étincelle triomphante qui s'allumait dans les yeux de son aîné.

Un peu d'absence fait grand bien.

— Et comment ! murmura-t-il en souriant, très content de lui.

4

L'authentique aphrodisiaque en poche, Eva de la Mourière avait atteint les côtes françaises au petit matin. En fin de journée, elle était à Paris.

D'excellente humeur, elle rendit visite à Benjamin Franklin. Le célèbre diplomate et physicien, déjà fort âgé, ne paraissait pas au mieux de sa forme.

— Comment allez-vous ? s'enquit-elle.

Franklin lui décocha un regard las.

— Voilà douze mois que je tente de convaincre les Français de s'allier officiellement à nous dans notre combat pour la liberté. Douze mois de négociations, d'espoir, et rien ne bouge. Impossible de déjouer le blocus anglais sur nos côtes, outre-Atlantique. Les espions britanniques sont partout, surveillent nos moindres faits et gestes. Les munitions que nous avons envoyées ne sont pas parvenues aux troupes de Washington.

Il ôta ses lunettes et se frotta le coin de l'œil avant de poursuivre :

— Sans la France et son soutien militaire – ainsi que financier –, je crains que l'indépendance de notre pays ne soit une cause perdue.

Il eut brusquement l'air si désespéré qu'Eva ne put résister. Elle fouilla dans son sac de toile et déclara d'une voix triomphante :

— J'ai l'aphrodisiaque.

— Je vous demande pardon ?

Le pauvre homme avait tant de sujets de préoccupation que la potion lui était sortie de l'esprit. Son regard s'éclaira lorsqu'il vit la fiole. Il la manipula amoureusement.

— Ainsi, voici l'élixir magique qui doit aider la jeune Marie-Antoinette...

— En effet. Et cette fois, c'est le bon.

Franklin examina le liquide rubis dont les ondes bienfaisantes se propageraient dans la chambre royale et, il l'espérait, cloueraient le bec aux mauvaises langues qui racontaient à qui voulait l'entendre que Sa Majesté était impuissante. S'il réussissait à provoquer la naissance d'un dauphin, alors la France s'allierait officiellement aux Américains pour leur permettre de vaincre les Anglais.

Il rendit la fiole à la jeune femme.

— Eh bien, Eva, souhaitons que cela fonctionne. Je vous félicite, dit-il avec un sourire qui le rajeunit. Bravo!

— Oh, cela n'a pas été si compliqué, se vanta-t-elle, et elle raconta au diplomate comment elle s'était procuré le précieux élixir. Le duc de Blackheath se croit sans doute l'homme le plus malin de la terre, mais il n'arrive pas à la cheville d'une femme.

Les yeux de Franklin pétillaient.

— Il y a une chose que je ne comprends pas : pourquoi ne pas avoir profité de la situation? Une autre femme que vous ne se serait pas gênée.

Eva tressaillit et agita la main en un geste de mépris pour dissimuler le trouble qui, fugacement, s'était emparé d'elle.

— Mais oui, renchérit Franklin. Vous étiez dans sa chambre... Que dis-je? Sur son lit. Une autre que vous aurait versé quelques gouttes de cette potion dans le porto de Blackheath pour vérifier qu'il s'agissait du véritable élixir et en aurait peut-être même profité pour... hum...

Elle émit un rire perlé, faussement désinvolte.

— Pourquoi diable aurais-je eu envie de me comporter de la sorte?

— Il paraît que le duc est très séduisant, et très fortuné, ce qui ne gâte rien.

— J'ai définitivement renoncé aux hommes, vous ne l'ignorez pas.

Le regard de Franklin se fit presque tendre.

— Ah, ma chère Eva ! Vous êtes trop jeune pour être aussi blasée, trop belle pour nourrir une telle colère et passer le restant de vos jours à détester le sexe opposé.

Il la gratifia d'un sourire complice.

— Nous ne sommes pas tous des monstres. Vous trouverez bientôt le compagnon idéal, j'en ai la certitude.

— Cet oiseau-là n'existe pas, répliqua-t-elle en riant, de bon cœur cette fois.

Franklin la raccompagna à la porte de sa résidence. Quelques instants plus tard, elle s'engouffrait dans un fiacre qui la ramena chez elle, dans l'élégante demeure qu'elle occupait depuis que Jacques – qu'il rôtisse en enfer ! – était mort, lui laissant une fortune acquise en grande partie grâce à des activités plus que douteuses.

Elle ordonna au domestique venu l'accueillir de lui porter sa valise, pénétra dans ses appartements et, avec un soupir, se jeta sur le divan. Un verre à la main, pensive, elle passa en revue les événements des derniers jours.

— Lucien de Montforte…

Voilà, elle avait prononcé son nom à voix haute.

Et il ne s'était pas matérialisé devant elle, tel un spectre surgissant du brouillard.

Une deuxième gorgée de vin la détendit et l'incita – quelle imprudence ! – à laisser son imagination naviguer le long de rives tentatrices.

Elle avait été frappée par la beauté du duc, lorsqu'il était entré dans sa chambre et l'avait trouvée sur son lit, dans une pose alanguie, pareille à une mante religieuse guettant sa victime.

Soudain, un frisson la parcourut, une bouffée de chaleur l'envahit. Seigneur ! Le simple fait de songer à cet homme l'entraînait dans une sorte de délire érotique qui la mettait dans tous ses états.

Elle aurait pourtant dû être capable de chasser Blackheath de son esprit comme elle aurait écarté n'importe quel vulgaire insecte venu bourdonner à son oreille.

« Que t'arrive-t-il ? » se gourmanda-t-elle. Un homme ne pouvait pas accaparer ainsi ses pensées, son attention. Elle les méprisait tous !

Les paupières mi-closes, elle se représenta le visage de Blackheath, ses traits qui, à certains moments, paraissaient ciselés dans la pierre, son regard si noir, si fascinant. Elle crut sentir son corps musclé contre le sien, ses mains sur ses cuisses, leurs cœurs battant à coups redoublés, à l'unisson.

Franklin n'avait pas tort, dans le fond : peut-être aurait-elle dû séduire Blackheath. Elle n'avait pas rencontré d'homme de cette trempe depuis… Plus exactement, elle n'avait connu aucun homme depuis…

Depuis que j'ai trouvé Jacques dans notre lit en compagnie de ma femme de chambre.

Ses doigts se crispèrent sur son verre. Dans sa bouche, le vin prit soudain un goût âcre.

Les hommes… Pourquoi Blackheath aurait-il été différent des autres ? Ils étaient tous taillés dans le même bois. Sans exception.

Sa mère le lui avait répété durant des lustres. Eva avait appris la leçon dès sa tendre enfance.

Sa mère, morte et enterrée.

Je suis plus forte qu'elle. Je l'ai toujours été !

Sa bonne humeur envolée, Eva jeta dans la cheminée ce qu'il restait de vin dans son verre, se rassit et contempla fixement la nuit par la fenêtre.

Lady Nerissa de Montforte était à son courrier quand elle entendit les sabots d'un cheval marteler le sol.

Elle posa sa plume et se précipita à la fenêtre. Le ciel était si bas qu'on aurait pu, en se hissant sur la pointe des pieds, déchirer les nuages d'un gris sombre. Non, elle n'avait pas rêvé : un cavalier remontait l'allée gravillonnée qui menait au château. Les bottes crottées, il descendit de sa robuste monture, grimpa les marches du perron et s'engouffra dans le hall.

Nerissa se sentit soudain glacée. Frissonnante, elle serra ses bras autour d'elle et alla se camper devant la cheminée. Un mauvais pressentiment lui nouait la gorge. *Il est arrivé quelque chose à l'un de mes frères.* Son cœur se mit à cogner dans sa poitrine. *Ô mon Dieu, il est arrivé un malheur !*

Soulevant ses jupes, elle sortit en hâte du salon et se dirigea vers le domaine réservé de Lucien, en s'efforçant de ne pas courir.

La porte de la bibliothèque était close. Des voix étouffées parvinrent à Nerissa. Puis le battant pivota sur ses gonds, livrant passage à un valet qui reconduisait le cavalier dans le hall.

Nerissa jeta un coup d'œil furtif à son frère aîné. Il était à son bureau, livide, son regard noir et sévère empreint d'un effroi qui affola sa sœur. Mais lorsqu'il leva la tête et l'aperçut sur le seuil, il plaqua aussitôt sur son visage ce masque de calme inébranlable que tout le monde lui connaissait.

Il se leva courtoisement pour l'accueillir.

— Oh, Lucien ! Qu'y a-t-il ?

Il la considéra un long moment avant de prendre une profonde inspiration et de répondre :

— Assieds-toi, ma chérie.

Mais il n'était pas question qu'elle s'asseye. Pas si un malheur avait frappé une personne qu'elle aimait, pas si Lucien s'apprêtait à lui donner des nouvelles susceptibles de changer le cours de son existence. Son intuition lui soufflait que les prochaines heures seraient atroces.

Seigneur ! Je Vous en prie, faites que le temps s'arrête. En cet instant, tous ceux que je chéris sont vivants et en bonne santé. Je ne veux pas savoir ce que les prochaines heures me réservent. Faites que le temps s'arrête, car, sinon, je n'aurai pas la force de supporter les minutes qui viennent.

Mais elle était une Montforte. Courageuse et solide. Elle secoua la tête et soutint le regard perçant de Lucien. Il était d'une pâleur surnaturelle, comme si la mort venait de le frôler

Il lui tendit un verre de cognac.

— Il s'agit de Perry, déclara-t-il.

Elle laissa tomber le verre, qui se brisa en mille morceaux. Frappée de stupeur, elle scrutait fixement son frère.

— Le navire à bord duquel il a embarqué pour se rendre en Espagne a été attaqué par un corsaire américain, enchaîna le duc d'une voix monocorde. Le capitaine s'est bien battu, mais l'ennemi avait une puissance de feu supérieure. Le bateau anglais a coulé. Et les rares survivants ont été capturés et livrés à la France.

— Mon Dieu ! balbutia Nerissa, pressant une main sur sa bouche. Perry... est-ce qu'il... est-ce qu'il a...

— On l'ignore. Son nom ne figurait pas sur la liste des rescapés.

Elle recula en vacillant, incapable de prononcer un mot, de raisonner lucidement, incapable d'accepter ce que son frère venait de lui annoncer.

— Je suis profondément navré, ma chérie. Je ferai tout ce qui est en mon pouvoir pour découvrir ce qu'il est advenu de Perry. S'il est vivant, je te jure que je le retrouverai et te le ramènerai. En revanche...

Nerissa sentit le sang se retirer de son visage et vit danser devant ses yeux une myriade de cercles sombres tandis que les paroles de son frère lui transperçaient le cœur. Perry... son cher Perry avec qui elle s'était disputée... déchiqueté par un boulet de canon, ou tué par un mousquet, ou noyé...

Lucien la rattrapa de justesse avant qu'elle ne s'effondre, évanouie. Il demeura longtemps immobile, étreignant sa petite sœur et fixant les flammes qui rougeoyaient dans l'âtre. Il entendit le messager galoper dans l'allée, la pluie qui tambourinait contre les carreaux.

La remarque de Fox résonnait dans son esprit. *Un de ces jours, tu iras trop loin et tu t'en mordras les doigts.*

Comment admettre que, cette fois, il était effectivement allé trop loin ?

Jamais, au grand jamais, Nerissa ne devait découvrir qu'il avait orchestré le départ de Perry et acheté ce domaine en Espagne dont le jeune homme avait prétendument hérité. En proie au désespoir, il ferma les yeux. *Si elle l'apprend, elle me haïra jusqu'à la fin de sa vie !*

Il n'y avait pas de temps à perdre. Sa sœur dans les bras, il quitta la pièce et appela son valet :

— Phelps ! Préparez mes habits de voyage. Et qu'on sorte la calèche. Vite. Je me rends à Paris.

5

— Mesdames et messieurs, je vous propose de porter un toast au général Washington !

— Au général Washington !

Dans la salle de bal étincelant de mille feux, tous les convives levèrent leur verre. Eva de La Mourière, souriante, trinqua avec Benjamin Franklin et quelques dignitaires américains, avant de vider gaillardement sa coupe de champagne.

— À présent, les Français seront obligés de réagir, déclara Franklin. Après la capitulation du général Burgoyne et l'illustre bataille de Germantown, ils ne tarderont pas à se ranger à nos côtés !

Il se tourna vers Eva.

— Voilà le général Lavisson qui arrive. Soyez aimable, rebattez-lui les oreilles de notre victoire. Et déployez tout votre charme, car c'est un proche du roi.

Jetant un coup d'œil au militaire qui fendait la foule, Franklin se pencha vers l'oreille d'Eva.

— Avez-vous remis la potion à la reine ?

— Pas encore. Je la rencontre samedi.

— Parfait. Attention, voici Lavisson ! Il n'y a pas un homme dans cette salle qui ne trépigne d'envie de danser avec vous, ma chère. Rendez-les tous jaloux de ce nigaud de général.

Lavisson s'inclina.

— Madame, vous êtes resplendissante. Accorderez-vous une danse à un humble soldat ?

— Avec grand plaisir, roucoula-t-elle en lui offrant sa main gantée.

Lavisson la conduisit vers la piste de danse. C'était un homme robuste, tout en muscles, avec le nez crochu et le regard clair d'un rapace.

— Mes félicitations aux Américains pour la capture du général Burgoyne, dit-il galamment. Pareil exploit achève d'asseoir la réputation guerrière de vos compatriotes.

Elle esquissa un sourire.

— Il faut dire que nous sommes accoutumés à vivre aux confins du monde civilisé, à affronter les Indiens et bien d'autres périls. Quelques Anglais imbus d'eux-mêmes n'ont aucune chance de nous effrayer.

Le général peinait à détacher son regard du décolleté pigeonnant de sa cavalière.

— Moi aussi, je déteste ces Anglais vaniteux et arrogants. Le destin nous a fait une mauvaise farce en les installant de l'autre côté de la Manche. Je ne...

Brusquement, des chuchotements circulèrent dans l'assemblée. Eva frémit. Percevant d'instinct le danger, elle se raidit, redressa le menton. Distraite, elle buta contre le pied du général, qui, pour lui éviter une chute disgracieuse, s'empressa de la serrer contre lui. Plissant les paupières, Eva scruta la marée humaine qui l'entourait. Chacun se tordait le cou pour regarder le seuil de la vaste salle de bal, si bien que les musiciens finirent par s'interrompre.

Un homme se tenait dans l'encadrement de la porte à deux battants. Superbe dans une redingote cintrée indigo, il dépassait les autres d'une bonne tête.

Puis Eva distingua son visage, ses pommettes saillantes, ses yeux noirs et perçants rivés sur elle...

— Le duc de Blackheath ! murmurait-on autour d'elle.

Le cœur d'Eva manqua un battement, et elle sentit un soudain afflux de sang lui colorer les joues. Stupéfaite, elle fixa le nouveau venu. Que diable fabriquait-il en ce lieu ? Pour quelle raison se trouvait-il en France ? Était-il là pour se venger d'elle, parce qu'elle avait détruit la potion ? À moins qu'il ne se soit aperçu qu'elle lui avait subtilisé le véritable aphrodisiaque…

Seigneur !

— Comme je le disais, reprit Lavisson, ces Britanniques sont décidément d'une suffisance qui passe l'entendement. Qui d'autre qu'un Anglais aurait l'audace de se rendre à un bal où l'on célèbre une victoire contre son pays ? Il n'y a vraiment qu'un Anglais pour se présenter à une fête organisée par le camp ennemi…

Mais Eva n'écoutait plus le général. Elle n'avait d'yeux que pour le duc.

L'atmosphère lui parut soudain oppressante. Les parfums entêtants, la chaleur et la lumière éblouissante lui donnaient le tournis. Aussi immobile qu'une statue, elle regarda Blackheath qui fendait la foule, opinant pour saluer une connaissance, s'inclinant devant une dame, sans se rendre compte apparemment qu'il était au centre de l'attention générale.

Il traversa la salle, marchant droit sur son objectif : Eva.

Le cœur de celle-ci battait si vite qu'elle sentait une veine palpiter follement au creux de sa gorge, sous la rivière de diamants qui, à présent, l'étouffait presque. Elle s'écarta de Lavisson et réfléchit frénétiquement au moyen de fuir au plus vite.

Hélas, il n'y avait aucune échappatoire possible. Le duc l'avait piégée. Elle n'avait pas d'autre choix que de garder la tête haute et de s'efforcer de conserver l'avantage qu'elle avait pris lors de leur dernière entrevue.

— Eva de La Mourière, déclara le duc d'une voix onctueuse.

Elle ne perçut aucune émotion dans les yeux de Blackheath – deux puits insondables où le feu couvait sous la glace. Il considéra d'un air hautain le général français, dont les narines frémirent d'indignation.

Puis il saisit la main d'Eva, la baisa et fit tournoyer la jeune femme dans ses bras tandis que les musiciens jouaient les premiers accords d'une valse.

— Au cas où vous ne l'auriez pas remarqué, marmonna Eva, j'avais déjà un cavalier.

Elle était bizarrement tiraillée entre l'admiration – il fallait un sacré cran pour se comporter ainsi – et l'irritation. Quel tyran, cet homme !

Et elle n'était que trop consciente de son corps viril pressé contre le sien, de son bras passé autour de sa taille.

Elle était captive. Prise au piège.

Dieu du Ciel !

Qu'allait penser Franklin ? Et ses compatriotes américains ? Et les Français ? Ne risquaient-ils pas de s'imaginer qu'elle complotait avec l'ennemi ?

— Les Anglais sont-ils tous aussi grossiers que vous ? s'enquit-elle.

— Non, je suis plus grossier que la plupart d'entre eux.

— Vous venez effectivement d'en donner la preuve. À moins que ma mémoire ne soit défaillante, je ne me rappelle pas vous avoir accordé cette danse.

— Pour ma part, je ne me rappelle pas vous l'avoir demandée, rétorqua-t-il en la gratifiant d'un sourire charmeur.

Telle une caresse, le regard noir glissa le long du cou gracieux d'Eva, s'attarda sur son décolleté et le renflement de ses seins sous les splendides broderies du corsage.

Elle ne put s'empêcher de rougir.

— Mais j'avoue que j'ai l'habitude de prendre certaines choses sans demander la permission, ajouta le duc.

— Je serais donc pour vous une « chose » que vous envisageriez de « prendre » ?

— Madame, c'est déjà fait : vous êtes dans mes bras. À présent, taisez-vous et cessez de me fusiller du regard. Les gens risqueraient de croire que vous n'appréciez pas notre petite valse. Ce n'est pas ce que vous souhaitez, n'est-ce pas ?

Eva dut fournir un effort considérable pour ne pas gifler ce visage sévère et impassible et ne pas repousser violemment la main de Blackheath, qui accentuait sa pression sur sa taille.

Hélas, impossible de lui échapper, songea-t-elle alors qu'il la guidait sur la piste de danse avec une aisance déconcertante. Ils étaient si près l'un de l'autre qu'elle sentait la chaleur de son corps. Il émanait de lui une sensualité telle qu'elle en avait le vertige.

Partagée entre l'envie de se coller à lui et celle de fuir à toutes jambes, elle prit une grande inspiration et fixa son attention sur le rythme de la valse, cherchant en elle la force de résister à l'attirance redoutable qu'il exerçait sur elle.

— Ma chère, vous êtes une créature évanescente. J'ai passé la majeure partie de l'autre nuit à vous chercher. Mes compliments pour votre périlleuse évasion. Vous ne vous êtes pas trop écorché les genoux, j'espère ? enchaîna-t-il d'un air provocant.

Elle lui adressa un sourire suave et parfaitement venimeux.

— Mes genoux sont sûrement en meilleur état que votre cuisse. Avez-vous eu besoin de points de suture, monsieur le duc ?

— Oui, mais ce n'était qu'un petit bobo de rien du tout. Dites-moi, avez-vous vraiment tenté de me tuer, ou s'agissait-il seulement de détruire l'aphrodisiaque afin qu'aucun de nous deux ne puisse se l'approprier ?

— Voyons, Votre Grâce, si j'avais désiré vous tuer, j'aurais réussi.

— Donc, vous vouliez supprimer la potion.

Les yeux d'Eva pétillèrent de malice.

Oh, dis-le-lui… Oui, avoue-lui la vérité. Imagine sa colère et son ébahissement quand il comprendra que tu l'as si habilement roulé !

Après tout, pourquoi pas ? Ce serait son moment de triomphe, une satisfaction dont elle serait privée si elle se bornait à l'informer du stratagème par courrier.

Oh, dis-le-lui !

— Eh bien, non, Votre Grâce. Figurez-vous que je n'ai pas détruit l'aphrodisiaque.

— Allons, ma chère, j'ai vu la fiole exploser !

— Certes, mais elle ne contenait pas l'élixir.

Le visage de Blackheath s'assombrit.

— Je vous demande pardon ?

— Je voulais vous donner une leçon. Vous aurez beau faire, j'aurai le dessus. Vous m'avez bernée en me procurant un substitut de la potion, alors j'ai pensé qu'il serait indiqué de vous le restituer. Le substitut, évidemment. Vous avez déployé tant d'efforts pour le créer.

Il la foudroya du regard.

— Vous voulez dire que la fiole que vous avez brisée contenait le faux aphrodisiaque ?

— Ah… vous comprenez enfin ? Vous n'êtes pas si bête que cela, pour un homme !

Eva réprima un gloussement. Elle jubilait.

— Après m'être introduite dans vos appartements, j'ai forcé votre coffre-fort et me suis emparée de l'élixir. Ensuite, je l'ai rangé dans mon sac et vous ai offert le substitut. Quel dommage que vous ne l'ayez pas goûté ! Vous auriez passé quelques jolis moments d'intimité avec votre pot de chambre.

Il ne réagit pas.

— À présent, je vais vous demander de m'excuser… susurra-t-elle. Notre danse est finie, et j'ai beaucoup à faire. Au plaisir, monsieur le duc.

Vif comme l'éclair, il lui saisit le poignet.

— J'ai également beaucoup à faire… avec vous, madame.

— Lâchez-moi immédiatement, ordonna-t-elle – elle ne souriait plus.

— Sinon quoi ? Vous allez sortir un pistolet de votre manche et me tirer une balle en plein cœur ? M'accuser publiquement de duperie ? Je ne vous le conseille pas, madame. Mais… qu'avez-vous ? Je vous trouve pâlotte. Un peu d'air vous remettra d'aplomb.

La tenant fermement par le coude, il retraversa la salle, offrant un sourire par-ci, un salut par-là. Tous les regards étaient rivés sur eux. Les dames commentaient l'insolence du duc anglais en se cachant derrière leurs éventails qu'elles agitaient fébrilement.

Une indicible rage bouillonnait dans les veines d'Eva. Mais elle ne ferait pas de scène. Non, pour rien au monde elle ne lui donnerait cette satisfaction. Un sourire froid plaqué sur le visage, elle marchait docilement à ses côtés. Pourtant, intérieurement, elle brûlait de l'insulter, de l'humilier à un point tel que cette soirée resterait à jamais gravée dans sa mémoire.

Elle brûlait aussi de découvrir avec lui certains plaisirs qui…

« Arrête ! » se morigéna-t-elle alors qu'il la conduisait vers la sortie.

Dehors, une lune ronde brillait dans un ciel de velours. Au bout de quelques pas, le duc ôta sa redingote, qu'il drapa sur les épaules d'Eva. Puis, haussant un sourcil narquois, il lui offrit son bras.

« Comme si j'avais le choix ! » grogna-t-elle in petto. Indignée, elle posa sa main gantée sur la manche de son geôlier.

Sans un mot, il la fit passer à côté d'une fontaine gelée où des glaçons gouttaient des bras d'un chérubin de pierre. Le gravier crissait sous leurs semelles, des panaches de buée s'échappaient de leurs bouches. La colère d'Eva, la détermination de Blackheath crépitaient dans l'air, ainsi qu'un désir inavouable qu'elle s'efforçait d'ignorer – sans succès.

Le duc l'emmena un peu plus loin et, à son grand étonnement, la relâcha avant de déclarer :

— Ne partez pas avant que je vous aie dit tout ce que j'ai à vous dire !

Déroutée, Eva fit quelques pas en arrière, tout en s'emmitouflant dans l'épaisse redingote du duc. Taillée dans une étoffe de grande qualité, elle était encore imprégnée de la chaleur et du parfum masculin de son propriétaire. Elle résista à l'envie d'y fourrer son nez.

— Je vous écoute, articula-t-elle, essayant d'apaiser les battements désordonnés de son cœur, les frissons d'appréhension qui la traversaient. Que voulez-vous ?

Il fixa sur elle un regard indéchiffrable.

— J'ai besoin de votre aide.

Que cet homme que l'on disait dangereux l'entraîne dans le parc pour un motif aussi absurde dépassait l'entendement ! Sa requête la désarçonnait, la décevait presque.

Elle éclata d'un rire nerveux. L'idée que cet arrogant personnage, ce manipulateur diabolique demande de l'aide était décidément grotesque.

— Vraiment ? s'exclama-t-elle en le considérant avec mépris. Vous ne manquez pas de toupet ! Je suis la dernière personne sur cette terre qui puisse quoi que ce soit pour vous.

— Je suis sûr qu'en échange d'une certaine somme, vous accepterez de faire un petit effort.

— Certaines choses ne s'achètent pas, riposta-t-elle.

Un silence embarrassé s'installa entre eux.

— Si vous m'aidez, reprit Blackheath, je vous pardonnerai vos torts envers ma famille. C'est pour les miens, et non pour moi, que je suis parti à votre recherche.

Eva fronça les sourcils. Dans la nuit paisible et majestueuse, elle scruta les prunelles du duc, plus sombres que le plus profond des océans et, l'espace d'un bref instant, il l'autorisa à percevoir l'angoisse qui le hantait, la douleur qu'elle le croyait incapable d'éprouver.

Une part d'elle s'adoucit, réagissant à cette vérité qu'elle découvrait brusquement : il était humain, lui aussi.

— J'ai une sœur, poursuivit-il en tournant le dos à Eva. Elle s'appelle Nerissa. Je tiens à elle par-dessus tout.

Hypnotisée par la large carrure de Blackheath, Eva demeura silencieuse.

— C'est une jeune femme romantique, très amoureuse de son prétendant, le comte de Brookhampton. Mais ce garçon n'a aucune envie de s'engager et d'assumer les responsabilités qui lui incombent.

Il pivota, offrit de nouveau son bras à Eva et se remit à marcher. « Il doit être frigorifié », songea-t-elle. Il n'avait que sa chemise et son gilet pour le protéger du froid. Mais le duc de Blackheath était trop maître de lui-même pour s'autoriser à frissonner, claquer des dents ou se laisser aller au plus faible tremblement de voix.

— Il y a deux semaines de cela, le comte de Brookhampton a été… envoyé en Espagne à bord du *Sarah Rose*, un navire anglais. Au large des côtes françaises, le vaisseau a été pris d'assaut par un corsaire américain.

Le récit du duc éveilla chez Eva une émotion qui l'effraya. Aussi, comme à son habitude quand elle se sentait menacée, se réfugia-t-elle dans l'agressivité et le sarcasme.

— Ah, oui ! Mes compatriotes m'ont raconté leur exploit.

Blackheath crispa les mâchoires, mais ne mordit pas à l'hameçon de la provocation.

— Lord Brookhampton figure parmi ceux qu'on a déclarés disparus quand le navire a sombré. Ma sœur est inconsolable.

— Pourquoi a-t-on envoyé Brookhampton en Espagne ?

Le duc se rembrunit.

— Peu importe la raison de son départ. Il s'agit seulement de le retrouver et de le ramener sain et sauf en Angleterre.

— Si j'étais vous, je demanderais aux crabes au large de Calais s'ils ne se rappellent pas l'avoir croqué.

Cette fois, le duc ne put réprimer sa colère et lui fit face. Il y avait dans ses yeux une étincelle si féroce qu'Eva eut un mouvement de recul.

— Votre plaisanterie est tout à fait déplacée. Je vous parle d'une vie humaine, madame.

— Nous parlons d'un Anglais qui se réjouit – en supposant qu'il soit encore de ce monde – de voir les Américains massacrés, affamés, roués de coups.

— Vous racontez des sottises, dit-il froidement. Nombreux sont ceux qui, au Parlement comme ailleurs en Angleterre, ont de la sympathie pour l'Amérique. De grands hommes tels que Pitt et Burke, dans l'espoir de mettre un terme à cette guerre fratricide, s'opposent à la politique du roi George et sont prêts à répondre favorablement aux exigences de vos compatriotes.

— Êtes-vous de ceux-là ? demanda-t-elle avec un sourire hautain.

Il darda sur elle son regard d'un noir d'encre.

— Deux de mes belles-sœurs sont américaines. Mon frère Charles – celui que vous avez assommé – s'est battu à Boston. Il a compris la tragédie que vivent les Américains. D'ailleurs, s'il est encore en vie, c'est grâce à eux. Oui, madame, je puis vous assurer que je suis de ceux qui compatissent aux malheurs de votre peuple. Et plus tôt le conflit cessera, mieux je me porterai.

Eva se détourna, regrettant soudain ses propos.

— Qu'attendez-vous de moi ? s'enquit-elle.

— J'ai besoin de votre aide pour savoir ce qu'est devenu lord Brookhampton.

Elle haussa les épaules.

— Je ne vois pas bien comment je peux vous être utile. Si les rapports indiquent qu'il faisait partie de ceux qui ont coulé avec le navire…

— Ces documents sont aisément falsifiables. Perry a peut-être utilisé un nom d'emprunt pour éviter d'être repéré. Il a peut-être été blessé et pris en otage… Tant de choses ont pu arriver. Il me faut la vérité.

— Pourquoi ne pas mener votre propre enquête ?

— Oublieriez-vous que je suis anglais ? Je ne suis pas véritablement un ami des Français, et si vous parvenez à vos fins, vous autres Yankees, je serai bientôt leur ennemi.

« Vous avez un avantage non négligeable sur moi : vos entrées dans les hautes sphères de la société française. Je voudrais que vous vous renseigniez, que vous découvriez si Perry a survécu, et si oui, dans quelle prison il est détenu.

Les mâchoires serrées, il détourna le visage. D'une voix éraillée, il conclut :

— Je vous prie de m'aider à rendre à ma sœur Nerissa sa joie de vivre.

Rien ne pouvait toucher davantage Eva que cet argument. D'après Blackheath, sa sœur était une jeune femme romantique et amoureuse. Eva se remémora l'époque où elle était elle-même très jeune, romantique et amoureuse. Malgré les années qui s'étaient écoulées, elle avait encore un goût amer dans la bouche à ce souvenir. Elle avait été trahie, son innocence foulée aux pieds, ses rêves anéantis.

Non, elle n'avait nullement envie d'aider le duc. Sa sœur, en revanche…

Elle poussa un soupir las.

— Je verrai ce que je peux faire, dit-elle. Pas pour vous, mais pour votre sœur.

— Même si vous ne l'avez jamais rencontrée ?

— Peu importe. C'est une femme. Elle souffre, et je la plains.

— Parce que vous pensez que les hommes ne souffrent pas ?

— Je le sais. Comment pourraient-ils connaître la souffrance ? Ils n'ont pas de cœur. C'est d'ailleurs pour cela qu'ils prennent tant de plaisir à briser le nôtre.

Il la contempla un long moment, et Eva eut l'impression troublante qu'il lisait en elle comme dans un livre ouvert, qu'il entrevoyait les secrets profondément enfouis dans son âme.

Un brusque frisson la parcourut. Elle était dangereusement fascinée par cet homme. Cela la rendait nerveuse, et étrangement mélancolique.

— Vous avez froid ?
— Oui, mentit-elle.
— Laissez-moi y remédier.
Sur ces mots, il l'attira contre lui et l'embrassa.

6

La nuit enveloppait les promeneurs imprudents d'un manteau rêche et glacé. L'air cinglait les joues d'Eva. Pourtant, lorsque les lèvres de Blackheath s'unirent aux siennes, elle sentit une onde de chaleur l'envahir.

Les mains du duc se faufilèrent sous l'épaisse redingote de velours pour effleurer les seins d'Eva, sa taille et ses hanches. Il la serra plus fort encore. Étourdie par le baiser, elle n'eut pas la force de se dégager. Lorsqu'elle posa ses paumes sur le torse puissant de Lucien, elle sentit vibrer ses muscles et son cœur.

Quel plaisir d'être étreinte par des bras aussi robustes ! Comme c'était grisant et dangereux de s'abandonner ainsi ! D'un coup, elle oublia sa colère, ses convictions et ses regrets. Une seule chose comptait : leurs bouches scellées en un baiser impétueux.

À présent, du bout de la langue, il traçait le contour de sa lèvre inférieure, éveillant sur son passage de délicieux picotements. Dans un soupir d'abandon, elle ouvrit la bouche et leurs langues s'entremêlèrent dans une danse enfiévrée.

Elle le désirait éperdument, elle ne pouvait le nier. Juste Ciel ! Si elle avait été une fille de joie, elle lui aurait fait l'amour, là, tout de suite. Cette pensée la fit frémir d'aise tant elle avait envie de lui.

Les mains sur ses fesses, il la pressa contre lui, contre sa virilité qui tendait l'étoffe de son pantalon à la faire craquer. Elle renversa la tête, enroula ses bras autour de son cou. L'épaisse redingote glissa de ses épaules et tomba à ses pieds en un amas de velours froissé.

Soudain, Eva s'arracha au baiser et, haletante, appuya son front contre le torse du duc.

— Si vous recommencez, je vous tue, dit-elle sans conviction, s'efforçant de reprendre son souffle.

— Vous croyez que cette menace va me décourager ?

— Je n'éprouve rien pour vous.

— Ah ? Alors, vous êtes une excellente actrice.

— Je vous hais depuis le jour où j'ai appris que vous sabotiez le travail de notre réseau d'espionnage, ici en France. L'affaire de l'aphrodisiaque a été la cerise sur le gâteau.

— Mmm… oui… murmura-t-il en lui caressant la nuque, titillant le lobe de son oreille du bout du pouce. J'aimerais pouvoir en dire autant. Hélas, je dois avouer que vous m'avez fasciné dès la seconde où je vous ai vue au mariage de mon frère.

— N'ayez crainte, répliqua-t-elle, feignant la désinvolture. Il ne s'agit que d'une envie passagère. N'y pensez plus et vous m'oublierez.

— J'ai déjà essayé et je ne vous ai pas oubliée.

— Dans ce cas, cherchez-vous une autre femme.

— Je ne veux pas d'autre femme, murmura-t-il.

Elle sentit son souffle chaud sur sa gorge, puis ses lèvres charnues qui déposaient un baiser délicat sur son cou.

— C'est vous que je veux…

Une excitation fébrile la parcourut des pieds à la tête. En cet instant, il aurait pu lui arracher le cœur et le piétiner qu'elle ne s'en serait pas rendu compte. Un élan de frayeur la pétrifia soudain. Mais Eva méprisait la peur. Si quelque chose l'effrayait, il lui fallait l'affronter.

Blackheath insistait :

— Vous êtes une jeune et ravissante veuve, plus une vierge effarouchée. Sauf erreur de ma part, vous êtes aussi impatiente que moi de terminer ce que nous avons déjà commencé dans ma chambre. Or, je me trompe rarement, Eva. Laissez-moi vous démontrer que les hommes ne sont pas les monstres que vous croyez.

Les genoux d'Eva se mirent à flageoler.

— J'ai… j'ai une affaire à régler au bal.

— Certes, il vous faut travailler pour moi. Mais le plaisir avant les affaires.

Il lui saisit le bras. Tiraillée entre l'appréhension et le désir, elle eut soudain l'impression de suffoquer. La nuit se fit brusquement oppressante. Le feu que Blackheath avait allumé dans ses veines la consumait, et le duc était le seul capable de l'éteindre.

Une idée fugace lui traversa l'esprit. Une idée d'une hardiesse folle, mais qui servirait à merveille ses propres plans. Elle eut du mal à dissimuler son contentement, son soulagement.

— Entendu, murmura-t-elle, tout en scrutant le visage austère du duc. Je ne suis pas une spécialiste de la gent masculine, mais je vous accorde une chance de me convaincre que les hommes ne sont pas tous des mufles. Vous et moi allons nous rendre dans mes appartements…

Eva plissa les paupières.

— Cependant, je pose mes conditions, ajouta-t-elle.

— Et quelles sont-elles ?

— Je tiens à dominer la situation.

Il haussa un sourcil étonné.

— Vraiment ? Cette nuit promet d'être plus excitante que je ne l'avais espéré…

— Je vous préviens tout de suite : si vous me décevez d'une manière ou d'une autre, je vous jure que je vous tue.

Un sourire malicieux courut sur les lèvres de Blackheath.

— Dans ce cas, je vous promets de me surpasser pour vous satisfaire.

Ils retournèrent au bal, chacun de son côté. Prétextant une méchante migraine, Eva s'excusa et prit congé des convives.

La mine intriguée de Franklin ne lui échappa pas. Il l'avait vue en compagnie de Blackheath et se demandait sans doute ce qu'elle manigançait avec l'ennemi. Mais Eva avait un plan, et Blackheath était l'homme qu'il lui fallait pour le mener à bien.

Comme convenu, il l'attendait au pied du gigantesque escalier qui menait aux étages supérieurs du manoir, où logeaient les invités. Il n'y avait personne alentour pour les déranger. Pas même un domestique.

— Il est encore temps de changer d'avis, chuchota-t-il avec un sourire de défi, sachant pertinemment qu'elle ne reculerait pas.

Eva posa une main sur son bras.

— Je ne suis pas une lâche. Même si vous aimez à penser que tout le monde vous considère comme le diable incarné, je ne crains pas le grand méchant loup.

— Ah, vraiment ? Pourquoi tremblez-vous, alors ?

Elle eut un petit rire nerveux.

— Je suis impatiente, tout simplement.

En guise de réponse, il la gratifia d'un petit sourire de connivence qui lui noua l'estomac. Car elle avait menti : malheureusement, elle avait peur du grand méchant loup, qui risquait fort de la dévorer. Car elle était parfaitement consciente qu'elle s'apprêtait à livrer son cœur sur un plateau d'argent au ténébreux duc de Blackheath.

« Garde ton calme ! s'ordonna-t-elle. C'est toi qui tiens les rênes. Il a accepté tes conditions. Tu n'as rien à redouter… tant que tu ne t'imagines pas qu'il est ton prince charmant. Il ne vaut pas mieux que les autres hommes. »

Elle reprit contenance, releva le menton d'un air hautain. Oui, elle maîtrisait la situation. Elle devait seulement s'en convaincre. Quand ils eurent gravi les marches, le souffle d'Eva s'accéléra. Elle précéda Blackheath jusqu'à la porte close de sa chambre. Avant de l'ouvrir, elle pivota et fit face à son partenaire. Dardant sur lui un regard déterminé, elle déclara :

— Dois-je vous rappeler les termes de notre accord, Blackheath ?

— Vous êtes le maître et moi l'esclave, rétorqua-t-il, un brin sardonique.

— Je vous le répète, je suis parfaitement capable de vous tuer si vous me décevez d'une quelconque manière.

— Je sais, très chère. C'est une des raisons pour lesquelles vous me subjuguez.

Tout en parlant, il s'appuya contre le battant et approcha son visage de celui d'Eva. D'une voix grave, enjôleuse, il ajouta :

— Voyez-vous, j'adore les femmes dangereuses.

Eva se raidit. Son cœur battait la chamade.

— Vous cesserez de les adorer si l'une d'elles décide de vous tuer.

— Me tuer ? Voilà une menace que vous ne vous lassez pas de répéter, milady. Prouvez-moi avant l'aube que vous êtes aussi redoutable que vous le paraissez.

Elle lui décocha un regard dur.

— Avec plaisir, monsieur le duc.

Il laissa échapper un petit rire qui la hérissa. Elle ne supportait pas qu'il la prenne ainsi de haut. Elle se remémora sa réaction lorsqu'il l'avait trouvée dans sa chambre, à Blackheath Castle. Alors qu'avec son pistolet chargé elle le tenait en joue, il lui avait impudemment tourné le dos, comme pour lui signifier qu'il ne le prenait pas au sérieux.

Voilà pourquoi il te fascine. Il ne te craint pas mais te respecte, contrairement à tant d'autres hommes. Tu apprécies son courage. Eva, tu as trouvé un adversaire à ta mesure.

Un adversaire qu'elle battrait à plate couture.

Esquissant un sourire, elle désigna du regard le bras viril qui lui bloquait le passage. Par pure provocation, le duc demeura immobile quelques secondes avant de s'écarter. Eva ouvrit la porte de sa chambre.

Un feu brûlait dans la cheminée. Sur une commode basse aux pieds fins et incurvés, de style français, une haute bougie baignait d'une agréable lumière orangée le meuble en bois laqué, le tapis d'Orient sur le sol, et les lourdes tentures qui masquaient les fenêtres et entouraient le lit à baldaquin.

— Vous n'avez pas de femme de chambre ? s'enquit Blackheath avec un haussement de sourcils.

— Je lui ai accordé son congé pour la nuit. Elle m'a gentiment aidée à me préparer pour la soirée et a bien mérité de se reposer.

Le duc était campé derrière elle. La sensualité, le désir s'exhalaient de toute sa personne. Eva était grande, mais elle eut soudain l'impression d'être fragile, délicate. Elle réprima un frisson et se dit qu'elle était folle d'avoir invité le duc de Blackheath dans ses appartements, de l'avoir laissé entrer dans sa vie.

Mais elle agissait uniquement par esprit patriotique. Elle se réconforta en se persuadant qu'il y avait pire sacrifice.

La seule façon de profiter des délices charnelles qui l'attendaient sans y laisser de plumes, c'était le détachement. Ainsi, elle n'imaginerait pas de choses impossibles. Elle n'éprouverait aucun sentiment.

Dès l'instant où il posa ses lèvres sur les siennes, elle sut qu'elle allait livrer une âpre bataille. Car, dans ses bras, elle fondait comme neige au soleil.

Les mains robustes et chaudes du duc lui caressèrent le menton et les joues, lui prirent le menton pour mieux l'embrasser. Grisée par ce baiser fougueux, elle poussa un petit gémissement de plaisir. Entre ses cuisses, elle sentit quelque chose de dur et de brûlant qui tendait le pantalon de son compagnon. Puis il la souleva de terre.

Interloquée, elle déploya un effort surhumain pour reprendre le dessus.

— Posez-moi ! C'est moi qui décide, Blackheath !

— Entendu.

— Alors, reposez-moi !

Un sourire mutin joua sur les lèvres du duc.

— *Immédiatement !*

Dans un soupir, il s'exécuta et demeura immobile un moment, la considérant d'un air alangui et sûr de lui.

— Déshabillez-moi, ordonna-t-elle.

Il la dévisagea avec stupéfaction.

— Ce sont toujours les hommes qui mettent en scène leurs fantaisies érotiques, en se servant des femmes. Ce soir, nous inversons les rôles.

— Ce n'est pas pour me déplaire, Eva, murmura-t-il.

Tandis qu'il s'approchait d'elle, elle retint son souffle. Les doigts de Blackheath frôlèrent ses tempes, ôtèrent une épingle à cheveux, puis une deuxième, une troisième. Eva ne le quittait pas du regard.

Une tresse poudrée cascada sur son épaule et dans son dos.

Elle baissa les paupières, les nerfs à fleur de peau, les jambes tremblant imperceptiblement. Les unes après les autres, les épingles tombèrent sur le parquet avec un doux cliquetis. Blackheath acheva de la décoiffer avant d'effleurer son corsage.

Non, se dit-elle. Elle ne le laisserait la déshabiller qu'un peu plus tard. Arborant un sourire faussement timide, elle fit quelques pas hésitants en arrière, secoua sa luxuriante chevelure pour en ôter la poudre et lui restituer sa couleur naturelle, celle du feu.

Puis elle jaugea son compagnon des pieds à la tête, lui tourna autour, promenant ses doigts sur le torse de Blackheath. Il la contemplait comme un fauve contemple sa proie.

Se dressant sur la pointe des pieds, elle lui chuchota à l'oreille :

— Est-ce que vous me désirez, monsieur le duc ?

— Voici deux semaines que je pense uniquement à vous, répliqua-t-il dans un souffle.

— Mais… si je vous déçois…

D'un geste leste, elle déboucla le ceinturon auquel était attachée l'épée de Blackheath.

— … vous me tuerez ?

— Je ne crois pas que vous me décevrez.

Elle sourit à son tour. Il ne bougea pas. Elle déboutonna son gilet de velours et fit courir ses mains sur les muscles qui se devinaient sous sa chemise. Un rubis écarlate ornait la large cravate de soie nouée autour de son cou. Elle ouvrit l'épingle du joyau, qu'elle posa sur la commode, avant d'ôter lentement la cravate, faisant glisser la soie le long du cou du duc.

— Aurais-je mal compris ? dit Blackheath d'un air canaille. Vous souhaitiez que je vous déshabille, me semble-t-il.

— C'est vrai, mais j'ai changé d'avis. Puisque j'ai le contrôle de la situation, je préfère vous dévêtir.

Il se tenait à présent devant elle en pantalon et chemise. Les manches de celle-ci s'agrémentaient aux poignets d'une splendide dentelle immaculée qui mettait en valeur les plus belles mains d'homme qu'elle eût jamais vues. Des mains élégantes, distinguées, mais sans rien d'efféminé. Des mains de gentleman, d'aristocrate. Eva n'ignorait pas qu'elles avaient tué. Récemment, elles avaient ôté la vie de son infâme cousin, Gerald, quand celui-ci avait tenté d'assassiner Andrew, le benjamin des Montforte.

Pourtant, elle voulait ces mains meurtrières sur sa peau.

Mais pas tout de suite… Pour l'instant, elle avait une envie folle de caresser ce corps puissant. S'immobilisant derrière lui, elle tira sur sa chemise pour la sortir de son pantalon.

— Vous ne me l'enlevez pas complètement ? demanda-t-il.

— Il ne faudrait pas que vous preniez froid. Vous ne seriez plus en mesure de…

Sans achever sa phrase, elle le gratifia d'une œillade incendiaire.

— Rassurez-vous, milady. J'ai des arguments… hum… en acier trempé, tout prêts à vous satisfaire.

Feignant de n'avoir pas saisi l'allusion grivoise, elle ordonna :

— Ôtez vos souliers.

Inclinant la tête et lui jetant un regard en biais, il obéit.

— Déboutonnez vos manches.

Quand il eut fait ce qu'elle lui demandait, elle enchaîna d'un ton impérieux :

— Ne bougez plus.

Sur quoi, elle passa devant lui sans cesser de l'effleurer, dessinant une arabesque de sa hanche à la cuisse musclée que moulait son pantalon. Les paupières mi-closes, il darda sur elle ses yeux noirs comme une nuit sans lune et lui adressa un petit sourire aguicheur auquel elle répondit en lui caressant la cuisse du bout de l'ongle. En son for intérieur, elle se réjouissait qu'il lui ait permis de prendre le contrôle de la situation. Que lui demanderait-il donc en retour? Ou plutôt, que lui *donnerait-il* en retour?

Sans le quitter des yeux, elle entreprit de déboutonner son pantalon. Sur le visage du duc, le sourire disparut, remplacé par une expression concentrée, presque menaçante.

Lorsque Eva défit le dernier bouton, le pantalon du duc glissa sur ses chevilles. Aussitôt, comme pour préserver sa pudeur, sa longue chemise se rabattit sur son bas-ventre. Tout en renversant la tête en arrière pour dévisager son compagnon, Eva posa la main sur le membre viril qui gonflait le tissu de la chemise.

Alors seulement, elle mesura l'état d'excitation du duc. Son sexe était raide comme le marbre, et si imposant qu'elle en frissonna. Ce simple attouchement la troubla plus qu'elle ne l'aurait cru. Submergée par une vague brûlante, elle déploya des efforts surhumains pour ne pas pousser Blackheath sur le tapis et le couvrir de caresses scandaleuses. « Non, non, non, se morigéna-t-elle. Tu sais te tenir ; tu es une lady, voyons ! »

Remarquant sa confusion, il eut un sourire satisfait.

— Si vous vouliez me torturer, dit-il, sachez que c'est réussi.

— Peut-être qu'un peu de vin calmera votre… impatience, suggéra-t-elle en continuant à le caresser à travers la chemise.

Blackheath, qui peinait à cacher son trouble, se mordilla la lèvre inférieure.

— N'oubliez pas que vous aurez ensuite à me déshabiller…

— Je suis à deux doigts de vous prendre, là, tout de suite.

— Allez-y et je vous…

— Vous me tuez ? murmura-t-il.

— Quelque chose dans ce genre, répondit-elle, retirant sa main de l'ardente érection.

Puis elle pivota, lui jeta un regard provocant pardessus son épaule et gagna sa table de toilette, où flacons de parfum côtoyaient diverses crèmes de beauté, brosses et petites boîtes, disposées autour d'un vase de fleurs. Tout près, une bouteille de champagne se dressait dans un seau à glace. Eva déboucha la bouteille et remplit deux coupes avant de rejoindre son compagnon.

D'un coup de pied, elle ôta un de ses souliers et offrit une coupe à Blackheath. Sur quoi, elle se débarrassa de son deuxième soulier et trempa les lèvres dans le champagne.

Observant le duc entre ses cils à demi baissés, elle roucoula :

— Je porte un toast… à la paix.

— À la paix, répéta-t-il.

Eva se demanda s'il buvait à leur réconciliation ou à celle de leurs pays respectifs. Elle posa sa coupe et déclara :

— À présent, vous pouvez me dévêtir.

À son tour, il délaissa le vin. Un sourire diabolique joua sur ses lèvres. Avec une aisance qui la déconcerta, il commença à la déshabiller. Quand il lui ôta la rivière de diamants qui brillait à son cou, lui effleurant la nuque de ses doigts chauds, elle frissonna. L'espace de quelques secondes, les pierres précieuses lui firent l'effet d'une caresse divine. Blackheath semblait manifestement très à l'aise quand il s'agissait de débarrasser une femme de ses atours. En tout cas, il savait mieux s'y prendre que sa propre femme de chambre. Adroitement, il vint à bout d'une ribambelle de boutonnières brodées et de rubans. Enlevés, la ravissante jupe de velours prune, la pièce d'estomac de satin rose, les cerceaux, les jupons étroitement lacés. Elle se retrouva bientôt uniquement vêtue d'une longue et fine chemise, de bas et de jarretières.

Pareil à une coulée de lave, le désir se répandit dans tout son corps.

Alors, il la serra contre lui et promena ses mains gourmandes sur ses reins. Elle sentit immédiatement son inflexible virilité vibrer contre son pubis, ne rencontrant pour barrière que leurs deux chemises.

Écrasant sa bouche sur la sienne, Lucien avala le gémissement d'Eva. Elle faillit défaillir tant le baiser était fougueux. Partagée entre l'envie de lâcher prise et celle de maîtriser la situation, elle prit peur.

S'accrochant à ce qu'il lui restait de lucidité, elle s'écarta.

— Je... je... je suis nerveuse, balbutia-t-elle. J'ai besoin de champagne. En voulez-vous aussi, Blackheath ?

— Volontiers, susurra-t-il.

Il lui tendit sa propre coupe. Elle but une gorgée, puis inspira à fond pour recouvrer son aplomb.

— En fait, j'aimerais que vous vous allongiez sur le lit.

— Allons, ne soyez pas si pressée. Nous...

— Soyez gentil, dit-elle d'une voix doucereuse, ne m'obligez pas à me répéter.

Un large sourire étira les lèvres du duc.

— Ah... laissez-moi deviner. Vous reprenez les rênes, c'est cela ?

— Comme vous êtes perspicace !

— Entendu, fit-il, laconique.

Il s'approcha du lit, s'y assit et ôta ses bas, dévoilant des mollets d'athlète, superbes et couverts de poils bruns.

Ô doux Jésus !

— Et maintenant ? s'enquit Blackheath.

— Couchez-vous. Je vais vous ligoter.

Il roula des yeux étonnés, avant d'éclater d'un rire sonore.

— Me ligoter ? Je ne m'enfuirai pas, je vous le jure.

— Cela fait partie de mon fantasme, expliqua-t-elle. Vous avez de moi l'image d'une femme dominatrice et j'ai de vous l'image d'un homme manipulateur. Pour que mon fantasme soit parfaitement réalisé, je dois avoir la totale maîtrise de la situation. D'où la nécessité de vous attacher.

— Voilà qui promet d'être intéressant.

— Qui sait ? Peut-être trouverez-vous cela… excitant.

La considérant avec convoitise, il avoua :

— J'adorerais pourtant vous caresser, Eva.

Elle eut un sourire.

— Oh, je vous libérerai dans un moment. D'ailleurs, je ne serrerai pas trop vos liens. Vous pourrez bouger un peu.

S'adossant aux oreillers, il croisa les mains derrière la tête. Eva perçut dans ses yeux noirs une lueur malicieuse. Était-il intrigué ? Probablement, songea-t-elle. Intimidé ? Certainement pas. Il était d'une arrogance telle qu'il se pensait sans doute capable de reprendre le dessus sans problème, ligoté ou non. Dans un élan magnanime, il lui accordait son quart d'heure de victoire. Peut-être éprouvait-il une satisfaction perverse à l'idée de faire croire à une femme qu'elle détenait le pouvoir.

« Vous vous fourvoyez, monsieur le duc, se dit-elle. Je vous réserve une surprise. »

Se souvenant du champagne, elle posa les deux coupes sur la table de toilette, déboucha un flacon de parfum et recueillit deux gouttes qu'elle appliqua délicatement derrière ses oreilles. Avant de remettre le bouchon ouvragé en place, elle le secoua discrètement au-dessus d'une des coupes. Puis elle les remplit de champagne et les emporta jusqu'au lit à baldaquin.

Allongé sur le dos, les genoux relevés, le duc arborait un air faussement alangui. Sa chemise froissée avait glissé, dévoilant une infime partie de sa virilité – assez pour émoustiller Eva.

Feignant la désinvolture, elle déclara :

— Si vous avez peur, Blackheath, rien ne nous oblige à poursuivre l'aventure.

— Je suis probablement le moins effrayé des deux, rétorqua-t-il avec un aplomb irritant.

— Vraiment ?

— C'est à vous de me le dire.

Elle éclata d'un petit rire nerveux.

— Si j'avais peur, je ne vous le dirais certainement pas. En outre, vous serez ligoté, donc inoffensif.

Le duc eut alors un petit sourire qui, brusquement, la glaça.

— Vous ferez uniquement ce que je veux que vous fassiez, ajouta-t-elle.

— À vos ordres, ma chère.

Elle lui tendit alors la coupe de champagne agrémenté d'une larme de « parfum ». Tels deux adversaires sur leurs gardes, ils se dévisagèrent, les yeux noirs énigmatiques de Blackheath fixant les iris émeraude d'Eva.

— Buvons à notre soirée, dit-elle.

— À notre soirée…

7

Les deux coupes de cristal s'entrechoquèrent. Eva laissa son compagnon boire son champagne avant de s'emparer de sa cravate, dont elle se servit pour lui attacher les poignets à la tête de lit.

Un sourire aux lèvres, Blackheath avait l'air d'un loup en laisse. Un prédateur féroce qui n'attendait qu'une chose : que sa proie ait terminé de le caresser pour la dévorer toute crue.

L'estomac noué, Eva se demanda combien de temps il faudrait à l'aphrodisiaque pour faire effet. Un frisson la parcourut, mais elle n'en laissa rien paraître. Elle s'assit sur le bord du lit, plaqua sur son visage un sourire où se mêlaient la satisfaction et l'amusement, et contempla sa victime consentante.

Elle pria le Ciel de lui venir en aide, car elle doutait de sa capacité à poursuivre l'expérience. Elle souhaitait seulement vérifier l'efficacité de la potion avant de la donner à Marie-Antoinette. Si elle ligotait Blackheath, c'était uniquement pour l'empêcher de lui sauter dessus et abuser d'elle.

La voix grave du duc l'arracha à ses pensées.

— Vous ne buvez pas beaucoup, murmura-t-il, montrant sa coupe presque intacte. Vous n'appréciez pas le champagne ?

— Si, si. Je tiens seulement à rester sobre pour profiter pleinement de la situation.

— Je vois, dit-il en se redressant contre les oreillers.

Eva détourna furtivement le regard. Bien que la chemise de Blackheath dissimulât largement la partie virile de son anatomie, elle ne doutait pas de son état d'excitation.

— Dans ma famille, ajouta-t-elle, contemplant le feu qui crépitait dans la cheminée, on ne supporte pas très bien l'alcool. Ma mère en est morte.

Ce n'était pas tout à fait vrai, admit-elle intérieurement. Sa mère était morte de chagrin ; l'alcool n'avait été pour elle qu'un calmant qui, peu à peu, l'avait conduite au tombeau.

— Je suis navré…

Une étrange lueur s'alluma dans les yeux de Blackheath, qui braqua vers elle son implacable regard de prédateur. Elle vit les muscles de ses bras se tendre, rouler souplement sous la peau.

— Ma mère est morte en couches, reprit-il. C'est terrible de perdre une personne que l'on aime.

— On n'oublie jamais, n'est-ce pas ?

Le duc crispa les mâchoires. Eva sentit qu'il contrôlait son souffle, comme si la moindre inspiration risquait de causer sa perte.

— Non, on n'oublie pas, marmonna-t-il entre ses dents. Surtout lorsqu'on perd ses deux parents en l'espace d'une semaine.

— Oh… je suis désolée. Qu'est-il arrivé ?

— Mère a souffert le martyre pour mettre au monde Nerissa. Mon père n'en pouvait plus de l'entendre hurler…

Il ferma les yeux ; des gouttelettes de sueur se formèrent sur son front. Sa respiration, à présent, était laborieuse.

— Alors qu'il courait se réfugier dans la tour, il a fait une chute dans l'escalier… et s'est rompu le cou.

— Seigneur ! souffla Eva, qui porta une main à ses lèvres.

Blackheath tira sur la cravate qui, visiblement, lui meurtrissait les poignets. Il risquait de déchirer ses liens. Soudain, Eva s'alarma : et si elle l'avait empoisonné ?

Il n'était pas dans son état normal, cela ne faisait aucun doute.

— Je... C'est... bredouilla-t-il, crispant les poings, c'est moi qui ai découvert son corps. Et, comme vous le disiez, je n'ai pas oublié.

— Est-ce que tout va bien, Blackheath ?

Il souleva les paupières. Il y avait dans ses yeux noirs une intensité qui la transperça.

— Je brûle de désir pour vous, s'emporta-t-il. Bon sang, madame, ayez pitié de moi !

Ce serait si facile de le laisser là, attaché au lit, comme elle l'avait prévu ; si facile de se rhabiller et de regagner le bal comme si rien ne s'était passé, comme si elle ne brûlait pas, elle aussi, de désir. Elle aurait le dernier mot, lui infligerait l'ultime humiliation. Mais si Eva s'enorgueillissait d'être impitoyable envers les hommes, elle n'était pas cruelle.

Elle hésita. Après tout, son adversaire était bien ligoté et en mesure de prendre du plaisir sans jamais la dominer... Quel mal y avait-il à profiter de lui ?

Elle tendit la main pour lui caresser la joue et sentit sur ses doigts son souffle chaud et saccadé. Lorsqu'il tourna la tête vers elle et lui baisa la paume, une bouffée de chaleur l'envahit. Avec un doux gémissement, elle posa un genou contre son flanc et se mit à califourchon sur son torse, juste au-dessus de son érection. Elle glissa ses mains sous la chemise de son compagnon, se délecta des frissons qu'elle faisait naître sous ses doigts...

— Eva, ne jouez pas avec moi !

« Il ne m'interroge pas à propos de l'aphrodisiaque », se félicita-t-elle. Cette fois-ci, elle avait subtilisé le bon flacon et elle serait récompensée de ses efforts – ainsi que sa patrie, l'Amérique.

— Je ne joue pas, je... je me mets en condition, répondit-elle, s'évertuant à repousser l'inéluctable.

— Dans ce cas, approchez-vous, je vais vous aider.

— Pardon ? fit-elle, perplexe.

Fixant sur elle son regard pénétrant, il précisa :

— Approchez-vous de mon visage.

Fort heureusement, Eva n'était plus une demoiselle innocente, car ses joues auraient pris la couleur de ses cheveux flamboyants. Mais Blackheath, à l'évidence, était très au-delà des limites habituelles de la bienséance. Il voulait manifestement assouvir l'extraordinaire désir que la potion avait éveillé en lui.

Avançant maladroitement sur ses genoux, Eva remonta sur la poitrine de Blackheath, en prenant soin de ne pas l'écraser. Elle avait l'impression que son cœur allait se décrocher de sa poitrine.

— Je vais vous faire mal, chuchota-t-elle.

Ses genoux étaient à présent à la hauteur des épaules de son prisonnier. Les perles de sueur sur son cou viril scintillaient à la lueur de la bougie.

— Si vous hésitez davantage, oui, vous me ferez mal. Redressez-vous un peu. Venez... que je goûte votre chair la plus tendre.

À la fois inquiète et folle de désir, elle s'accrocha à la tête de lit et offrit son pubis à la gourmandise de son compagnon. Blackheath enfouit son visage dans les boucles rousses de sa toison, puis titilla ses lèvres délicates du bout de sa langue fébrile.

Un petit cri étouffé jaillit de la gorge d'Eva. *Seigneur!* Se cambrant et renversant la tête, elle s'abandonna à ces caresses divinement indécentes. Un tremblement convulsif la secoua.

— Mon Dieu! gémit-elle. Oh, Blackheath, jamais je n'aurais imaginé que cela puisse procurer tant de plaisir.

Se dégageant un peu, il répliqua d'une voix rauque :

— Laissez-moi vous satisfaire davantage.

Sur ce, sa langue vint titiller le bouton de rose dissimulé entre ses cuisses. Grisée par ce baiser impudique, Eva crut défaillir. Se sachant sur le point de jouir, elle déploya un effort surhumain pour interrompre – momentanément – leurs ébats.

Comme elle s'éloignait de sa bouche, elle perçut dans le regard étincelant de son amant une lueur de déception. Mais elle ne le laisserait pas longtemps dans la frustration. Car elle voulait lui faire l'amour. Et le dominer.

Sans plus de préliminaires, elle choisit de s'asseoir sur le sexe dressé de Blackheath. Le souffle coupé par la pénétration, elle ferma les yeux et entama un lent, très lent va-et-vient qui leur arracha à tous deux soupirs et gémissements.

Rouvrant les yeux, elle contempla les muscles du torse et de l'abdomen de Blackheath qui se tendaient tandis qu'il venait à sa rencontre. À chaque coup de reins, il semblait s'enfoncer plus profondément en elle. Tous deux dérivaient sur un océan d'extase.

Son regard ténébreux rivé sur elle, il donna un dernier coup de reins qui les propulsa vers l'orgasme. Eva eut l'impression que son corps éclatait en un million de couleurs et de sensations, feu d'artifice qui jaillissait du tréfonds de son être.

Tremblante, à bout de souffle, elle s'allongea sur son compagnon pantelant. Une pensée traversa fugitivement son esprit embrumé : elle venait de faire l'amour au duc de Blackheath, son ennemi.

Elle s'empressa de chasser cette pensée importune. L'heure n'était pas à la réflexion.

Toc, toc !

Le visage niché au creux de l'épaule de Blackheath, Eva flottait paresseusement dans les limbes du sommeil. Elle était redevenue une petite fille. Son père était rentré de voyage ; il lui rapportait du Maroc des friandises, des épices et une moisson d'histoires…

Les coups frappés à la porte se firent plus insistants. *Toc, toc, toc !*

— Répondez.

Mais la voix n'était pas celle de son père. Déroutée, Eva s'arracha péniblement à son rêve.

— Répondez, madame.

Dans un sursaut, elle réalisa que quelqu'un, tout près, venait de lui donner un ordre. Puis elle s'aperçut qu'elle sommeillait contre une épaule masculine.

Celle de Blackheath.

La réalité la frappa de plein fouet. Relevant brusquement la tête, elle jeta un regard anxieux en direction de la porte. Si on la découvrait dans une situation aussi compromettante, elle n'oserait plus jamais se montrer en public !

— Qui est-ce ? demanda-t-elle d'une voix mal assurée.

— C'est Henri, madame. J'ai un message pour vous de la part de M. Franklin.

Eva se figea.

— Ma parole ! murmura l'homme allongé sous elle. Vous ne cessez jamais de travailler ?

— Taisez-vous, Blackheath.

Elle bondit hors du lit, s'empara de sa robe et la revêtit en toute hâte, avant de s'élancer vers la porte, qu'elle entrebâilla.

— Je suis navré de vous déranger, madame, mais M. Franklin m'a demandé de venir vous chercher. D'après lui, le comte de Vergennes s'apprête à faire un discours sur la victoire américaine. Vous feriez bien de descendre.

Penaud, le domestique se racla la gorge.

— Je... je vous répète les paroles de M. Franklin.

— Merci, Henri. Dites-lui que je le rejoins dans un court instant.

Eva referma la porte et s'adossa au battant, haletante. Le comte de Vergennes était le secrétaire des Affaires étrangères de Louis XVI, un homme que Franklin avait mis des mois à convaincre d'apporter son soutien à la cause américaine ! Il serait insultant de ne pas l'honorer de sa présence et...

— Juste Ciel ! maugréa-t-elle, tournant les yeux vers Blackheath.

Celui-ci, les poignets encore attachés à la tête de lit, arborait un sourire narquois.

— Ce serait dommage d'obliger votre ami Benjamin à monter vous chercher, non ?

Pour toute réponse, Eva lui lança un regard meurtrier. Comment regagner la salle de bal sans éveiller les soupçons ? Et que faire de Blackheath ? Au comble de l'embarras, elle poussa un profond soupir.

— Détachez-moi et je vous aiderai à vous préparer. Vous serez en bas avant la fin du discours de Vergennes.

Elle roula des yeux ébahis.

— Je ne peux pas vous détacher, voyons !

— Pourquoi cela ?

— Parce que je n'ai pas confiance en vous.

Elle ne prendrait certainement pas le risque de laisser le duc seul. Dès qu'elle aurait franchi le seuil de la chambre, il aurait tout le loisir de fouiller la pièce, de découvrir l'aphrodisiaque et de le voler.

— Si je vous relâche, dit-elle en rassemblant frénétiquement ses habits, vous devrez sortir d'ici.

— Je préfère vous attendre.

— Il faut que vous partiez, Blackheath !

Il lui adressa le plus courtois des sourires.

— Je ne raterais pour rien au monde la suite des... festivités. Surtout maintenant que je sais que le véritable aphrodisiaque est à portée de main. Je me demande s'il sera aussi efficace sur vous qu'il l'a été sur moi...

Sainte Vierge ! Il avait deviné qu'elle l'avait drogué. Elle pivota et fit face à son amant. La sublime vision de ce corps nu lui mit l'eau à la bouche.

« Dépêche-toi de te décider, s'ordonna-t-elle, on t'attend en bas. »

— Parfait ! dit-elle en dénouant les liens de Blackheath, avant de lui jeter ses vêtements à la figure.

Ensuite, elle enfila ses jupons, avant de se tourner pour que le duc lui lace son corset. Il s'exécuta sans piper mot. Elle jeta un coup d'œil paniqué à l'horloge et faillit lui ordonner de se hâter, alors qu'il allait plus vite que sa femme de chambre.

D'un geste preste, elle ajusta la jolie pièce d'estomac, puis ramassa ses longs cheveux roux en chignon, les coiffa d'un élégant chapeau et enfila sa robe. Soudain, elle entendit des applaudissements au rez-de-chaussée. *Mon Dieu !* Le comte de Vergennes allait prendre la parole d'une minute à l'autre.

— Merci, mon cher duc, s'exclama-t-elle en se jetant dans ses bras. Vous êtes mon sauveur.

Elle l'embrassa avec fougue. Le malheureux ne se doutait évidemment pas de ce qui l'attendait. Elle glissa une main sur la taille de Blackheath et plaça l'autre à la base de sa gorge, ses doigts formant un V en apparence inoffensif, simulant une caresse.

« Il ne se rendra compte de rien », se persuada-t-elle.

Mais elle avait soudain des scrupules. La petite voix de sa conscience lui soufflait que c'était indigne d'elle. Perfide.

« Ton pays a besoin de toi », se dit-elle dans un élan patriotique.

Elle feignit de s'abandonner au baiser, l'étreignit plus étroitement encore, afin d'appuyer plus fort sur les jugulaires. *Allons, vite...* Elle accentua la pression de ses doigts, tout en regrettant que le baiser doive prendre fin si rapidement.

Soudain, les lèvres de Blackheath devinrent toutes molles, ses jambes se dérobèrent sous lui. Il perdit connaissance et s'écroula sur le lit, entraînant Eva avec lui.

Bandant ses muscles, elle réussit à le repousser, l'étendit sur le dos et lui ligota de nouveau les poignets, se parlant à elle-même – c'était nécessaire, elle n'avait pas le choix ; au moins, elle ne l'avait pas frappé ; il recouvrerait bientôt ses esprits.

Soudain, on frappa à la porte.

— J'arrive ! cria-t-elle, affolée.

— Eva, c'est moi, dit Benjamin Franklin de l'autre côté du battant. Est-ce que tout va bien ? Puis-je entrer ?

— J'en ai pour une minute, fit-elle.

Elle tira sur les liens pour en vérifier la solidité, avant de bondir sur ses pieds. Blackheath ne bougerait pas de là pendant un moment. Elle reviendrait dès la fin du discours. Lorsqu'elle jeta un coup d'œil au paisible visage du duc, un mélange de culpabilité et de honte lui serra le cœur. Des sentiments qu'elle devait chasser de son esprit avant qu'ils ne la paralysent.

« Étrange… » se dit-elle. Elle se remémora la fameuse nuit durant laquelle elle avait tendu une embuscade aux frères du duc. Le commandant Charles de Montforte n'avait rien fait pour mériter qu'elle le maltraite. Et pourtant, elle l'avait brutalement assommé sans éprouver le moindre remords. Elle s'était simplement enorgueillie de dominer ainsi le soi-disant sexe fort.

À présent, elle était loin de ressentir la même fierté…

S'ébrouant mentalement, elle quitta précipitamment la chambre.

8

Lucien reprit peu à peu connaissance. Lorsqu'il ouvrit les yeux, il découvrit qu'il était seul dans une chambre qu'éclairait faiblement une bougie trônant sur la commode. Il demeura immobile un long moment, désorienté et étourdi, s'efforçant de se rappeler ce qui lui était arrivé. Il était de nouveau ligoté à la tête de lit. Une horrible migraine dont il ignorait la cause lui vrillait les tempes. Eva l'avait-elle frappé ?

Clignant des paupières, il souleva péniblement la tête et fut saisi de vertige. « Bizarre… » songea-t-il. Au lieu d'être furieux et de se sentir humilié parce qu'une femme l'avait berné, il était intrigué. Voire fasciné. Il émit un petit rire incrédule. Mais que diable lui avait-elle fait ?

Il fouilla son cerveau à la recherche de réponses. Il se remémora leurs ébats, leur jouissance. Elle s'était blottie contre lui avant de s'assoupir un moment. Petit à petit, des bribes de souvenirs refaisaient surface. Les coups frappés à la porte. La panique d'Eva. Elle l'avait détaché… puis plus rien.

Comment expliquer, alors, qu'il soit de nouveau ligoté ? En tout cas, sa geôlière avait disparu. Et aucun vêtement féminin ne jonchait le sol. Comment donc avait-elle réussi à se rhabiller seule ?

Ça, il aurait le fin mot de l'histoire. Mais pour l'instant, il devait agir. Avec peine, il se contorsionna pour se hisser jusqu'à la tête de lit et constata avec satisfaction que sa cravate n'était pas trop solidement nouée autour de ses poignets. Se libérer serait presque un jeu d'enfant. Fallait-il qu'Eva ait été pressée pour faire preuve d'une telle négligence !

Elle serait sacrément dépitée lorsqu'elle s'apercevrait qu'il s'était dégagé en tirant simplement sur la longue bande de soie. Mais ce ne serait pas une victoire digne de ce nom. Oh, non ! Ce serait infiniment mieux de parvenir à dénouer ses liens plutôt que de les déchirer. Ensuite, il disposerait joliment la cravate sur les oreillers…

Il n'eut aucun mal à se détacher. Tenir debout, en revanche, ne fut pas aussi aisé. Quand il se redressa, tout son poids reposant sur ses jambes, il faillit s'effondrer, et un chapelet de jurons lui échappa tandis qu'il se rattrapait au montant du lit. Néanmoins, si son corps le trahissait, certaines de ses facultés demeuraient intactes. Ayant été témoin des effets que produisait l'aphrodisiaque sur les autres, Lucien savait qu'Eva en avait mis dans son champagne.

D'un pas chancelant, il se dirigea vers la table de toilette. Eva s'y était parfumée avant de lui offrir sa boisson.

Ah… voilà… c'était donc ça ! Elle s'était servie d'un flacon de parfum pour y cacher l'aphrodisiaque. Lucien n'avait aucun doute sur la nature du liquide grenat. Une lueur narquoise s'alluma dans ses yeux noirs. Un petit sourire aux lèvres, il secoua la tête. Même s'il admirait l'habileté de son adversaire, il était résolu à lui prouver qu'on ne jouait pas impunément avec le duc de Blackheath. Il prit tout son temps pour se rhabiller avant de se camper devant le miroir pour soigner sa mise. Il eut un hochement de tête satisfait. Impeccable, se dit-il en inspectant son reflet. Pas le moindre faux pli.

Il ramassa son épée, glissa le précieux flacon dans une poche de sa redingote et s'apprêtait à quitter la chambre lorsqu'il repéra des feuilles de vélin sur un secrétaire dans un coin de la pièce. Un sourire diabolique éclaira son visage.

C'était trop tentant.

Il saisit une plume, déboucha l'encrier et s'assit. Il dut cependant attendre de ne plus avoir le tournis pour écrire. Il ne donnerait pas à sa belle rivale le plaisir de constater que sa main tremblait.

Ma chère Eva,

La prochaine fois que vous déciderez de ligoter un prisonnier qui aurait malencontreusement perdu connaissance, n'oubliez pas de faire appel à moi : je vous montrerai comment l'attacher correctement. En attendant, je vous félicite pour votre ingéniosité et vous remercie de m'avoir redonné espoir concernant lord Brookhampton. En outre, je vous exprime toute ma gratitude pour l'excellente soirée que nous avons passée ensemble… et pour l'aphrodisiaque qui revient à son propriétaire légitime.

Si, par extraordinaire, vous souhaitiez le récupérer, venez en Angleterre, je me ferai une joie de vous… posséder à mon tour.

Blackheath

Il prit un malin plaisir à souligner le verbe « posséder », au cas où elle ne saisirait pas l'allusion grivoise. Puis, triomphant, il sortit tranquillement de la pièce.

Deux semaines après que le duc de Blackheath se fut échappé, Eva se réveilla avec une affreuse migraine. Son estomac la tourmentait tellement qu'elle craignit de vomir quand une délicieuse odeur de toasts vint taquiner ses narines. Tirant les draps sur elle, elle se rallongea et se massa les tempes.

Une indicible rage s'était emparée d'elle lorsque, en regagnant sa chambre après le discours du comte de Vergennes, elle avait découvert la disparition de Blackheath, et surtout celle de l'aphrodisiaque. Maudissant le sort qui lui jouait ce mauvais tour, elle s'était écroulée dans le fauteuil près de la fenêtre, contemplant avec dépit le lit où son amant l'avait emmenée au septième ciel. D'abord plongée dans un abîme de désarroi, elle avait fini par se raisonner et se dire que, finalement, ce personnage n'était pas indigne de son respect.

Pourquoi lui en vouloir ? avait-elle conclu en éclatant d'un rire argentin. Certes, il l'avait dupée. Mais, même s'il avait remporté cette manche, il n'avait pas gagné la partie. Eva n'était pas femme à baisser les bras aussi facilement. Elle aurait sa revanche.

En tout cas, il avait renversé la situation avec un talent qui forçait l'admiration.

Mais elle avait beaucoup moins ri quand, quelques jours plus tard, Marie-Antoinette lui avait réclamé la potion et qu'il lui avait bien fallu avouer qu'elle n'était plus en possession du miraculeux élixir. Furieuse, la reine l'avait immédiatement chassée de ses appartements. Sur quoi, Benjamin Franklin avait convoqué Eva pour lui signifier que sa présence à Paris menaçait les négociations entre la France et l'Amérique.

— Je suis absolument navré, Eva, mais vous ne pouvez pas rester ici. Sa Majesté est furieuse. D'abord, vous lui avez remis un faux aphrodisiaque qui a rendu malade le roi. Maintenant, vous arrivez les mains vides alors que vous lui aviez promis le véritable élixir. Il est préférable que vous quittiez Paris. Au moins jusqu'à ce que nous ayons conclu une alliance avec la France.

Blackheath se doutait-il seulement qu'il avait ruiné sa réputation, son existence ?

Aussi dignement que possible, elle partit de la capitale. Elle aurait pu renoncer à chercher lord Brookhampton, mais elle était une femme d'honneur. Elle avait donné sa parole. Elle ferait donc son possible pour retrouver le jeune comte.

D'ailleurs, c'était l'excuse idéale pour retourner en Angleterre et se mesurer de nouveau au diabolique duc de Blackheath.

Comme il lui tardait de prendre sa revanche !

Avant de quitter le sol français, elle se rendit au port au large duquel le *Sarah Rose* avait coulé, puis à la prison où l'on détenait les Anglais qui avaient survécu à l'attaque du corsaire américain. Là, on lui apprit qu'il n'y avait pas de civils mais uniquement des membres de l'équipage affublés de pantalons de nankin, de cirés et de chemises en loques.

Eva étudia avec attention la cohorte de rescapés au regard hostile et à la mine piteuse. Deux ou trois d'entre eux étaient blessés et avaient grandement besoin d'être soignés. Dans un recoin de la geôle, elle repéra un homme quasiment à l'article de la mort. Des cheveux blonds souillés de sang cachaient un visage blafard. Le cœur d'Eva hésitait entre la compassion que ces hommes lui inspiraient et la joie de les avoir retrouvés : la présence d'Anglais dans une prison française ne manquerait pas de choquer le gouvernement britannique. Et ce ne serait pas pour arranger les relations entre les deux pays. Benjamin Franklin, pour sa part, se moquait bien que l'un déclare la guerre à l'autre.

Un petit sourire naquit sur les lèvres d'Eva.

Peu importait qui ouvrirait les hostilités, se dit-elle, une étincelle malicieuse dans ses yeux verts. De son côté, elle se chargeait de se rendre en Angleterre et de semer un peu la zizanie. Elle en profiterait pour approcher le duc de Blackheath et lui damer le pion une fois pour toutes.

La belle-sœur de ce même duc, lady Celsiana Blake de Montforte, achevait les préparatifs du bal qu'elle organisait pour le réveillon du Nouvel An quand surgit un valet qui lui présenta un bristol sur un plateau d'argent.

— Milady, fit-il en s'inclinant, quelqu'un souhaite vous voir.

— Merci, Mulligan. Répondez que j'arrive tout de suite.

Tout en scrutant une domestique qui se hissait sur une chaise pour décorer le haut de la porte de papier argenté, Celsie disciplina une mèche de ses longs cheveux bruns avant de saisir la carte de visite. Elle s'apprêtait à déchiffrer ce qui y était écrit quand une explosion ébranla les fondations de Rosebriar. La jeune servante poussa un cri aigu et se cramponna au chambranle de la porte pour ne pas tomber de son perchoir.

Celsie, quant à elle, ne cilla pas.

— Ne t'inquiète pas, Passoire, dit-elle en s'agenouillant pour rassurer son chien vieillissant, un dogue bourbonnais à la robe blanche tachetée de roux. Ce n'est qu'Andrew qui expérimente son nouvel explosif. Viens, allons nous assurer qu'il ne s'est pas fait exploser lui-même.

Se dressant péniblement sur ses pattes, le chien suivit sa maîtresse hors de la salle de bal.

Dehors, dans un pré, loin de la somptueuse demeure, Celsie repéra son époux, qui examinait le trou produit par l'explosion et prenait des notes dans son carnet. Ses longues boucles châtain foncé négligemment coiffées en catogan, il semblait très contrarié. Dès qu'il entendit approcher sa femme, il leva la tête.

— Oh, Andrew ! s'exclama Celsie en réprimant un éclat de rire. Qu'est-il arrivé à tes sourcils ?

Il se renfrogna et tâta ce qui restait de ses sourcils – deux touffes de poils roussis.

— Peu importe ! Combien d'essais me faudra-t-il pour obtenir le bon mélange ?

— Tu ne crois pas que tu devrais te cantonner à des inventions… hum… moins dangereuses ?

— Comme des aphrodisiaques, par exemple ? Non, Celsie. Ce nouvel explosif sur lequel je travaille sera beaucoup plus utile à la société.

— Oui, Andrew… répliqua-t-elle en humectant le bout de ses doigts pour lui nettoyer le front. Veux-tu un peu de thé ?

Il leva le nez vers le ciel, d'un gris sinistre, et frissonna.

— Du thé… quelle bonne idée !

— Et je suggère aussi que nous nous couchions de bonne heure. Qu'en dis-tu ? murmura-t-elle.

Elle lut dans les yeux de son époux la réponse qu'elle attendait.

À pas lents, pour ne pas distancer Passoire, ils regagnèrent la demeure. Ce ne fut qu'en arrivant dans le hall que Celsie se souvint qu'elle avait de la visite.

Effarée par son impolitesse, elle plongeait la main dans sa poche pour y saisir le bristol quand sa cousine apparut soudain.

Les deux femmes s'immobilisèrent, Celsie stupéfaite, Eva souriant aimablement, comme si leur dernière rencontre s'était passée à merveille.

— Je… Eva, bredouilla Celsie. Quel…

— … plaisir de me revoir ? acheva sa cousine avec un sourire empreint de tristesse.

Elle était coiffée d'un grand chapeau qui masquait son regard, mais accentuait encore l'extraordinaire beauté de son visage et l'aura de mystère qui l'entourait.

— Inutile de faire semblant, ma chère cousine.

Elle jeta un coup d'œil à Andrew, qui s'était détourné, refusant de la regarder, de la saluer.

— Eh bien, milord, le mariage vous a-t-il enlevé tout sens de la courtoisie ?

— Vous êtes la dernière femme au monde à mériter qu'on lui manifeste de la courtoisie, grommela-t-il.

Sur quoi, il s'inclina devant Celsie et s'éloigna à grands pas.

— Mazette, ironisa Eva. Il n'est pas du genre à pardonner facilement, n'est-ce pas ?

Celsie étudiait sa cousine. Eva était très pâle, et des cernes soulignaient ses yeux de chat. Quelque chose n'allait pas.

— Venez boire une tasse de thé, Eva. Vous avez sans doute fait un long voyage…

— Je suis arrivée de France ce matin... et grâce à votre diabolique beau-frère, je n'y retournerai pas de sitôt.

— Ô mon Dieu ! Qu'a donc fabriqué Lucien, cette fois ?

— Je préférerais ne pas en discuter devant les domestiques, répliqua Eva en resserrant les pans de sa cape autour d'elle.

Elle espérait que Celsie ne devinerait pas ce qu'elle dissimulait sous sa désinvolture, son apparente indifférence, son ironie. Car, en réalité, la réaction d'Andrew, quoique justifiée, l'avait blessée.

Mais quels étaient les sentiments de Celsie à son égard ? C'était tout de même Eva qui lui avait enseigné l'escrime, le tir, qui lui avait appris à survivre dans un monde d'hommes. Celsie l'idolâtrait... autrefois.

Avant l'embuscade de Maidenhead.

Maintenant, Eva doutait que sa cousine ait une once d'affection pour elle.

— Allons, venez prendre le thé au salon.

Eva se sentit pâlir lorsqu'elle porta la tasse à ses lèvres. Elle refusa d'un geste les biscuits que Celsie lui proposait. Une violente nausée lui tordait l'estomac.

— Eva, excusez-moi si je suis indiscrète, mais auriez-vous des problèmes ?

Eva éclata d'un rire qui sonnait atrocement faux, même à ses propres oreilles.

— Des problèmes, moi ? Non, pas du tout. Mais je suis là pour en créer certains à l'homme qui a détruit ma vie.

— Lucien ? Je vous accorde qu'il a la fâcheuse manie de s'immiscer dans les affaires d'autrui, mais en principe, tout finit par s'arranger.

— Je ne vois pas comment cela pourrait bien finir pour moi. On m'a bannie de la cour du roi, et même de Paris. Mais peu importe, je me vengerai.

— Ah, tant mieux.

Eva écarquilla les yeux.

— Je vous rappelle que je parle de votre beau-frère.

— Oui, oui… rétorqua Celsie en sirotant son thé. Alors, qu'a donc fait Lucien ?

Eva n'avait pas prévu de se confier à sa cousine, mais le regard de Celsie brillait d'une telle sincérité qu'elle céda à la tentation. Omettant simplement les détails humiliants pour elle, elle lui raconta tout : qu'elle avait arrêté le carrosse des Montforte pour voler l'aphrodisiaque, que, ayant appris à ses dépens qu'il s'agissait d'un faux, elle s'était introduite dans la chambre de Lucien pour dérober la véritable potion, que Lucien avait ensuite débarqué en France pour lui demander de rechercher lord Brookhampton, et qu'elle l'avait laissé dans sa chambre, ligoté, avant de découvrir à son retour qu'il s'était envolé avec l'aphrodisiaque.

— Ligoté ? s'exclama Celsie. Lucien ?

— Ce n'est pas si difficile pour qui sait s'y prendre.

Celsie fut saisie d'un tel fou rire qu'elle dut reposer sa tasse pour ne pas renverser son thé.

— Eh bien, ironisa Eva, j'ai l'impression que le duc de Blackheath a des ennemis au sein même de sa famille.

— Ennemis… le mot est excessif. Mais j'avoue que je ne suis pas mécontente de sa mésaventure. Il faut toujours que cet homme contrôle tout. Se faire taper sur les doigts est excellent pour lui.

Celsie s'interrompit et reprit son sérieux.

— Vous avez besoin de moi, n'est-ce pas ? murmura-t-elle, effleurant la main de sa cousine avec plus de gentillesse qu'Eva n'en méritait, compte tenu de son attitude récente. Que puis-je pour vous ?

— Je ne sais pas si vous pouvez faire quoi que ce soit. En revanche, j'ai besoin d'un toit jusqu'à ce que la situation s'arrange, à Paris. J'hésite à vous demander ce service – je vous ai causé des ennuis, à vous et votre mari –, mais… accepteriez-vous de me loger quelque temps ?

— Non.

Les deux femmes sursautèrent. Andrew se tenait sur le seuil.

— Mon chéri…

— Non, Celsie. Il n'est pas question que j'accueille cette femme chez moi.

— Tu ne comprends pas. Elle a volé l'aphrodisiaque pour des raisons… patriotiques.

— Elle a menacé de me tuer, elle a assommé Charles. Elle n'hésiterait pas à nous assassiner tous.

— Oh, non, objecta Eva avec un sourire suave. Je ne ferais jamais de mal à une femme.

Andrew marcha droit sur elle, furieux.

— Que reprochez-vous donc aux hommes, s'il vous plaît ?

— Leur façon de traiter les femmes, répondit-elle calmement.

Celsie se leva et posa la main sur le bras de son époux.

— Andrew, ma cousine a besoin d'un refuge pour quelques jours. Je suis persuadée que, quand vous vous connaîtrez mieux, vous réussirez même à être polis l'un envers l'autre. D'ailleurs, elle est là pour un motif que tu approuveras.

Se hissant sur la pointe des pieds, Celsie chuchota à l'oreille d'Andrew :

— Elle veut damer le pion à Lucien.

— Quoi ?

— C'est exact, intervint Eva. Votre frère a bouleversé mon existence. Il n'est pas question que je quitte l'Europe avant de lui avoir rendu la monnaie de sa pièce.

— Andrew, se hâta de préciser Celsie, au cas où tu douterais des capacités d'Eva, c'est elle qui a escaladé le donjon de Blackheath Castle et dérobé le véritable aphrodisiaque.

— Vous ?

Eva eut un haussement d'épaules désinvolte et faussement modeste.

— Bon, très bien, dit enfin le jeune lord. Mais je n'accepte que pour Celsie. Si vous m'attirez encore des ennuis, je vous mets à la porte immédiatement. Suis-je assez clair ?

— Tout à fait. Je vous remercie.

Avant qu'Andrew sorte du salon, Eva ne put cependant résister à l'envie de l'asticoter.

— Me permettez-vous une question, milord ?

Il pivota, darda sur elle un regard sombre.

— Qu'est-il arrivé à vos sourcils ?

9

Lady Nerissa de Montforte n'avait aucune envie de quitter son lit. Encore moins de quitter Blackheath Castle.

Et elle n'avait absolument aucune envie d'assister au bal que Celsie organisait pour le Nouvel An. Hélas, Lucien insistait.

— Sœurette, je ne supporte plus de te voir couchée à longueur de journée. Alors, lève-toi et prépare-toi pour le voyage.

Il ouvrit les tentures du lit, tel un ange noir en velours grenat venu la sortir du refuge où elle ruminait son chagrin.

— Je ne viendrai pas.

— Si, tu viendras. Passer de bons moments avec ta famille te rendra le sourire.

— Retrouver Perry, c'est la seule chose qui me remettrait d'aplomb, répliqua-t-elle, les larmes aux yeux. Je n'irai pas à Rosebriar Park, Lucien. Ne me le demande pas.

— Je ne te le demande pas, je te l'ordonne. Martha ? Préparez le bain de lady Nerissa et choisissez-lui des vêtements chauds pour le voyage. Nous partons cet après-midi pour Rosebriar Park.

— Je n'irai pas là-bas ! marmonna Nerissa en se redressant sur son séant.

— Franchement, sœurette, tu devrais savoir qu'il ne sert à rien de discuter avec moi. J'estime qu'un peu de dépaysement te sera salutaire. Et comme je dois aller en France à la recherche de Perry, je ne veux pas que tu te morfondes ici toute seule.

— Tu vas en France ? Quand ?

— Après le bal de demain soir... à condition que tu y assistes.

— Je t'accompagne en France.

— Non, pas question.

— Mais, Lucien...

— Sur ce sujet, ma décision est irrévocable.

Là-dessus, il s'inclina et sortit de la chambre.

Que le diable l'emporte ! Nerissa se recoucha en grinçant des dents. Comment pouvait-il être aussi insensible ? Elle en avait assez de ses ordres, de son autorité !

— Je n'irai pas à Rosebriar Park, marmonna-elle.

Mais, naturellement, elle accompagna son frère, qui obtenait invariablement ce qu'il voulait. Quelques heures plus tard, pelotonnée sur la banquette de la calèche ducale – son frère, lui, chevauchait Armageddon à côté de la voiture –, Nerissa ravalait ses larmes en passant près du domaine de Perry, de la demeure où ils auraient vécu ensemble, élevé leurs enfants...

Ô mon Dieu, je souffre tellement...

Elle n'avait qu'un désir : se cacher dans un trou, dormir et laisser le monde continuer sans elle.

Et cette maudite voiture qui, déjà, l'emmenait loin des terres des Brookhampton... loin de ses souvenirs, loin des lieux où s'attardait le fantôme de son seul amour.

Eva, tourmentée par la nausée, fut en retard au dîner.

Resplendissante dans une toilette de satin cuivre et vert, elle pénétra dans la salle à manger éclairée par d'innombrables bougies. Plusieurs des chiens de Celsie s'étaient installés sous la table, obligeant leur maîtresse et Andrew à se pousser pour ne pas les gêner.

Lorsque Eva s'assit, Andrew ne daigna pas se redresser pour la saluer. Un goujat, décréta-t-elle, bien qu'elle fût consciente d'avoir mérité son mépris.

Bizarrement, elle ne parvenait pas à effacer de son esprit ce qu'il avait déclaré : il autorisait Eva à loger sous son toit uniquement pour faire plaisir à sa femme. Ça alors… Eva n'avait jamais rencontré d'homme si soucieux de plaire à son épouse.

Elle jeta un coup d'œil furtif au jeune lord qui remplissait l'assiette de Celsie. Il était aux petits soins pour elle. Un oiseau rare, décidément.

Mais cela ne durerait pas.

Brusquement, l'aspect et l'odeur de la nourriture – du faisan nappé d'une sauce à la groseille – la mirent au bord du malaise. Une sueur glacée ruissela le long de son dos.

Elle reposa sa serviette, réfléchissant au moyen de fuir sans paraître grossière. Et sans éveiller les soupçons de Celsie.

Mais celle-ci s'efforçait de détendre l'atmosphère.

— Andrew, si tu parlais à Eva de ton nouvel explosif?

« Ô mon Dieu… gémit intérieurement Eva. Je vais être malade. »

— Pourquoi lui en parlerais-je ? bougonna Andrew. Une femme aussi dangereuse pour l'Angleterre ne doit pas être informée de l'avancement de mes travaux. Sinon, elle s'empressera de m'enlever pour m'arracher la formule et aider sa chère Amérique.

— Oh, non, je ne séparerais jamais deux tourtereaux. Mais entre nous, Celsie, vous voyez comment sont les hommes : ce que les femmes bâtissent, ils le détruisent… en créant des explosifs s'il le faut.

— Vous vous fourvoyez, Eva. Andrew est un inventeur, un constructeur, un créateur.

— Un individu mâle pourvu d'un cerveau, riposta Eva, sarcastique. Qui l'eût cru ?

Furibond, Andrew lança sa serviette sur la table.

Eva, malgré la nausée qui n'était pas loin de lui couper le souffle, lui adressa un sourire charmeur.

— Détendez-vous, milord. C'était un compliment, au cas où vous n'auriez pas compris. Et maintenant, si cela ne vous ennuie pas, je vais…

— Vous ne vous sentez pas bien ? s'inquiéta Celsie, qui se leva. Vous êtes toute pâle…

— Je vais très bien, affirma Eva, espérant toujours leurrer sa cousine et lord Andrew. Côtoyer un homme intelligent me donne des vapeurs, tout simplement…

Sur quoi, elle bondit de son siège et se rua hors de la pièce.

— Qu'est-ce qu'elle a ? s'étonna Andrew.

— Je l'ignore, mais elle se conduit bizarrement. Je reviens, mon chéri.

Celsie se précipita dans le hall, mais Eva, une main pressée sur la bouche, grimpait déjà quatre à quatre l'escalier. Celsie hésitait à la suivre lorsqu'un domestique s'approcha.

— Milady, lord Charles et lord Gareth viennent d'arriver avec leurs familles. Ils vous attendent au salon.

Oh, bonté divine ! Charles et Eva sous le même toit ! Que le Ciel lui vienne en aide !

— Elle est ici ? tonna le commandant Charles de Montforte, tandis qu'on les priait, lui et ses proches, de s'attabler dans la salle à manger. Tu es fou ? ajouta-t-il en pivotant vers son frère Andrew. Cette femme est un fléau ! Tu l'accueilles chez toi après ce qu'elle nous a infligé sur la route, ce soir-là ?

— Mais, Charles, intervint Celsie d'un ton apaisant, elle a besoin d'aide. Lucien a bouleversé son existence.

Pendant qu'elle leur racontait toute l'histoire, Charles se détourna, furieux. La dernière fois qu'il avait vu Eva de la Mourière, elle était déguisée en paysanne sur une route déserte et semblait en plein désarroi. Il s'était arrêté pour lui porter secours… et s'était retrouvé à plat ventre par terre, sans connaissance. Lorsqu'il avait recouvré ses esprits, l'aphrodisiaque – ou plutôt une vulgaire potion – avait disparu.

Il ne supporterait pas de croiser une fois de plus cette maudite créature.

— Viens, Amy, nous partons. Je ne permettrai pas que notre fille et toi respiriez le même air que cette sorcière malfaisante.

— Une sorcière malfaisante ?

Tous se figèrent en entendant cette voix moqueuse. Sur le seuil se tenait Eva, altière, grande et fine comme un saule, son épaisse chevelure flamboyante ramassée sur le sommet de sa tête. Elle souriait.

Charles porta la main au pommeau de son épée.

— Je vous en prie, commandant, dit-elle. Pas d'effusion de sang inutile. Par égard pour votre famille et surtout pour notre chère Celsie, oublions nos griefs et efforçons-nous de rester polis.

Les yeux bleu clair de Charles se plantèrent dans le regard émeraude d'Eva. Il ne bougea pas, la toisant avec animosité et méfiance. Puis, agrippant Amy par le bras, il s'inclina devant Celsie et Juliet, la femme de Gareth, et entraîna dans le hall son épouse qui protestait.

Eva se mordit les lèvres.

Celsie et Andrew échangèrent un regard ; Juliet observa Eva en fronçant les sourcils.

— Ne vous inquiétez pas, déclara Gareth, le premier à réagir. Il ne partira pas.

Cependant, tous considéraient avec stupeur la femme qui avait réussi à faire perdre son calme à lord Charles, d'ordinaire impassible, et avait essuyé sa rebuffade sans ciller.

— Seigneur ! fit Eva. J'avais oublié à quel point la fierté masculine est longue à cicatriser. Je présume que j'aurais dû lui présenter des excuses ?

À cet instant, un valet s'avança, apportant une lettre sur un plateau d'argent.

— Pour vous, milord, annonça-t-il à Andrew.

Celui-ci brisa le cachet qui scellait la missive. Il lut ce qu'elle contenait et sourit.

— Parfait. Il semble que notre frère aîné, notre cher tyran, daigne assister à notre bal de demain. Il arrivera en compagnie de Nerissa en début de soirée. Eh bien, madame, ajouta-t-il en pivotant vers Eva, voilà l'occasion que vous espériez.

Gareth dévisagea tour à tour Andrew et Eva.

— Quelle occasion ? s'étonna-t-il.

Eva sentit soudain son cœur s'emballer. Blackheath serait là bientôt.

Seigneur, soutenez-moi.

— L'occasion de prendre ma revanche, susurra-t-elle.

Là-dessus, elle pria sa cousine de l'excuser et se retira dans sa chambre.

10

Eva ne ferma pas l'œil de la nuit.

Elle pensait à Blackheath. À leur dernière rencontre, à leur étreinte passionnée, au plaisir qu'il lui avait donné, et aux derniers mots de son billet qui l'avaient tant révoltée.

Venez en Angleterre, je me ferai une joie de vous... posséder à mon tour.

Eh bien, elle y était, en Angleterre. Il serait là le lendemain. Et elle avait l'intime conviction que, dans la lutte qui les opposait, il serait victorieux. C'était malheureusement inévitable.

La pendule du couloir égrenait les heures. Eva, fiévreuse, repoussa la courtepointe, se leva et s'approcha de la fenêtre pour contempler la lande qu'éclairaient à peine les étoiles et la lune.

Demain soir...

Elle se versa un verre d'eau et se recoucha. Finalement, elle sombra dans un sommeil agité, peuplé de mauvais rêves.

Car, dans ces rêves, le duc de Blackheath lui faisait l'amour.

Lorsque le bal commença, à 21 heures pile, *il* n'était pas là.

Eva dansa avec d'innombrables cavaliers, tout en coulant vers la porte des coups d'œil plus fréquents qu'elle ne l'aurait souhaité, tiraillée entre la nervosité et l'impatience.

Puis, alors que 22 heures sonnaient, elle sentit dans l'air une sorte de charge électrique et sut avec certitude qu'*il* était enfin arrivé.

Il était superbe, redoutablement viril malgré l'élégante dentelle qui ornait son cou et ses poignets, sa redingote de satin gris sombre qui moulait avantageusement son torse, ses cheveux poudrés, le rubis épinglé dans sa cravate, ses élégants souliers à boucles.

Et il avait repéré Eva.

Tenant par le coude une ravissante blonde qui semblait aussi éthérée qu'une brume d'été dans sa toilette bleu pâle, il s'avança nonchalamment. Les femmes l'observaient d'un œil gourmand, les hommes avec respect et circonspection.

Quant aux trois autres frères Montforte, ils épiaient leur aîné et Eva avec beaucoup d'intérêt – un intérêt suspect.

Celsie, le regard brillant, murmura quelque chose à l'oreille d'Andrew. Eva ne s'y attarda pas, trop occupée à surveiller le duc et à tenter de se donner une contenance. Hélas, il faisait une chaleur d'étuve dans cette salle. Elle était incapable de réfléchir, de respirer.

Qui était cette blonde ?

— Nous nous retrouvons, madame, dit-il d'une voix caressante. Permettez-moi de vous présenter ma sœur, lady Nerissa de Montforte.

Le soulagement submergea Eva. Nerissa et elle échangèrent quelques mots polis, tandis que lord Gareth et Juliet s'approchaient discrètement, pour être aux premières loges si, par hasard, il y avait de la bagarre.

Blackheath, s'il était surpris de la voir là, n'en montra rien. Il se contenta d'étudier longuement son visage, sa robe de satin émeraude.

Redressant fièrement le menton, elle le regarda droit dans les yeux. Se doutait-il de l'effet que son imperceptible sourire avait sur elle ? Percevait-il les battements affolés de son cœur ?

Ce soir, elle avait particulièrement soigné sa toilette et sa coiffure. Pas pour l'impressionner – non, loin de là. Elle voulait le déstabiliser, voilà tout. Le distraire, afin d'avoir une chance de remporter la bataille qui ne manquerait pas de les opposer.

— Ma chère lady Nerissa ! M'accorderez-vous cette danse ?

Un jeune homme au regard pétillant de gaieté, aux cheveux poudrés et attachés sur la nuque par un ruban de velours bleu, plongea dans une courbette.

Nerissa allait refuser quand le duc intervint :

— Elle serait ravie de danser, Trombley. Et de boire un doigt de punch, je pense.

— Lucien...

— Non, ma chérie, ne proteste pas. Tu es là pour t'amuser.

Eva remarqua la colère qui, brusquement, flambait dans les yeux azur de la jeune femme.

— Vous êtes vraiment incroyable, dit-elle, lorsque les deux jeunes gens se furent éloignés. Elle n'avait aucune envie de danser avec ce garçon, c'était évident !

— Je sais, mais elle s'étiole depuis qu'elle n'a plus de nouvelles de lord Brookhampton. Il est grand temps qu'elle revienne parmi les vivants. Danser lui fera du bien.

— Vous êtes un monstre sans cœur.

— C'est ce qu'on prétend, en effet.

Lui prenant la main, il y déposa un baiser. Elle serra les dents.

— Dites-moi, madame... êtes-vous là pour le bal ou pour répondre au petit billet que je vous ai laissé en vous quittant ?

Eva le dévisagea d'un air impassible.

— Je suis venue prendre ma revanche.

— Ah, quel bonheur ! Je l'espérais, figurez-vous. On s'ennuie facilement dans nos campagnes.

— Je vous garantis, Blackheath, qu'avec moi, votre vie n'aura plus rien de monotone.

— Oh, je n'en doute pas. Je vous avoue que j'aurais été très déçu si vous n'aviez pas répondu à mon... invitation. J'ai attendu...

— Qui donc ? coupa-t-elle. L'adversaire ou... l'amante ?

— Les deux, bien sûr.

— Pour la deuxième, Blackheath, vous risquez d'attendre très longtemps.

— Vous pariez ?

— Non.

— Lâche, murmura-t-il avec un sourire.

— Non, je suis simplement raisonnable.

— Nous dansons ?

— Volontiers. Je ne tiens pas à batailler devant vos frères, cela leur fait trop plaisir.

— Je suis de votre avis.

Il la guida vers la piste de danse et l'enlaça pour une valse.

— Au fait, madame, si vous m'expliquiez comment vous m'avez plongé dans l'inconscience, à Paris ?

— Ne comptez pas sur moi pour vous révéler mes petits secrets.

— Bon, je le découvrirai par moi-même. Mais, je vous le confesse, vos exploits m'émerveillent. Alors, dites-moi... quand prévoyez-vous de prendre cette revanche dont je me réjouis d'avance ?

— Vous pensez que je plaisante ?

— Pas du tout. J'espère, au contraire, que vous ne tarderez pas à agir, car je dois partir pour la France dans un petit quart d'heure.

— Si vite ?

Elle se mordit les lèvres ; cette question stupide lui avait échappé.

Malgré son sourire satisfait, il eut la galanterie de ne pas retourner le couteau dans la plaie.

— Hélas, je suis attendu à Paris demain. Je suis venu ici uniquement pour que ma sœur assiste à ce bal.

— Qu'y a-t-il de si important à Paris ?

— Vous êtes trop curieuse pour votre propre bien, ma chère petite espionne. Sachez néanmoins que je vais en France suivre une piste concernant lord Brookhampton. Je ne supporte pas que ma sœur soit si malheureuse.

— Dans ce cas, vous devriez cesser de l'obliger à faire des choses qui la rebutent.

— C'est pour son bien.

— Pardon ?

— Naturellement.

— Vous n'êtes qu'un manipulateur diabolique.

La valse s'acheva. Blackheath s'inclina devant Eva, puis l'entraîna vers le buffet et lui tendit un verre de punch.

— C'est ce qui m'a valu mon surnom : Le Diabolique… Bien, je suis obligé de vous laisser. Profitez des prochains jours pour peaufiner vos plans de vengeance. J'ai hâte de découvrir quel châtiment vous me réservez, conclut-il avec un sourire lascif.

Puis il s'éloigna, fendant la foule. À cet instant, Celsie rejoignit sa cousine.

— Alors ? Que vous a-t-il dit ?

Eva ne répondit pas tout de suite. Elle suivait des yeux la haute silhouette qui franchissait le seuil et se demandait pourquoi, soudain, elle se sentait si vide.

— Il m'a simplement dit qu'il serait bientôt de retour, murmura-t-elle.

Nerissa était désespérée.

La soirée battait son plein. De nombreux carrosses s'étaient arrêtés au pied du perron, déchargeant des invités poudrés et parfumés, luxueusement vêtus de soie, de satin et de velours. Les rires et la musique emplissaient la salle de bal, au point que Nerissa en avait la migraine.

Andrew, qui affichait une mine sombre – mais il détestait les réunions mondaines –, lui ordonna d'un signe de sourire. George Dartingford l'invita à danser, puis lord Islington. Tous ces beaux messieurs voulaient danser avec elle.

Plus exactement, tous ceux qui ne s'agglutinaient pas autour de la mystérieuse Eva de la Mourière.

C'était donc elle qui avait dérobé l'aphrodisiaque et mis Lucien dans une rage folle. Nerissa l'étudia avec attention. L'Américaine était très belle, sûre d'elle, hautaine. Tous les hommes de l'assistance, excepté les frères Montforte – particulièrement Charles – posaient sur elle un regard luisant de convoitise. On eût dit une armée de toutous quémandant une caresse. Eva de la Mourière semblait être dans son élément, esquivant habilement les mains trop hardies de ses admirateurs, les bouches trop gourmandes.

Mais Nerissa, elle, devinait que tout cela n'était que comédie. Eva avait du mal à supporter les flatteries, les compliments… Ses répliques cinglantes, parfois cruelles, révélaient qu'elle n'aimait pas les hommes.

Comme Nerissa, elle aurait payé cher pour pouvoir s'éclipser. Et, depuis le départ de Lucien, elle avait quelque peu perdu de son éclat.

En fait, elle paraissait fatiguée, irritée – et désespérément seule. Peut-être même vulnérable. Nerissa ne fut pas surprise lorsque l'Américaine sortit respirer un peu d'air frais.

Ce fut à ce moment que lord Islington, un homme petit et rondouillard qui empestait l'alcool, pria Nerissa de lui accorder une danse. Si elle fermait les yeux, peut-être qu'elle pourrait s'imaginer qu'il était grand, qu'il avait les yeux gris, les cheveux blonds…

« Perry, songea-t-elle, ravalant ses larmes. Oh, Perry… »

— Vous êtes très belle ce soir, milady.

Nerissa s'entendit le remercier machinalement. Islington devait mentir ou être aveugle. Elle s'était vue dans le miroir, pendant que sa femme de chambre la coiffait. Ses yeux étaient horriblement cernés, ses cheveux ternes ; sa bouche avait un pli amer. Elle avait eu l'impression de contempler une inconnue.

— J'ai été navré d'apprendre le triste sort du *Sarah Rose* et la mort de lord Brookhampton, dit Islington. Toutes mes condoléances.

— On n'a encore aucune preuve de sa mort, rétorqua-t-elle sèchement. Je suis certaine que nous le retrouverons. Lucien le retrouvera.

— Si quelqu'un en est capable, c'est le duc, en effet. Néanmoins, je me sens coupable, comprenez-vous. Si je n'avais pas vendu cette propriété espagnole à votre frère, vous danseriez ce soir avec votre bien-aimé, auprès duquel je fais piètre figure…

Nerissa se figea.

— Quelle propriété espagnole ?

— Mon Dieu, je n'imaginais pas que le simple fait d'évoquer cela vous bouleverserait…

— Quelle propriété ? répéta Nerissa, les joues cramoisies.

Les gens lui jetaient des regards furtifs, commençaient à chuchoter.

Le teint d'Islington vira au rouge brique.

— Chère milady, je… je ne voudrais pas vous peiner, mais votre frère m'a acheté un domaine quasiment à l'abandon… Je ne l'entretenais pas, je… C'est si loin…

Islington bafouillait lamentablement, se rendant compte qu'il en avait trop dit et que Nerissa découvrait avec horreur une vérité qu'on lui avait cachée.

— Je n'ai pas bien saisi pourquoi Sa Grâce voulait à tout prix un domaine en Espagne, alors qu'il en possède de splendides, ici en Angleterre. Je me suis dit que c'était peut-être pour le raisin, le… la vigne. Pardonnez-moi, milady, je crains d'avoir parlé à tort et à travers. Je… je vais vous chercher un verre de punch.

Nerissa tremblait comme une feuille. À présent, tout était limpide. Elle se remémora sa discussion avec Lucien, la veille de sa querelle avec Perry. Son frère s'était promis d'agir si Perry ne lui demandait pas sa main au plus vite. Elle se rappela comme elle avait pleuré dans les bras de son aîné quand Perry était parti pour l'Espagne prendre possession d'un domaine dont il avait hérité. Et Lucien, si tendre et compatissant, lorsqu'on avait appris que le *Sarah Rose* avait été attaqué et que Perry ne figurait pas parmi les survivants…

Elle eut un haut-le-cœur.

— Excusez-moi, monsieur, balbutia-t-elle. J'ai besoin d'air frais…

Elle s'enfuit en courant presque, effarée. Lucien avait envoyé Perry en Espagne afin de l'obliger à se marier avec elle.

Aveuglée par les larmes, Nerissa franchit le seuil du manoir. Comment son frère, qui prétendait l'aimer, avait-il pu lui faire une chose pareille ? Il l'avait séparée de celui qu'elle aimait et était probablement responsable de la mort d'un innocent !

Dehors, le froid humide la saisit. Elle s'élança dans le parc en sanglotant éperdument. Les épines des rosiers lui égratignaient les chevilles, la boue souillait ses souliers, les buissons lacéraient sa robe, mais elle continua de courir droit devant elle, échevelée, en proie à une douleur intolérable…

Brusquement, elle percuta quelqu'un qui arrivait en sens inverse.

Nerissa vacilla et bascula en arrière. Étouffée par les pleurs, elle leva la tête et reconnut Eva de la Mourière.

Celle-ci lui tendit la main pour l'aider à se relever.

— Laissez-moi deviner, fit-elle d'un ton ironique, en soutenant Nerissa qui chancelait. Ce chagrin… c'est à cause d'un homme, n'est-ce pas ? Naturellement. Vous savez, ma chère, il ne mérite pas vos larmes.

Il n'en fallut pas plus pour que Nerissa laisse libre cours à sa colère.

— Perry est mort par sa faute ! s'écria-t-elle. C'est lui qui l'a convaincu de partir ! Il n'y a jamais eu de domaine en Espagne ; Perry n'avait aucune raison de s'en aller ! Il a manigancé tout ça pour nous séparer, pour que Perry me regrette tellement qu'il me demande de l'épouser dès son retour ! Il avait tout prévu, seulement mon Perry est mort ! Je ne le lui pardonnerai jamais ! Jamais, je le jure !

Eva tenta de prendre la jeune femme dans ses bras pour la consoler, mais Nerissa la repoussa violemment, tout à son désespoir. Eva éprouva une bouffée de colère, un besoin impérieux de protéger cette jeune femme. Ah, les hommes ! Ils ne savaient que répandre le malheur et la désolation autour d'eux.

Gauchement, elle drapa son châle sur les frêles épaules tremblantes de Nerissa.

— Calmez-vous, ma chère, articula-t-elle avec cette ironie derrière laquelle elle s'abritait instinctivement quand elle aussi souffrait. Au moins, vous ne portez pas un bâtard, marmonna-t-elle en s'éloignant.

L'espace d'un instant, Nerissa crut avoir mal entendu. *Au moins, vous ne portez pas un bâtard.*

Elle observa l'Américaine, impériale, qui se dirigeait vers la demeure. Que fallait-il comprendre ? Que la situation de Nerissa aurait pu être pire ou que celle d'Eva était bien pire ?

Elle s'apprêtait à la rattraper lorsque Celsie accourut, inquiète.

— Qu'y a-t-il, Nerissa ? Islington t'aurait-il manqué de respect ?

Stupéfaite, elle considéra la robe maculée de sa belle-sœur, ses yeux rougis, ses joues inondées de larmes.

— Seigneur, que s'est-il passé ?

— C'est Lucien, bredouilla Nerissa. Il... il a tué Perry...

Comme Celsie écarquillait des yeux effarés, Nerissa lui raconta ce qu'avait manigancé Lucien. Quand sa voix se brisa, Celsie la serra dans ses bras.

— Et, pour couronner le tout, hoqueta la jeune femme, Eva a prononcé des mots bizarres. Je n'ai pas très bien entendu, mais il me semble qu'elle a dit : « Au moins, vous ne portez pas un bâtard. »

Nerissa soupira.

— J'étais tellement submergée par mon désespoir que je n'ai pas deviné le sien. Elle… Tu crois qu'elle est enceinte, Celsie ?

Cette dernière était bouche bée.

— Ô mon Dieu…

— Qu'y a-t-il ?

— Cela explique tout. Bonté divine, pourquoi n'ai-je rien vu ? Elle est pâle comme un linge, elle souffre de l'estomac… Elle est venue se réfugier ici, et elle est déterminée à se venger de ton frère qui aurait gâché sa vie !

Elle agrippa Nerissa par les épaules.

— Seigneur, tu sais ce que cela signifie ? s'exclama-t-elle, surexcitée. Je suis sûre qu'Eva est enceinte de Lucien !

11

Celsie traversa la salle de bal au pas de course et, n'apercevant Eva nulle part dans la foule, se précipita jusqu'à ses appartements.

Elle frappa à la porte et l'ouvrit sans attendre de réponse.

— Eva ?

Sa cousine se tenait devant la fenêtre. À la lueur de la chandelle, ses cheveux prenaient des reflets cuivrés.

— Magnifique soirée, Celsie, murmura-t-elle. Je crois que votre bal a été une réussite.

— Pourquoi ne m'avez-vous rien dit ?

— Parce que j'ai du mal à me l'avouer à moi-même et encore plus à l'accepter, répondit Eva, immobile.

— Mais… un enfant !

— L'enfant de Blackheath.

— Il le sait ?

— Bien sûr que non. Personne ne le sait – à part vous, désormais.

— Et Nerissa.

— Oui… pauvre petite. Elle a été cruellement manipulée. Je l'ai rencontrée dans le parc, elle sanglotait à fendre l'âme.

Eva se retourna, le regard dur.

— À cause d'un homme, évidemment.

— Elle pleurait car elle venait d'apprendre que c'est Lucien, son propre frère, qui a fait partir Perry en Espagne, sous un faux prétexte !

Eva haussa les sourcils.

— Vraiment ?

— Oui, et cette fois, c'en est trop ! répondit Celsie, qui, de rage, tapa du pied. Croyez-moi, il ne s'en tirera pas comme ça. Je jure devant Dieu que jamais plus il ne se mêlera des affaires d'autrui. Jamais !

Celsie convoqua un conseil de famille dans la salle à manger aussitôt après la fin du bal.

Il était affreusement tard et tous étaient épuisés, mais le devoir familial leur imposait d'assister à cette réunion. Charles, toujours en uniforme, semblait calme mais soucieux lorsqu'il prit place aux côtés d'Amy. Gareth entra, un bras autour des épaules de Juliet ; son éternel sourire s'effaça quand il vit sa sœur recroquevillée dans un fauteuil, ses yeux bleu pâle flamboyants de colère. Andrew fut le dernier à apparaître, frottant ses sourcils roussis. Il s'installa à côté de Nerissa, qui pinçait les lèvres et paraissait au bord de l'explosion.

Celsie attendit que chacun fût assis. Tandis que les valets servaient du porto aux messieurs et du thé aux dames, elle tapota du pied avec impatience. Enfin, elle put congédier les domestiques.

— Vous vous demandez tous pourquoi Nerissa et moi vous avons réunis ce soir, à une heure aussi tardive, mais ce que nous avons à vous dire est de la plus haute importance. Je laisserais volontiers Nerissa vous expliquer ce qu'a manigancé votre frère, mais, vous le constatez, elle n'est pas en état de parler.

— Je ne peux même pas prononcer le nom de ce… cette ordure ! bredouilla Nerissa.

Charles faillit s'étrangler avec son porto ; Gareth fronça les sourcils. Ils n'avaient pas l'habitude d'entendre un tel langage dans la bouche de leur sœur.

Andrew s'adossa à son siège.

— Eh bien, qu'a-t-il donc fait, cette fois ?

Celsie, d'une voix vibrante, leur narra l'histoire.

— L'Espagne ! fulmina-t-elle pour conclure. Il a voulu séparer Perry et Nerissa, convaincu qu'elle lui manquerait tellement qu'il reviendrait dare-dare lui demander sa main.

— Allons, voyons, protesta Charles. Lucien n'irait pas jusque-là.

— Bien sûr que si ! Seulement, sa machination a tourné à la tragédie. Il a plongé sa sœur dans le désespoir et, de plus, il a tué un homme !

Charles, qui envisageait toujours une situation sous tous les angles, insista :

— Qui peut dire s'il n'a pas inventé aussi l'attaque du *Sarah Rose* et la mort de Perry ?

— Malheureusement, ce n'est pas une invention, intervint Gareth. Le fils d'un de mes électeurs appartenait à l'équipage. Le navire a bel et bien coulé.

Nerissa, très droite sur son siège, s'efforçait bravement de retenir ses larmes.

— Lucien nous a tous contraints à agir selon sa volonté, poursuivit Celsie. Il nous a utilisés comme des marionnettes pour réaliser son plan : marier ses frères et, maintenant, sa sœur. Il mérite assurément son surnom de Diabolique ! Songez à ce qu'il vous a fait subir, Gareth et Juliet. Et ses manœuvres pour vous piéger, Charles et Amy… Impardonnable !

— Il n'a pas été aussi abominable avec nous qu'avec vous tous, objecta Amy.

La jeune épouse de Charles, d'un naturel bon et doux, s'était prise d'affection pour Lucien, alors que les autres lui en voulaient toujours de s'être immiscé dans leur vie.

— Il a dépassé les bornes en ce qui nous concerne, Andrew et moi, poursuivit Celsie. Utiliser cet aphrodisiaque pour nous pousser au mariage ! Eh bien, il est temps pour les marionnettes de prendre le marionnettiste à son propre piège.

À ces mots, tous les regards se fixèrent sur Celsie.

Elle se mit à faire les cent pas devant la cheminée, dans un froufroutement d'étoffe.

— Vous avez deviné, je présume, qu'Eva n'est là que pour se venger de Lucien. Vous êtes-vous demandé de quelle manière il lui a gâché la vie ? Figurez-vous que c'est également à cause d'elle que je vous ai réunis ici. Eva sera pour nous le moyen d'infliger à Lucien le châtiment qu'il mérite.

— Je ne supporte pas cette femme, décréta froidement Charles.

— Moi non plus, renchérit Andrew en se renversant dans son fauteuil, mais je suis curieux.

— Oui, explique-toi, Celsie, dit Gareth.

Celsie les observa tour à tour. Ses yeux s'attardèrent sur la malheureuse Nerissa, qui contemplait le vide devant elle.

— Il l'a mise enceinte, annonça-t-elle triomphalement, avant de croiser les bras sur sa poitrine.

— Quoi ? s'écrièrent en chœur Charles, Andrew et Gareth.

— Elle est enceinte. Elle vient de me l'avouer.

— Seigneur Dieu !

— C'est inouï !

— Lucien est au courant ?

— Non, et voilà comment nous allons pouvoir lui rendre la monnaie de sa pièce.

Celsie recommença à marcher de long en large. Ses prunelles jetaient des éclairs.

— Quand Eva s'est réfugiée ici, elle m'a dit que Lucien avait détruit sa vie. Franchement, je n'ai pas soupçonné la vérité. Mais maintenant que j'y réfléchis, j'aurais dû m'en douter... Andrew, rappelle-toi la soirée d'hier, quand elle est sortie précipitamment. Pour quelle raison avait-elle la nausée ? Et pourquoi est-elle si pâle ? Au bal, ce soir, je l'ai surprise qui se cramponnait au rebord de la table – le souffle lui manquait. Elle a prétendu que la chaleur et la foule l'étourdissaient, mais comme Juliet et Amy vous le confirmeront, c'est un signe qui ne trompe pas : elle attend un enfant.

— Elle ne peut pas être enceinte de Lucien, marmonna Charles en secouant la tête. Il ne commettrait pas pareille imprudence.

— Je continue, si tu permets, fit Celsie. À son arrivée, Eva m'a déclaré qu'elle avait « vaincu » Lucien, qu'il avait été à sa merci.

— Allons, Celsie, protesta Gareth. Nous savons qu'elle est une espèce d'espionne, une femme capable de prouesses extraordinaires, mais je ne la pense pas du genre à capturer des hommes pour… hum… profiter d'eux.

— Certainement pas, approuva Juliet. N'importe quel sot aurait remarqué que, ce soir, elle s'est évertuée à fuir tout contact physique avec la gent masculine.

— Cela ne signifie pas qu'elle se soit comportée de la même façon avec Lucien, objecta Amy. Quelle que soit l'opinion que vous avez de Lucien et d'Eva, il y a un fait indéniable : ils forment un couple parfait.

— Exactement ! s'exclama Celsie, ravie.

Charles écarquilla les yeux.

— Tu ne comptes pas obliger Lucien à épouser…

— Mais si, c'est justement mon plan, répliqua Celsie. Réfléchissez un peu. Nous avons tous une revanche à prendre sur Lucien. Eva est l'instrument idéal.

— J'imagine qu'il a effectivement détruit sa vie, murmura Gareth en se frottant songeusement le menton.

— Par la faute de Lucien, elle a été chassée de France… ajouta Andrew. Ses compatriotes américains, du coup, n'ont plus confiance en elle. Elle a perdu sa position dans la société…

— Je pense que nous sommes tous d'accord sur un point : Lucien l'a bien cherché, décréta Celsie.

— Et Eva de la Mourière fera une incomparable duchesse, acheva Gareth.

— Oh, j'adore ce plan ! commenta Juliet avec un sourire radieux.

— Si nous voulons les marier, reprit Celsie, il nous faudra ruser, comme Lucien l'a fait avec nous. Car

Eva ne consentira jamais à l'épouser. Et Lucien ne se laissera pas aisément passer la corde au cou.

Elle s'immobilisa devant la cheminée, se tapota le menton.

— Voilà comment nous allons faire. Gareth, en tant que membre du Parlement, tu peux convaincre tes pairs qu'Eva est dangereuse et doit être neutralisée par la seule personne capable de la maîtriser : Lucien, en l'occurrence.

— Je n'y manquerai pas.

— Pendant ce temps, Nerissa et moi nous adresserons au roi et lui dépeindrons Eva comme une femme abusée, qui mérite mieux que le sort qu'elle subit par la faute de Lucien. Avec un peu de chance, nous réussirons à convaincre Sa Majesté d'ordonner à Lucien d'épouser cette malheureuse dont il a ruiné la réputation, non seulement pour qu'elle cesse de comploter avec la France, mais surtout pour qu'elle donne un héritier au duché de Blackheath.

Celsie s'interrompit et embrassa du regard ses compagnons.

— Alors, qu'en pensez-vous ?

— Moi, je trouve que c'est un plan brillant ! déclara Andrew.

— Diaboliquement ingénieux ! acquiesça Juliet.

— Oui, il est temps de prendre notre revanche sur Lucien, ajouta Gareth.

— Charles ?

— Je déteste cette femme et ne suis pas près de lui pardonner... Cependant, si Lucien est responsable, fût-ce indirectement, de la mort de Perry, eh bien... je pense que ces deux-là se méritent.

Celsie sourit et attendit qu'Andrew serve du porto à tout le monde. Puis elle leva son verre.

— Portons un toast. À la défaite de Lucien !

— À sa défaite !

12

Lucien rentra de France sans avoir réussi à localiser Perry. Et il découvrit qu'en son absence, les rênes de sa vie étaient passées dans d'autres mains que les siennes.

— Comment ose-t-on me dicter ma conduite ? lança-t-il, fou de rage, tandis que Charles lui remettait le décret royal exigeant un mariage immédiat entre le duc de Blackheath et Eva de la Mourière.

— Le roi d'Angleterre n'est quand même pas le premier venu, répliqua Andrew d'un ton guilleret. Tu as intérêt à obéir, à mon avis.

La mine sombre, Lucien examinait le document comme s'il s'agissait de son arrêt de mort.

— Andrew a raison. Ce ne serait pas raisonnable de contrevenir aux volontés de Sa Majesté, fit remarquer Gareth, nonchalamment étendu sur la causeuse de la bibliothèque.

— Ce serait même désastreux, renchérit Charles.

Gareth se leva pour verser une généreuse rasade de whisky dans un verre.

— Tu n'as manifestement qu'une solution : épouser la dame, puisqu'elle porte l'héritier des Blackheath.

Il tendit le verre à Andrew, qui le donna à Charles.

— Or, nous savons tous combien tu prends au sérieux tes responsabilités de chef de famille.

— Absolument, acquiesça Charles, qui apporta le whisky à son frère accablé. D'ailleurs, figure-toi que ta fiancée se trouve ici, à Rosebriar.

— Ce qui est bien pratique, commenta Gareth.

— Oui, tu n'auras pas besoin de partir à sa recherche en France, ajouta Andrew.

— Et nous avons veillé à te procurer tous les papiers qui te permettront de te marier sur-le-champ.

Aucun muscle ne bougeait sur le visage de Lucien. Pourtant, il était submergé par une fureur indicible, une rage comme jamais il n'en avait éprouvé. Un voile rouge troublait sa vision ; le sang battait si violemment à ses tempes qu'il en était assourdi. Cependant, sa bonne éducation l'emporta sur les envies de meurtre qui le démangeaient. Les mâchoires crispées, son verre de whisky intact entre les doigts, il tourna le dos à ses frères et s'éloigna de quelques pas. Il ne supportait plus la vue de ces trois figures aimables, innocentes, où il lisait une satisfaction suspecte.

Ses frères étaient-ils pour quelque chose dans cette effroyable catastrophe ? S'étaient-ils piqués de le manipuler, d'essayer de modeler son existence à leur guise ?

Non, ils n'auraient pas fait une chose pareille.

Ils n'auraient pas eu ce culot...

— Entre nous, ce n'est pas si terrible, susurra Andrew. Pense au mal que tu t'es donné pour nous contraindre à nous marier. Aucun d'entre nous n'en avait la moindre envie, mais toi, tu savais où était notre intérêt, n'est-ce pas ? Eh bien, à présent, à nous de te dire où est ton intérêt : cette union est ce qu'il te faut. Tu as besoin d'une duchesse à ton bras, d'un héritier pour Blackheath. Avec Eva, tu auras les deux.

Tournant toujours le dos à ses frères, Lucien posa son verre et, raide comme la justice, s'en fut sans un mot.

Il sortit du manoir. Dehors, le vent soufflait, et Lucien accueillit avec un plaisir morose sa morsure glacée. Il devait réfléchir, élaborer un plan quelconque. Il se vengerait plus tard : avant tout, il lui fallait trouver une solution. Une échappatoire. Une issue. Il se dirigea vers les écuries et ordonna à un palefrenier de lui seller Armageddon. Le domestique devint tout pâle, tant le duc semblait de méchante humeur, et détala comme un lapin.

Rongeant son frein, Lucien patienta. Il entendit ruer et hennir l'étalon, puis on lui amena le splendide animal, cadeau que Lucien avait reçu d'un cheik lors d'un de ses nombreux voyages.

Lucien se mit en selle et quitta le manoir. Dès qu'il fut hors de vue, il laissa Armageddon galoper tout son soûl, ses lourds sabots entaillant le sol durci par le gel. Un faisan effarouché s'envola, deux lapins plongèrent dans leur terrier. Le vent d'hiver, chargé d'une odeur de terre humide, était grisant, mais rien ne pouvait distraire Lucien de sa fureur.

Soudain, Armageddon leva la tête, et ses oreilles frémirent. Lucien comprit qu'il n'était plus seul.

Il regarda par-dessus son épaule. Quelqu'un approchait à vive allure, monté sur un cheval alezan couvert d'écume.

Eva.

L'espace d'un instant, le spectacle qu'elle offrait – visage rosi par l'air glacial, cheveux roux ramenés sous un chapeau, jupe claquant au vent – lui coupa le souffle. Mais son trouble se dissipa aussitôt. Il était trop en colère contre elle pour se laisser aller à admirer son assiette, son talent de cavalière.

Il tira sur la bride d'Armageddon afin qu'elle puisse le rattraper.

— Dans votre état, vous ne devriez pas chevaucher à travers la lande, lui dit-il quand elle fut à sa hauteur.

— On vous a donc mis au courant.

— Naturellement. Mes chers frères, qui jubilent, se sont empressés de me prévenir. Pour votre gouverne, madame, ajouta-t-il en dardant sur elle un regard noir, sachez que je me suis abstenu de leur conter la véritable histoire. Cela afin de préserver votre orgueil et le mien.

— Vous avez donc omis de leur dire que je vous avais dominé ? ironisa-t-elle.

Il détourna les yeux, fixant le vide devant lui.

— Exactement.

— Blackheath, si ma mémoire ne me trompe pas, vous en aviez envie autant que moi. Vous étiez consentant, et ce n'était qu'un jeu. C'est moi qui ai établi les règles de ce jeu, certes, mais vous ne pouvez pas pour autant rejeter sur moi la responsabilité des déplorables conséquences de cet… intermède.

— Vous avez été singulièrement insouciante.

— Moi, insouciante ? Faut-il vous rappeler, Blackheath, qu'un enfant se conçoit à deux ?

— Je vous dispense de me faire la leçon, madame. Je ne suis pas d'humeur.

— Et moi, je vous dispense de me sermonner, riposta-t-elle d'un ton amer. Je suis assez fâchée de me retrouver enceinte, mais songer que je le suis de vous, entre tous les hommes, m'afflige au-delà de toute expression.

Il la dévisagea longuement, retenant d'une main de fer l'étalon qui trépignait et soufflait d'impatience.

— Êtes-vous certaine, madame, que je suis effectivement le père ?

Les yeux d'Eva se plissèrent, sous le bord de son chapeau d'amazone orné d'une plume.

— Je méprise les hommes, déclara-t-elle, glaciale. Vous étiez mon premier amant depuis la mort de mon lamentable époux et, je vous le certifie, vous serez le dernier ! Je vous ai invité dans mon lit uniquement parce que je devais m'assurer que j'avais le bon aphrodisiaque.

— Lequel est désormais, je vous le rappelle, à l'abri de vos griffes traîtresses.

— Je n'en ai plus besoin. Par conséquent, inutile de triompher.

— Ah, oui, parlons-en, de ce *besoin*. Quel infâme dessein poursuiviez-vous, madame, en attaquant mes frères et en vous introduisant dans ma chambre sans y avoir été invitée ?

— Cela ne vous regarde pas.

— Peut-être, rétorqua-t-il avec un sourire carnassier. Mais je le découvrirai, n'en doutez pas. Et j'attends toujours que vous m'expliquiez comment vous avez réussi à me plonger dans l'inconscience, à Paris, sans m'assener le moindre coup.

— Je ne suis pas disposée à partager mes petits secrets.

— Ah, vous êtes donc résolue à demeurer une femme mystérieuse ?

— Une femme indépendante, rectifia-t-elle. Et maintenant, Blackheath, arrêtez de jacasser. Je... Il faut que je réfléchisse.

Ils repartirent au pas, côte à côte. De grands panaches de buée s'échappaient des naseaux des chevaux, dont les sabots s'enfonçaient dans la boue blanchâtre du chemin tandis qu'ils gravissaient la colline. Au sommet de celle-ci, les branches dénudées d'un bouquet d'érables et de hêtres semblaient griffer le ciel bas couleur d'étain.

Lucien coula un regard vers sa compagne. Elle avait les joues rouges, les yeux étincelants : autant de lézardes dans la façade impassible qu'elle s'acharnait à lui opposer. Il connaissait assez les femmes – ô combien ! – pour savoir ce que cela signifiait. Il l'avait ébranlée, désarçonnée.

Elle le désirait, comme il la désirait.

Car Dieu savait qu'il avait envie d'elle, malgré sa fureur contre elle, contre ses frères et contre le destin ! Comment ne pas désirer cette créature ? Il promena ses yeux sur la chute de reins d'Eva, admirant la façon dont ses fesses tendaient le superbe velours prune de sa jupe d'amazone. Il aurait parié que, sous la veste élégante et le corsage, les pointes de ses seins étaient dures et douloureuses, avides de caresses. Eh bien, elle ne souffrirait pas longtemps, et lui non plus, qui se trouvait fort à l'étroit dans sa culotte de cavalier.

Il n'avait qu'une envie : prendre dans ses mains en coupe ses seins magnifiques, la coucher sur le sol et lui faire l'amour, là, dans l'herbe mouillée, encore et encore, jusqu'à l'épuisement.

Il eut de la peine à détacher son regard d'elle.

— Eh bien, puisque nous sommes tous deux prisonniers d'une situation que nous n'avons pas souhaitée, dites-moi, madame, ce que vous suggérez pour régler le problème.

— En toute logique, ce serait à vous d'imaginer la solution. Après tout, vous êtes le seul fautif.

— Moi ?

— Mais oui. Si votre sœur n'avait pas découvert que vous étiez à l'origine du départ d'Angleterre de lord Brookhampton – vous et non le décès de quelque parent espagnol imaginaire –, vos frères ne se seraient pas donné tant de mal pour vous piéger. Ils sont terriblement fâchés contre vous. Et maintenant, c'est moi qui vais payer le prix de vos manœuvres diaboliques.

Lucien sentit le sang se retirer de son visage.

— Ma sœur… elle sait ?

— Évidemment ! Et n'espérez pas qu'elle vous pardonne, espèce de monstre.

Lucien prit une grande inspiration. Son cœur cognait à coups redoublés dans sa poitrine. Nerissa savait. Ô Seigneur…

— Mes frères ont de bonnes raisons de m'en vouloir, rétorqua-t-il, les dents serrées. Mais…

— Ah, oui, on m'a relaté vos ingérences dans leur existence. Vous êtes un être méprisable, Blackheath.

— C'est ce qu'on dit, en effet. Quoique cette critique de mon caractère ne nous mène pas très loin. Revenons à notre affaire. Je présume que vous guignez le mariage ?

— Ah ! Me marier, surtout avec un personnage aussi odieux que vous, serait un abominable fardeau.

Elle redressa le menton, les yeux fixés sur l'horizon.

— D'ailleurs, je connais trop les hommes pour envisager de me remarier.

— Ma chère Eva, murmura-t-il, sarcastique, c'est pourtant vraisemblablement ce que vous avez en tête. Sinon, vous ne m'auriez pas traqué jusqu'en Angleterre, et vous ne seriez pas restée ici après avoir appris ce que mes frères projetaient pour nous.

— Je suis venue en Angleterre parce qu'on m'a demandé de quitter Paris et que je n'avais nulle part où aller, ce dont vous êtes également responsable.

— Œil pour œil...

— Ce n'est pas drôle, Blackheath.

— Oh, je ne ris pas, madame. Nous sommes en train de discuter d'un problème sérieux.

— Nous n'avons rien à nous dire.

— Et l'enfant ? Ce n'est rien, selon vous ? En dépit des circonstances de sa conception et de notre commune aversion pour le mariage, vous êtes enceinte. Voilà la réalité. Je n'en profiterai pas pour me venger et me débarrasser de vous. Je ne vous autoriserai pas non plus à partir et compliquer encore les choses.

Elle lui lança un regard en biais.

— Ce qui signifie, Blackheath ?

— Que je ferai de vous ma duchesse.

Soudain très pâle, elle tira sur la bride de sa monture.

— Certainement pas, Blackheath, n'y songez même pas.

— Vous n'avez pas le choix.

Il fit faire demi-tour à Armageddon. Eva montait en amazone ; ses jambes, cachées sous les larges plis du velours de sa jupe, se retrouvèrent pressées contre la cuisse musclée de Blackheath, les deux chevaux étant flanc contre flanc. Il plongea ses yeux dans ceux d'Eva.

— Et moi non plus, d'ailleurs, ajouta-t-il.

— Bien sûr que si, riposta Eva. Les hommes ont toujours le choix. De plus, vous êtes duc. Autant dire que toutes les libertés vous sont permises.

— Pas lorsque le roi en personne décrète que le duc doit se marier.

— Il s'agit de votre souverain, pas du mien. Je ne suis pas tenue de me plier à sa volonté, et je ne le ferai pas.

— Je ne vous demande pas d'obéir au roi. Je vous demande de songer au bien de cet enfant.

Eva contempla la lande en silence, luttant contre le tumulte d'émotions confuses qui accélérait les battements de son cœur, et la panique qu'elle sentait monter en elle. Si elle épousait Blackheath et si, par malheur, il apprenait pour quelle raison elle avait volé l'aphrodisiaque, le roi d'Angleterre ordonnerait qu'elle soit décapitée pour trahison. Eva eut du mal à déglutir, tant elle avait la bouche sèche. Elle était effrayée, désespérée…

Sans doute Blackheath lut-il le désarroi sur son visage, car il s'approcha d'elle – si près qu'elle eut l'impression de se perdre dans le puits noir de ses yeux. Il lui prit le menton, la forçant à soutenir son regard.

— Je vous préviens, Eva. Si vous fuyez, je vous retrouverai, où que vous soyez. Je vous traquerai comme un loup poursuit un lapin. Je ne renoncerai jamais. Suis-je clair ?

La tête haute, elle détourna les yeux, espérant qu'il ne remarquerait pas le tremblement de ses mains.

— N'oubliez pas : nous ne parlons pas de vos envies mais des besoins d'un enfant à naître. Vous avez jusqu'à la fin de la semaine pour accepter mon offre. Passez une bonne journée, madame.

Il s'inclina, puis talonna son étalon qui partit au grand galop. Un violent frisson parcourut Eva tandis qu'elle regardait le duc s'éloigner au rythme précipité de sa monture.

Elle devait l'admettre : elle était terrifiée.

13

De retour à Rosebriar, Lucien confia Armageddon à un palefrenier et se mit aussitôt en quête de Nerissa. Elle était enfermée dans ses appartements et ne voulait voir personne.

Il frappa à la porte.

— Nerissa ! appela-t-il doucement.

— Va-t'en, Lucien. Je refuse de te parler.

Si elle lui avait planté un couteau dans le cœur, Lucien n'aurait pas plus souffert. Elle était sa seule sœur, la benjamine, l'unique femme pour laquelle il aurait sacrifié sa vie. Il aurait tout donné pour qu'elle soit heureuse, et il l'avait anéantie en saccageant ses chances de trouver le bonheur.

— Nerissa, s'il te plaît. Nous devons discuter.

Silence. Puis il entendit un bruit de pas, le cliquetis du loquet et, soudain, Nerissa apparut devant lui.

Il eut un coup au cœur. Elle avait maigri, ses yeux bleus naguère pétillants étaient cernés, sa chevelure avait perdu son lustre, et plus jamais, semblait-il, sa bouche ne sourirait. Elle le considéra longuement, avec une expression où la souffrance se mêlait au mépris.

— Pourquoi ? murmura-t-elle d'une voix qui chevrotait. C'était si difficile pour toi, Lucien, de nous laisser en paix ?

Pour une fois, il ne sut que répondre. Il entra dans la pièce et referma la porte derrière lui.

— Cela ne te suffisait donc pas d'avoir régenté la vie de nos frères ? poursuivit-elle tout bas. Il a fallu que tu recommences à te prendre pour Dieu, n'est-ce pas ?

— Comment as-tu su ? demanda-t-il d'un ton que lui-même trouva distant.

— Oh… l'un de tes amis a trop bu lors du bal du Nouvel An, et l'alcool lui a délié la langue. Il m'a parlé de l'Espagne. J'ai deviné le reste. Tu voulais simplement éloigner Perry de l'Angleterre, je présume ?

Lucien, les dents serrées, n'eut pas la force de soutenir le regard accusateur et désespéré de ces yeux bleus qui le fixaient.

— Je te déteste, souffla-t-elle. Je te hais tellement que le simple fait de te voir m'est insupportable.

Ces mots le blessèrent profondément. Pourtant, ce n'était rien comparé à la répulsion peinte sur ce cher visage qui, récemment encore, rayonnait de confiance et d'affection. Une crampe brutale lui tordit l'estomac. Ce qu'était devenue sa petite sœur l'épouvantait, d'autant plus qu'il en était responsable.

La gorge nouée, il n'était plus en état de parler. Il réessaierait de discuter avec Nerissa plus tard, quand il aurait mis de l'ordre dans ses pensées, qu'il se sentirait moins vulnérable.

Il s'inclina, tourna les talons et s'apprêta à sortir. Il soulevait le loquet lorsque la voix de Nerissa, ce pathétique murmure, s'éleva de nouveau :

— Pourquoi fais-tu toutes ces choses, Lucien ?

Il s'immobilisa, contempla ses bottes.

— La réponse a-t-elle une quelconque importance ?

— Tu savais que Perry et moi étions quasiment fiancés, mais tu n'as pas pu attendre, lui donner le temps dont il avait besoin pour l'annoncer officiellement.

Lucien se figea. Il ferma les paupières, le cœur broyé. Comment expliquer un phénomène aussi complexe, qu'il comprenait à peine lui-même ? Il se remémora son enfance. Ses tendres années sacrifiées au duché et aux responsabilités que son statut de duc impliquait – des responsabilités qu'il avait assumées afin que sa sœur et ses frères puissent vivre une jeunesse insouciante. Son enfance à lui s'était achevée au moment où il avait découvert son père mort dans l'escalier de la tour, les cervicales brisées. Jusque-là, Lucien s'était cru invincible, maître du monde. Hélas, il n'avait pas pu empêcher son père de dégringoler ce maudit escalier. Et il n'avait pas réussi à sauver sa mère, qui avait aussitôt suivi son époux dans la tombe.

Comment s'étonner qu'il ait dès lors été habité par l'obsession de tout contrôler ? Qu'il ait fait en sorte que son univers et les êtres qui le peuplaient soient tels qu'il les souhaitait ? Que tout fonctionne selon sa volonté ?

Mais sa sœur ne se satisferait jamais de cette explication. À juste titre. Car, en cherchant encore une fois à régenter son entourage, il avait probablement tué l'homme qu'elle aimait. Lui-même jugeait cela effarant.

Il n'avait rien à dire à Nerissa. Absolument rien.

Il pivota et s'en fut à grands pas.

Le dîner fut sinistre et se déroula dans un silence de plomb. Nerissa préféra prendre son repas dans sa chambre. Eva pignochait dans son assiette et contemplait d'un œil lugubre son verre de vin intact. Juliet, Amy et Celsie tentèrent un moment, vaillamment, d'entretenir la conversation, puis finirent par renoncer devant la mine inquiète de leurs époux. Lucien, lui, n'avait pas la force de regarder ses frères. L'absence de sa sœur, le souvenir de ses beaux yeux bleus emplis de dégoût le torturaient.

Une soudaine agitation autour de la table le tira de sa mélancolie. Eva avait repoussé son assiette en marmonnant des paroles d'excuse. Les hommes se levèrent respectueusement lorsqu'elle se redressa et quitta la pièce.

Lucien se remit à manger, sans prononcer un mot. Quand le dîner s'acheva et que ses belles-sœurs se retirèrent à leur tour, il dévisagea ses frères d'un air mauvais.

— Qu'arrive-t-il à Eva ? demanda-t-il à Charles, qui, assis à côté de lui, sirotait pensivement son sherry. Elle n'a rien avalé.

— Elle est enceinte, Lucien, répondit Charles avec flegme.

— Pendant sa grossesse, Juliet n'avait pas beaucoup d'appétit non plus, intervint Gareth, secourable.

Lucien serra les dents. Il se sentait de plus en plus frustré, en proie à une colère qui augmentait de seconde en seconde à l'idée d'être contraint de faire d'Eva sa duchesse. Eva qui s'obstinait à refuser de devenir sa femme. Tout allait de travers.

Il jeta rageusement sa serviette sur la table. Nom d'une pipe, à quel moment le monde avait-il cessé de se plier à sa loi ?

— Elle est plus maigre que lors de notre dernière rencontre, grommela-t-il. Je croyais qu'attendre un enfant faisait grossir les femmes.

Andrew haussa les épaules.

— Pas dans les premières semaines.

— Qu'en sais-tu ? gronda Lucien en lui décochant un coup d'œil meurtrier. Tu n'es pas père, il me semble.

— Pas encore. Mais je le serai bientôt.

Lucien en demeura bouche bée. Il avait cru Andrew trop accaparé par la science, et Celsie infiniment trop occupée à améliorer le sort des chats et des chiens maltraités pour songer à lui donner une nièce ou un neveu. Mettant momentanément sa rancœur de côté, il se leva et serra la main d'Andrew.

— Mes félicitations. La naissance est pour quand ?

— La fin de l'été, répondit Andrew avec un large sourire.

Lucien s'écarta, tandis que Gareth et Charles félicitaient le futur père en lui donnant de vigoureuses tapes dans le dos. Andrew rayonnait de fierté. Lucien, le sourire aux lèvres, s'efforçait de juguler sa jalousie. Il pensait à Eva, qui portait leur enfant.

Elle se souciait davantage de sa précieuse liberté que de l'héritier de Lucien – une idée qui le rendait malade.

Aussi s'obligea-t-il à afficher son habituel masque d'indifférence tandis que la discussion roulait sur la prochaine génération des Montforte. Si seulement ses frères avaient su à quel point il aurait voulu se réjouir avec eux !

Il fut heureusement sauvé par la comtoise, qui sonna les douze coups de minuit. L'un après l'autre, ses frères, en bâillant, prirent congé et rejoignirent leur lit, où les attendait une épouse aimante.

Lucien resta seul.

Il approcha son fauteuil de la cheminée et demeura là, dans l'immense salle pleine de courants d'air, à boire son sherry. Maussade, il contemplait les bouquets d'étincelles qui, parfois, jaillissaient des braises et se changeaient en un panache de fumée qui se dispersait dans l'air froid. Il écoutait gémir le vent, au-dehors, et méditait.

Cette discussion sur les enfants avait ranimé certains souvenirs. Notamment celui de Nerissa lorsqu'elle n'était qu'un nourrisson vulnérable, privé de sa mère et de son père dès la naissance. Et Andrew, qui avait été un bébé minuscule ; Charles et Gareth, qui essayaient d'accepter – sans y parvenir – la disparition de leur maman et de leur papa, en courageux petits garçons qu'ils étaient.

Lucien avait endossé le rôle de parent, tout naturellement, ainsi que celui de nouveau duc. En chef de famille, il avait veillé au bien-être des siens, et il ferait de même pour cet enfant qu'Eva était résolue à éloigner de lui.

Il appuya sa tête au dossier du fauteuil. Eva. Nerissa. Jamais il ne s'était senti aussi impuissant. À la dérive. Il ne pouvait plus rien pour Nerissa, sinon poursuivre ses recherches afin de savoir ce qui était réellement arrivé à Perry.

Quant à Eva… au mariage…

Il se passa la main sur la figure. Il la voulait dans son lit, oui, mais ni dans sa maison ni dans son existence. Seul l'orgueil l'avait poussé à lui demander sa main. L'orgueil et le sens des responsabilités. Elle portait son enfant et, bon Dieu, aucun rejeton d'un duc de Blackheath ne serait un bâtard !

Satanée Eva ! Elle l'épouserait, parce qu'il le voulait et aurait le dessus. Elle serait la duchesse de Blackheath, que ce titre lui convienne ou pas. Hélas – il n'avait aucune illusion sur ce point –, son mariage ne ressemblerait nullement à ceux de ses frères. Loin de là. Sa duchesse ne serait, au fond, que la génitrice du futur duc de Blackheath. Pas une épouse ni une amante.

Il serait courtois envers elle, résisterait au désir qu'elle lui inspirait et veillerait à ce que l'enfant et sa mère ne manquent de rien s'il venait à mourir. Débarrassée de lui, Eva retrouverait l'indépendance à laquelle elle tenait tant – mais avec le pouvoir et les ressources du duché de Blackheath.

S'il venait à mourir.

Lucien but une gorgée de sherry, puis reposa son verre. Il lui faudrait demander à son notaire d'ajouter à son testament une clause interdisant à Eva d'emmener leur enfant à l'étranger.

Dans ce domaine, au moins, ce serait lui qui mènerait la barque.

Même depuis l'au-delà.

Il étendit ses jambes et ferma les yeux. Sa fureur s'était apaisée. Il se sentait de nouveau maître de lui-même, prêt à agir, calme. Les flammes mourantes lui chauffaient les pieds, dansaient sous ses paupières closes. Il s'assoupit et, bientôt, de la lueur orangée qui lui emplissait l'esprit se détacha la silhouette qu'il redoutait tant.

Le rêve était identique à celui de la veille, de l'avant-veille et de chaque nuit depuis deux mois. Face à lui se dressait son adversaire tout de noir vêtu, son égal pour ce qui était de l'adresse, de la force et de la ruse.

Dix pas, un mouchoir qui tombait à terre, puis l'acier tintant contre l'acier, et Lucien combattant l'unique être au monde qu'il était incapable de vaincre. Un duel sans merci, à mort… et la Faucheuse qui se jetait sur lui, chevauchant l'épée de l'ennemi qui lui transperçait le cœur. Lucien s'effondrait. Étendu sur le dos, il contemplait la silhouette de son ennemi triomphant. Sa vision se troublait, le sang s'écoulait de sa poitrine, la vie le quittait peu à peu…

Il se réveilla en sursaut.

Le front mouillé de sueur, tremblant, il cligna des paupières. Tout paraissait normal. Les braises rougeoyaient dans l'âtre, le tic-tac imperturbable de l'horloge résonnait dans la salle à manger vide.

Pourtant, *elle* était là.

Il en était absolument sûr.

Lentement, il tourna la tête vers la droite… et oui, elle était bien là, tranquillement assise dans un fauteuil, tout près, la lueur du feu jouant sur son beau visage de traîtresse.

— Un cauchemar ? dit-elle.

Elle se pencha pour saisir le verre de sherry qu'il avait abandonné et le lui mit dans la main.

Sans répondre, il avala l'alcool et se frotta le visage, comme pour effacer les terrifiantes images de son rêve.

— Désirez-vous que j'allume des bougies ? Que j'attise le feu afin de chasser vos démons ?

— Non, inutile.

Mais je voudrais que tu restes avec moi.

Elle lui remplit de nouveau son verre, s'en servit un et demeura à côté de Lucien, silencieuse, comme si elle comprenait son besoin de compagnie. Sa compassion le surprit et l'émut.

— Je fais moi aussi des cauchemars, murmura-t-elle au bout d'un moment. Mais je crois qu'ils sont le fruit de la mémoire plus que d'une imagination débridée par le sommeil.

— Ils vous empêchent de dormir ?

— Non, répliqua-t-elle avec un sourire amer. Ils me tourmentent si cruellement durant la journée qu'ils ont besoin, je suppose, de repos quand tombe la nuit.

Elle avait détaché ses cheveux, qui ondulaient sur ses épaules, épais, magnifiques, leur masse flamboyante formant un contraste saisissant avec la pâleur de ses joues, de son cou de cygne, avec les globes crémeux de ses seins.

Lucien eut l'impression qu'un incendie s'allumait dans ses veines. Seigneur ! La serrer dans ses bras et oublier le désert qu'était devenue sa vie, se perdre dans ce corps si divinement féminin, boire sur ses lèvres l'élixir qui le soignerait, le guérirait...

Quelle pensée idiote ! Elle aussi avait son lot de démons – ils étaient peut-être même trop nombreux pour qu'elle puisse un jour les exorciser.

— J'ai beaucoup observé votre famille, reprit-elle. Vos frères semblent chérir leurs épouses.

— Ils vénèrent le sol qu'elles foulent.

— Oui... J'avoue ne pas trop savoir comment interpréter leur attitude.

— Qu'y a-t-il à « interpréter » ?

Elle haussa négligemment les épaules.

— Je n'ai pas l'habitude de voir des hommes traiter leurs compagnes avec tant de respect et d'affection.

Comme il la considérait d'un air interrogateur, elle s'empourpra et détourna les yeux.

— Oh, naturellement, je sais que les hommes ont ce comportement lorsqu'ils courtisent une femme, mais une fois que la dame a la bague au doigt, elle ne les intéresse plus. Ils s'en vont courir le guilledou. Eux qui étaient tout sucre, tout miel, les voilà indifférents et cruels... Mais pas vos frères.

Elle secoua la tête.

— Ils m'intriguent. Si Andrew m'a autorisée à rester ici, c'est seulement parce que Celsie le souhaitait. Vous rendez-vous compte ? Celsie le *souhaitait*, répéta-t-elle avec un petit rire incrédule. Un autre aurait allègrement piétiné les désirs de Celsie et imposé sa propre volonté. Je vous avoue que le comportement d'Andrew me sidère.

— Je présume donc que vous êtes également sidérée par l'attitude de mes deux autres frères.

— En effet.

Le mystérieux sourire d'Eva s'effaça, remplacé par une expression désespérée – tragique, même.

— Espérons que, quand leur véritable nature refera surface, ils ne briseront pas le cœur de leurs épouses.

— Pourquoi pensez-vous que le comportement que vous avez observé chez eux ne correspond pas à leur véritable nature ?

Elle balaya la question d'un revers de main et le regarda comme s'il n'avait pas plus de cervelle qu'un hanneton.

— Voyons, Blackheath, ne soyez pas si idéaliste. Ce sont vos frères, entendu, mais ce sont avant tout des hommes. Or, je vous l'ai dit, je connais les hommes. Croyez-moi, ils se lasseront vite du mariage et seront alors aussi odieux que leurs congénères. Cela ne tardera plus.

Il esquissa un sourire amusé.

— Et s'ils vous prouvent que vous avez tort ?

— Cela ne se produira pas.

— J'en conclus que, durant votre propre mariage, votre mari ne vous portait pas aux nues.

— Il n'était qu'un lamentable ver de terre. Un être faible et parfaitement écœurant.

— Dans ce cas, pourquoi l'avez-vous épousé ?

Elle but une gorgée de sherry.

— J'étais jeune, naïve, et je rêvais de quitter la puritaine Salem, où j'étouffais, pour vivre en France avec un comte fringant en diable. J'étais impatiente de devenir une femme importante, de savourer l'amour, la dévotion de mon époux. Malheureusement, il ne m'aimait pas. Il m'avait épousée pour une seule raison : il savait pouvoir compter sur moi pour me charger de la majeure partie de ses obligations politiques… pendant qu'il courait le jupon à loisir.

Elle reposa son verre, le regard dur, lointain.

— Un jour, je l'ai surpris en train de forniquer avec ma femme de chambre. Il y avait belle lurette que je lui interdisais ma couche. Nous venions à peine de nous jurer une fidélité éternelle quand j'ai découvert qui il était vraiment – et ma foi, c'était préférable pour moi. Toujours est-il que cette pauvre fille mit au monde l'enfant de mon mari. Peu de temps après, elle succomba à la syphilis et son bébé mourut avec elle.

Elle s'interrompit, blanche comme un linge, les traits figés.

— Il… il était né monstrueusement difforme.

Lucien se taisait, atterré. Il commençait à mieux comprendre le comportement d'Eva, ses bizarreries, ses curieuses convictions. Qu'elle ait une vision aussi cynique du mariage, qu'elle méprise les hommes et n'ait aucune confiance en eux lui semblait à présent logique. Il aurait voulu lui effleurer la main, en témoignage de sympathie, mais il ne s'y risqua pas, craignant de froisser l'indomptable orgueil qu'exprimaient son menton fièrement relevé, son regard flamboyant et le pli implacable de sa bouche. Il se borna à dire doucement :

— Ma chère Eva, nous ne ressemblons pas tous à votre défunt époux.

— Tous les hommes que j'ai connus lui ressemblaient.

— Même votre père ?

Elle se raidit ; une ombre passa sur son visage, tel un nuage devant le soleil.

— *Surtout* mon père, murmura-t-elle d'une voix vibrante.

Elle fixa sur lui ces yeux verts mystérieux qui le fascinaient tant, et il y lut que son humeur avait brusquement changé. Elle était de nouveau furieuse, féroce.

— Mais pourquoi est-ce que je vous parle ainsi, Blackheath ? Nul ne peut modifier mon opinion sur le sexe prétendument fort. Ni vous ni personne n'êtes en mesure de m'inciter à respecter vos semblables, à les apprécier.

Elle se leva d'un bond.

— J'ai eu tort de venir ici, de vous faire des confidences. Je vous souhaite une bonne nuit.

— Eva...

Elle s'immobilisa, lui tournant le dos, fière statue revêtue de soie chatoyante couleur d'ambre.

— Que vous a infligé votre père, Eva ?

— C'est de l'histoire ancienne, Blackheath.

— Alors, pensez à votre avenir, répliqua-t-il tout bas. Vous ne pouvez pas nier l'enfant qui grandit en vous.

Elle ne bougea pas.

— Ni l'attirance que nous éprouvons l'un pour l'autre, ajouta-t-il.

Il la vit se crisper, l'entendit prendre une inspiration.

— Vous ne pouvez pas davantage nier que l'unique solution raisonnable est d'accepter ma proposition et de devenir la duchesse de Blackheath.

Elle pivota, ses yeux verts jetant des éclairs.

— Voilà exactement l'arrogance masculine que j'ai en horreur, monsieur le duc.

Elle ébaucha une révérence narquoise, puis sortit de la pièce.

14

Une fois en sécurité, à bonne distance de la bibliothèque, Eva se mit impulsivement à courir.

Ou plutôt à fuir Blackheath.

Son cœur cognait violemment dans sa poitrine lorsqu'elle atteignit ses appartements. Elle referma la porte et s'adossa au battant, hors d'haleine, balayant d'un regard affolé la chambre faiblement éclairée.

Elle tremblait comme une feuille. Voilà que tout recommençait, mais cette fois avec un homme si dangereux que, par comparaison, son défunt mari paraissait presque inoffensif.

— Le diable vous emporte, Blackheath, murmura-t-elle.

Elle s'acharna un moment à reprendre le contrôle d'elle-même, à se cramponner à sa force d'âme et au cynisme qui était son bouclier. En vain. Alors, elle se laissa tomber et se retrouva assise sur le tapis, les jambes repliées contre son torse, le menton sur ses genoux, sa chevelure formant sur ses bras un rideau déployé qui la coupait du monde. Elle avait affreusement froid. Il lui semblait que son cœur – naguère capable d'amour, comme celui de toute jeune fille romantique et rêveuse – pompait de la glace au lieu du sang rouge et chaud qui circulait dans les veines de ses semblables.

Il lui fallut longtemps pour retrouver une respiration normale et la capacité de réfléchir.

Que s'était-il passé, ce soir ?

Elle se remémora la demi-heure qui venait de s'écouler. Troublée par sa rencontre avec Blackheath sur la lande, elle n'avait pas réussi à s'endormir. Elle était donc descendue chercher un livre à la bibliothèque. Mais en traversant la salle à manger apparemment déserte, elle avait vu un fauteuil devant la cheminée, et dans ce fauteuil, la silhouette imposante, superbe, de son ennemi.

L'espace d'un instant, une joie sauvage, brûlante, l'avait envahie – il était là. Elle aurait dû poursuivre son chemin, mais non, elle était restée là, alors que son instinct de survie lui hurlait de fuir à toutes jambes. Elle était restée parce que le duc, malgré son pouvoir et son arrogance, faisait un cauchemar, qu'il était terrassé par un mauvais rêve, comme n'importe quel mortel. Elle était restée car elle voulait voir ce personnage indéchiffrable, impassible, qu'elle méprisait et redoutait, se changer en homme ordinaire.

Elle était restée pour des raisons qu'elle ne saisissait pas totalement, qu'elle ne tenait pas à comprendre... des raisons qui n'avaient aucun rapport avec le désir de le regarder souffrir mais relevaient de facettes plus douces et tendres de la féminité.

L'idée que cette douceur et cette tendresse soient enracinées en elle tel un cancer dévastateur l'effraya tant qu'elle se remit à trembler de la tête aux pieds. Car quand une femme se laissait aller à ces sentiments typiquement féminins, elle finissait immanquablement le cœur brisé, ses rêves en miettes.

Les souvenirs l'assaillaient. Le visage de sa mère, déformé par quinze années de souffrance, son aigreur, ses paroles venimeuses...

— Les hommes ! Ils sont tous pareils, Eva !

— Mais papa est différent...

— Ton père ne vaut pas mieux que les autres ! Tu crois qu'il t'aime parce qu'au retour de ses voyages en mer, il t'apporte des confiseries et des colifichets ? Il voulait un garçon ! Un héritier ! Malheureusement, il a eu une fille ; il t'a eue, toi, et il ne me l'a jamais pardonné !

— Mais, maman…

— Tais-toi ! Les hommes sont tous les mêmes, sans exception. N'oublie jamais ça !

Elle l'avait pourtant oublié et avait épousé Jacques. Elle ne commettrait pas deux fois la même erreur.

— Je ne peux pas me marier avec le duc. Il me détruirait… dit-elle, s'adressant au vide.

Au fantôme de sa mère.

À elle-même.

Comme mue par une volonté propre, sa main se posa sur son ventre encore plat qui abritait l'enfant de Blackheath. Non, elle ne se marierait pas. Elle ne sacrifierait pas ce qu'il lui restait de fierté, de liberté. Elle ne mettrait pas son cœur en péril. Surtout, elle ne permettrait pas que son enfant, parce qu'elle lui aurait donné un père, subisse le calvaire qu'elle avait enduré.

Elle s'approcha de la fenêtre, contempla la nuit froide et brumeuse, tellement anglaise.

Peut-être était-il temps de partir, de regagner l'Amérique – sa patrie, et celle de son bébé.

Quand Eva descendit le lendemain matin, résolue à s'alimenter en dépit des nausées que lui causaient depuis des jours la vue et l'odeur du petit déjeuner, elle trouva le clan Montforte réuni autour de la table, au milieu des domestiques, des chiens mendiant de la nourriture et des enfants qui couraient en tous sens. Un joyeux chaos régnait dans la pièce. Eva hésita un instant sur le seuil. Elle avait l'impression d'être une intruse et répugnait à participer à cette scène de bonheur familial.

— Moi, je ne pense pas que ce sera une fille, disait Juliet en beurrant un toast. On est toujours moins malade quand on attend un garçon. Tu n'es pas de cet avis, Amy ?

— Franchement, je n'en sais rien, répondit cette dernière.

Ses hautes pommettes, ses cheveux noirs et raides, son teint très mat révélaient qu'elle avait du sang indien dans les veines. Comme celui de Juliet, son accent évoquait pour Eva l'Amérique, l'humble Nouvelle-Angleterre, Salem, les chantiers navals, la frugalité de ses compatriotes, leur solide bon sens.

— Je n'ai eu que Mary, ajouta Amy, par conséquent j'ignore ce qu'on ressent quand on porte un garçon.

— J'étais beaucoup plus malade pour Charlotte, déclara Juliet en fourrant le toast dans la bouche de sa première-née, une fillette blonde aux yeux bleus qui grimpait sur la chaise à côté d'elle. Tandis que pour Gabriel…

« Elles parlent de moi, songea Eva, horrifiée. Elles discutent de mon bébé. » Elle fut soudain partagée entre le désir de tourner le dos à ce charmant remue-ménage où elle n'avait pas sa place, et celui de s'y intégrer.

— Jacassez tant que vous voulez, intervint Celsie, qui se servit une grosse tranche de bœuf froid. Toutefois, comme je n'ai pas encore eu le moindre malaise, je parie que c'est un garçon.

Elle leva les yeux à la seconde même où Eva comprenait qu'il n'était pas question de son enfant, mais de celui de Celsie.

Celsie était enceinte ?

— Eva, ne restez pas plantée dans le couloir. Venez manger quelque chose.

— Oui, venez ! Celsie et Andrew nous ont annoncé une merveilleuse nouvelle !

Les trois frères se levèrent quand Eva, affreusement embarrassée, pénétra dans la pièce. Comme à son habitude, Gareth affichait un sourire malicieux – on avait autant de mal à le trouver antipathique qu'à le prendre au sérieux. Eva savait qu'il lui souriait pour la mettre à l'aise, ce dont elle lui était reconnaissante. Andrew, pour sa part, semblait résigné et indifférent. Seul Charles paraissait mécontent de la voir.

Où était Blackheath ?

Une pointe de dépit lui piqua le cœur. Il n'était pas là.

Elle s'assit à la table, silencieuse et attentive, stupéfaite que des aristocrates discutent de grossesse en présence d'hommes et d'enfants. D'ordinaire, les gens de cette classe jugeaient ce sujet inconvenant, voire vulgaire. Et comment Celsie pouvait-elle s'empiffrer de la sorte ? Pourquoi était-elle éclatante de santé, radieuse et enjouée, alors qu'Eva n'était plus qu'une loque humaine ?

Cette pensée l'irrita. *Mais où diable est Blackheath ?*

— Eh bien, il semble que je doive vous féliciter, Andrew et vous, dit-elle, s'efforçant de ne pas jalouser Celsie et son bonheur évident. Depuis combien de temps savez-vous que vous êtes enceinte ?

Celsie s'empara d'un toast.

— Oh, depuis une quinzaine de jours. Nous souhaitions attendre un peu pour l'annoncer à la famille, mais c'était au-dessus de nos forces. Nous sommes tellement heureux !

— Tout le monde essaie de deviner si ce sera un garçon ou une fille, intervint Gareth. Personnellement, je me demande si cet enfant sera un inventeur ou un défenseur des animaux.

— Les deux, peut-être, commenta Amy, qui faisait sauter sa petite fille sur ses genoux. Celsie et Andrew accomplissent de grandes choses, l'un comme l'autre.

— Et vous, Eva, comment vous sentez-vous ? interrogea Celsie en mordant à belles dents dans son pain grillé.

— Malade, répondit Eva avec un faible sourire.

Elle considéra d'un œil morne son assiette toujours vide, malgré ses bonnes résolutions.

— Loin de moi l'idée d'assombrir votre humeur, Celsie, mais je dois vous annoncer que j'ai décidé de partir cet après-midi. Je n'ai que trop abusé de votre hospitalité.

De stupeur, Celsie lâcha son toast.

— Vous partez ? C'est impossible, vous allez épouser Lucien !

— Je n'épouserai pas Lucien.

Autour de la table, ce fut aussitôt le tollé. Les hommes sautèrent sur leurs pieds, la mine réprobatrice.

— Vous devez vous marier avec Lucien !

— Pensez à votre bébé, Eva !

— Le roi a décrété que vous seriez mari et femme !

Eva leva la main pour ramener le silence.

— Je sais que vous aimez tous votre frère et que vous ne détesteriez pas me voir enchaînée à lui pour me punir de mes crimes envers vous – elle lança un bref coup d'œil à Charles –, mais je ne peux pas devenir son épouse. Je refuse d'embrasser le sinistre destin d'une femme mariée, de renoncer à ma liberté, ou ce qui en subsiste, pour un homme. Certes, je dois songer à mon bébé, cependant je vous certifie qu'il ne manquera de rien. Mon père, à sa mort, m'a laissé une coquette fortune. En Amérique, mon enfant aura tout ce qui lui est indispensable : le confort, la protection et l'amour de sa mère.

Nerissa, qui s'était tue jusque-là, probablement perdue dans ses souvenirs de Perry, prit alors la parole.

— Mais que faites-vous de la protection et de l'amour d'un père ?

— Les pères ne comptent pas, rétorqua Eva d'un ton aigre. Mon enfant n'aura pas besoin de son père, pas plus que moi.

La douce Amy ravala une exclamation effarée. Brusquement, le silence s'installa dans la pièce, et tous les regards se tournèrent vers la porte.

Blackheath était campé sur le seuil, muet et impassible, les yeux rivés sur Eva, paralysée sur sa chaise par cette apparition. À l'évidence, il revenait d'une longue promenade : il portait un large manteau gris sombre, ses bottes étaient crottées et sa figure rougie par le froid – ou la colère. Impossible de deviner quels sentiments l'habitaient, derrière son expression impénétrable.

Le silence se prolongeait, chacun semblant attendre que des paroles abominables franchissent les lèvres du duc.

— Bonjour, Lucien, fit Gareth dans un effort louable pour alléger la tension ambiante.

— Mange donc un morceau, ajouta Charles, montrant les mets disposés sur la table.

Mais le duc, en guise de réponse, se borna à esquisser un sourire sinistre avant de s'approcher d'Eva et de planter un baiser sur sa joue, que colorait un brusque afflux de sang. Il embaumait le vent d'hiver, l'air du matin. Sa bouche était glacée, pourtant elle alluma en Eva un brasier qui la terrifia.

— Veuillez excuser Eva, je vous prie, déclara-t-il. Contrairement à vous tous, elle ne sait pas encore à quel point la vie conjugale peut être satisfaisante.

— Mes expériences passées m'ont démontré le contraire, riposta-t-elle entre ses dents.

— Vos futures expériences vous feront changer d'avis.

— J'ai sur la question des idées très arrêtées, mon cher duc.

Quelqu'un étouffa un ricanement. Blackheath dévisagea fixement Eva, qui soutint son regard sans ciller, crânement. Elle ne céderait pas un pouce de terrain.

Soudain, Blackheath la gratifia d'un sourire de prédateur. *Nous continuerons cette conversation plus tard* – voilà le message qu'il lui communiquait. Elle le connaissait assez pour savoir qu'il ne se disputerait pas avec elle devant ses proches, lesquels se réjouissaient certainement d'avoir machiné ce qui promettait d'être une union désastreuse.

Là-dessus, le duc reporta son attention sur la jeune Charlotte. Il la souleva de son siège, la jucha sur sa hanche et lui murmura quelque chose à l'oreille.

La fillette plongea une menotte avide dans la poche de son oncle.

— Bonbons ! glapit-elle, triomphante, en brandissant un bonbon à la menthe joliment emballé.

— Oh, Lucien, pas au petit déjeuner, protesta Juliet.

Gareth éclata de rire. Gabriel, le frère cadet de Charlotte, réclamait déjà sa part à cor et à cri.

— Cherche bien, dit le duc en souriant à sa nièce, qui continuait à le fouiller. Mary est trop petite, mais j'ai l'impression que ton frère goûterait volontiers une de mes friandises.

Charlotte, deux bonbons serrés entre ses doigts, sauta à terre et contourna la table en courant pour rejoindre Gabriel.

— Lucien ! gronda Juliet.

Blackheath, lui, semblait ravi du charivari qu'il avait provoqué. Charlotte déchirait le papier des bonbons, tandis que Juliet essayait vainement de calmer Gabriel qui exprimait bruyamment son impatience à sa sœur. Mary s'empressa de l'imiter, hurlant de sa jeune voix stridente.

Eva esquissa une grimace réprobatrice. Elle s'apprêtait à se retirer dans ses appartements lorsque Blackheath sortit de sa poche un dernier bonbon qu'il déposa sur son assiette vide.

— Mon cher, ironisa-t-elle, si vous ne parvenez pas à m'acheter en m'offrant un titre de duchesse, pensez-vous sincèrement qu'une sucrerie me fera capituler ?

— Sucez ce bonbon, répliqua-t-il simplement, tandis qu'un domestique lui remplissait sa tasse de café. La menthe apaisera votre estomac.

— Mais comment savez-vous que…

Il se contenta de hausser les sourcils. Irritée, Eva s'exécuta, déplia le papier d'emballage qu'elle plaça à côté de son verre. Dès qu'elle eut le bonbon dans la bouche, une violente nausée la saisit. Elle blêmit et allait décamper quand le malaise se dissipa. Brusquement, elle se sentit affamée.

Stupéfaite, elle regarda son persécuteur d'un air soupçonneux.

— Ça va mieux ? s'enquit-il, placide.

— Aucune des femmes présentes ici ne connaissait ce remède, chuchota-t-elle. Où l'avez-vous pêché ?

Il beurra deux toasts qu'il disposa dans l'assiette d'Eva.

— Comme vous, ma mère était malade lorsqu'elle attendait un petit Montforte, expliqua-t-il aimablement. Mon père lui donnait toujours des bonbons à la menthe pour la soulager. C'était efficace.

— C'est votre *père* qui avait trouvé ce remède ?

— Il était très intelligent et astucieux. Il aimait ma mère et ne supportait pas qu'elle souffre. Vous voyez, Eva, les pères peuvent avoir un rôle à jouer.

Elle rougit, gênée de s'entendre rappeler son commentaire désobligeant.

— Allons, mangez de bon cœur, ajouta-t-il. J'ai l'intention de faire une promenade à cheval, tout à l'heure, et je serais heureux que vous me teniez compagnie.

Eva lui décocha un regard appuyé, puis goûta sa tartine grillée. Elle était délicieuse, tiède et croustillante, comme elle les aimait. Elle engloutit ses deux toasts puis s'attaqua à une tranche de jambon.

Son premier petit déjeuner depuis plus de deux semaines.

15

Pour Eva, la suite de ce petit déjeuner en famille fut une rude épreuve.

Sa nausée envolée, son esprit était libre de vagabonder sur des sentiers dangereux. Tous ses sens se réveillaient – elle savourait le plaisir de manger, en compagnie des enfants et des chiens qui caracolaient gaiement dans la pièce. Et elle avait une conscience aiguë de la proximité du duc. Elle regardait à la dérobée sa cuisse qu'effleurait l'ourlet de la nappe, si proche qu'elle aurait pu la toucher, si proche qu'elle n'avait plus les idées claires. La chaleur qui émanait de cet homme l'enivrait, lui rappelait son corps nu et splendidement viril, ses muscles pareils à de la pierre sous la peau lisse…

Au prix d'efforts surhumains, elle s'obligeait à se concentrer sur son toast et sa tranche de jambon, sur les cabrioles des enfants. Elle essayait de participer à la conversation, mais ses tentatives échouaient immanquablement… et lamentablement. Bientôt, le monde environnant cessa d'exister pour elle, et il ne resta plus que Blackheath à son côté. Blackheath et sa cuisse, de plus en plus présente, envahissante. Cette cuisse qui frôla la sienne quand il se pencha pour lui offrir un autre toast qu'elle grignota en songeant aux jambes de son compagnon, si longues, cachées sous la table.

Son sang bouillonnait dans ses veines, lui enflammait les joues, perturbait sa respiration. Elle avait une envie folle d'ôter sa jaquette et de s'éventer. Seigneur, il faisait une chaleur de four dans cette pièce !

Elle coula de nouveau un regard furtif vers la cuisse de Blackheath. S'ils avaient été en meilleurs termes, elle aurait pu glisser sa main sous le bord de la nappe, laisser courir ses doigts sur le cuir souple du pantalon. Elle aurait voulu vérifier si ce simple contact suffisait à l'exciter.

Mais ils ne s'entendaient pas.

Cela ne changerait pas.

D'une main tremblante, elle saisit sa tasse de thé. Rêver de faire l'amour avec Blackheath ne la mènerait nulle part. Certes, s'imaginer au lit, blottie dans les bras du duc, était en soi inoffensif, tant qu'elle n'oubliait pas l'essentiel : cela ne se produirait pas. Elle devait considérer Blackheath comme un remarquable spécimen de séduction masculine, et uniquement comme cela. À aucun prix il ne fallait prendre en compte sa fascinante personnalité, sa compassion qui transparaissait parfois sous le masque impitoyable et arrogant qu'il offrait au monde. Si elle s'avisait de mélanger tous ces ingrédients – sentiments, charme, nature profonde, désir, passion… –, rêvasser ainsi qu'elle le faisait deviendrait dangereux.

Terriblement périlleux, même.

Ses paumes étaient moites. Discrètement, elle les essuya sur sa jupe. Quelle sotte ! Elle n'ignorait pourtant pas que l'amour n'était qu'un leurre.

Elle balaya la tablée du regard, et ce spectacle ajouta encore à sa confusion.

Lord Andrew souriait à Celsie, qui en rougissait d'émotion. Nul doute, songea Eva, que sous la table, ces deux-là avaient entremêlé leurs jambes. Troublée, elle reporta son attention sur son assiette. D'accord, Andrew semblait amoureux fou de Celsie. Mais ils étaient mariés depuis peu. Leur ciel ne tarderait pas à s'obscurcir.

Lord Charles, lui, préparait pour Amy une tartine de marmelade. Une démonstration de tendresse ?

Plutôt le geste d'un gentleman soucieux de soigner son image. Pourquoi sa douce moitié le contemplait-elle comme s'il était un dieu vivant ? Sans doute fallait-il mettre son admiration sur le compte de son âge : elle était jeune et impressionnable, or nul ne pouvait nier que lord Charles était un homme étonnamment beau, avec ou sans uniforme.

Eva réprima un fin sourire, satisfaite de son analyse.

Cependant… que dire de lord Gareth, qui distrayait son épouse en faisant des grimaces absurdes à leur petit garçon ? Son apparente affection pour Juliet était facile à comprendre. Les individus dotés du tempérament de Gareth – sociable, charmant, drôle – se comportaient de cette façon avec *toutes* les femmes. Pour la plupart, ils avaient donc des maîtresses. Gareth n'échappait pas à cette règle, Eva l'aurait parié.

Son regard revint sur Blackheath. Quel genre de mari serait-il ? Il ne se conduirait certainement pas comme ses frères. Il ne serait pas aussi tendre, il ne témoignerait pas d'amour à sa femme, ne la chérirait pas comme si elle était son trésor le plus précieux. Il ne ressemblait pas à ses frères. Sans doute serait-il un époux monstrueux.

Non, vraiment, elle ne manquait rien en refusant sa demande en mariage, en décidant de ne pas entrer dans cette famille, en choisissant d'élever seule son enfant en Amérique. Elle n'enviait pas les trois épouses Montforte, subjuguées par leurs superbes maris. En réalité, elle les plaignait. Elles n'avaient pas la moindre idée des déceptions et des chagrins qui les attendaient.

— Oncle Lucien ! Tu m'emmèneras voir le cachot, après ? Hein ?

La jeune Charlotte, descendue des genoux de son père, vint sauter au cou de son oncle. La jambe de ce dernier se plaqua contre celle d'Eva.

Blackheath ne bougea pas d'un millimètre.

Eva, surprise, lui décocha un regard venimeux destiné à le mettre en garde, mais il se contenta de sourire et de serrer dans ses bras la fillette qui gloussait de joie. Eva se déplaça sur le côté. Malheureusement, Blackheath suivit le mouvement, sa jambe toujours pressée contre celle de sa voisine.

Charlotte entreprit de dénouer la cravate de son oncle.

— Aujourd'hui, je serai ton valet de chambre ! pépia-t-elle, ravie.

— Ah, bon ? Tu n'es pas mon palefrenier ?

— Non, ça, c'était hier. Aujourd'hui, je suis ton valet. Regarde, oncle Lucien, ta cravate est toute de travers !

Il pouffa de rire, vivante incarnation de l'innocence. À le voir, qui aurait pu deviner ce qui se passait sous la table ? Si cela continuait ainsi, à force d'essayer d'échapper au contact de sa cuisse musculeuse, Eva finirait par tomber de son siège. Résolue à lui cacher le trouble qu'il éveillait en elle, elle fixa son regard sur la cheminée. De nouveau, elle avait atrocement chaud et sentait son cœur cogner à coups redoublés dans sa poitrine.

Que le diable l'emporte !

— Assez, ma petite Charlotte, dit-il gentiment, repoussant les mains maladroites de sa nièce. Je t'emmènerai au cachot cet après-midi. Pour l'instant, la comtesse et moi allons faire une promenade.

— Je peux venir aussi, oncle Lucien ? Hein ?

— La prochaine fois, mon ange. Cette dame et moi avons à discuter.

Il se redressa, souleva la petite fille enchantée dans les airs et la rendit à sa mère. Puis il tendit une main à Eva... qui, comme tout le monde l'observait, fut contrainte de s'exécuter et de quitter son siège.

Blackheath s'inclina pour saluer ses belles-sœurs, puis entraîna Eva hors de la salle à manger et héla un garçon d'écurie à qui il ordonna de seller les chevaux.

— Honnêtement, Blackheath, je ne suis pas d'humeur à me promener avec vous, déclara sèchement Eva.

— Alors, qu'aimeriez-vous faire, mmm ?

— Ne prenez pas ce ton suggestif, je vous prie. Ce qui s'est passé entre nous à Paris ne se reproduira pas, je vous le garantis.

— Quel dommage ! Et moi qui caressais l'espoir…

— N'espérez rien, coupa-t-elle, cela vous évitera de souffrir.

Il éclata de rire.

— Souffrir ? Oh, non, madame. Au contraire, imaginer de futures… rencontres entre nous me comble d'aise.

Il marchait aux côtés d'Eva, grand, insolent, détendu – maître du monde ou, en tout cas, de son propre univers.

— Attendre avec impatience le dessert rend celui-ci encore plus tentant. Vous n'êtes pas d'accord ?

— Franchement, Blackheath, vous êtes incorrigible. Chaque fois que je commence à croire que, peut-être, je pourrais vous apprécier, vous me servez un poncif stupide, totalement… mâle. Laissez-moi vous dire que coucher avec vous ne m'intéresse absolument pas. Je vous suggère donc de chasser cette idée de votre esprit.

— Vous semblez très sûre de vous, madame.

Elle lui décocha un regard narquois.

— Dans la mesure où je me fréquente assidûment depuis près de trois décennies, oui, en effet, je suis sûre de ce que j'avance. Quant à vous, Blackheath, vous êtes un spécimen caractéristique de la gent masculine : vous avez une idée fixe et êtes incapable de penser à autre chose.

— Et maintenant, vous allez me dire que vous ne partagez pas cette idée fixe, j'imagine ?

— Certainement pas !

Elle avait pourtant le feu aux joues, et le regard de Blackheath, qui glissait sur sa gorge, sa taille, ses hanches, ajoutait encore à son trouble. Le désir alourdissait ses seins, inondait d'une eau brûlante son intimité. Son incapacité à maîtriser les réactions de son corps la paniquait.

— C'est bien la dernière de mes préoccupations, affirma-t-elle.

— Et quel est votre principal sujet de préoccupation, madame ?

— Partir, rétorqua-t-elle d'un ton abrupt. En fait, c'est ma dernière matinée à Rosebriar. En ce moment même, ma femme de chambre prépare mes bagages. Dès cet après-midi, je serai en route vers la côte, après quoi je regagnerai l'Amérique.

— Dans ce cas, je vous escorterai.

— Pardon ?

— Jusqu'à la côte. Je présume que vous désirez prendre le bateau à Southampton ou Plymouth ?

Elle le considéra d'un air suspicieux.

— Oui…

— Tant mieux. J'ai une propriété dans le Dorset que je souhaiterais vous montrer avant votre départ. J'avais songé à vous la donner, mais…

— Me la *donner* ?

Ils avaient atteint les écuries. Lucien affichait une expression affable, bien qu'indéchiffrable. Il attendait qu'elle morde à l'hameçon.

— Mais oui. Voyez-vous, j'ai beaucoup réfléchi à… l'impasse dans laquelle vous vous trouvez. Vous refusez le mariage de crainte de perdre votre liberté. Pour être sincère, je n'ai pas très envie non plus de me marier. Hélas, les circonstances nous obligent à modifier nos positions respectives. Je suis convaincu que la meilleure solution est que nous nous unissions mais que chacun de nous mène sa vie de son côté. Il m'a semblé que vous pourriez accepter de choisir Gingermere comme résidence principale.

— Vous m'en feriez cadeau ? demanda-t-elle, les yeux plissés.

— Oui. J'en ai parlé à mon notaire, qui s'est démené pour établir les actes nécessaires. Gingermere est à vous, si vous l'acceptez. Vous gérerez le domaine comme vous l'entendez.

Elle le scrutait, les yeux écarquillés, battant des paupières. Il lisait de l'excitation dans son regard. Il avait harponné le poisson et le tenait solidement.

— Vous n'aurez plus jamais à vous inquiéter pour votre indépendance, renchérit-il. Il vous suffira de collecter les fermages. Vous vivrez de vos rentes que vous aurez le droit de thésauriser, de dépenser ou d'investir. Élevez du bétail, cultivez le maïs… à votre guise. Ce sera votre bas de laine pour l'avenir, la clé de votre autonomie.

— Vous ne vous en mêlerez pas ?

Je ne serai plus là pour m'en mêler.

— Non.

— Quelles sont vos conditions, Blackheath ?

— Le mariage, bien entendu. La possibilité de voir l'enfant autant que je le voudrai et votre promesse de cesser vos activités politiques – qui, après que nous serons unis, risqueraient de vous valoir la pendaison pour trahison. Enfin, puisque nous serons mari et femme, un lit conjugal à partager, acheva-t-il dans un sourire.

— Est-ce tout ? rétorqua-t-elle en rougissant.

— Oui.

Cependant, en prononçant ce « oui », il était conscient de ne pas lui avoir livré l'entière vérité. Il avait sciemment omis la clause ajoutée à son testament qui stipulait qu'Eva, si elle voulait conserver Gingermere et ses rentes, ne pourrait quitter l'Angleterre avec l'enfant. Mais cette question ne se poserait sans doute jamais. Car pourquoi déciderait-elle de s'en aller, quand lui serait parti ? Cette clause – garder l'enfant ici, en Angleterre, où Lucien serait en mesure de le protéger même depuis l'au-delà, car sa famille veillerait à ce qu'il ne manque de rien – n'était qu'une simple formalité. Il se bornait à préserver son héritier et le duché.

Il assumait les responsabilités qui lui incombaient de naissance.

— Si je vous épouse, vous me donnerez Gingermere et ma liberté, déclara-t-elle d'un ton neutre.

— Oui.

Elle prit une profonde inspiration, rassemblant son courage, et tourna le regard vers l'horizon.

— Très bien, Blackheath. Je serai votre femme.

16

Ils partirent pour le Dorset quelques jours plus tard.

Lucien avait intelligemment utilisé ce laps de temps. Il s'était assuré auprès de Fox que tout était en ordre, concernant son testament et le transfert, après sa mort, du titre de propriété de Gingermere. Il avait veillé à ce que les siens n'apprennent pas qu'Eva avait accepté de l'épouser. Il n'était pas encore prêt à leur concéder cette victoire. Il avait également envoyé en France d'autres demandes d'information au sujet de Perry.

Eva, elle, avait durant ces journées oscillé entre excitation et anxiété. Avait-elle pris la bonne décision ? Elle avait hâte de découvrir Gingermere, d'élaborer des projets pour le domaine. L'ironie du sort voulait qu'en épousant Blackheath, elle s'assurerait la liberté qu'elle avait tant redouté de perdre.

Quant à la condition de leur contrat exigeant qu'elle partage son lit...

Elle refusait d'y songer pour l'instant. Elle aviserait quand l'heure serait venue.

La nuit tombait, Rosebriar était loin. Ils allaient droit vers le sud. Eva apercevait parfois, par la glace de la calèche, la fière tête d'Armageddon et le profil de Blackheath. La voiture confortable et bien suspendue berçait la jeune femme, qui avait de la peine à garder les yeux ouverts. Pourtant, le sommeil s'obstinait à la fuir et, souvent, elle écartait le rideau et scrutait l'obscurité glacée pour repérer le duc enveloppé dans son long manteau noir et qui semblait ne former plus qu'un avec son étalon. Elle était soulagée qu'il ne soit pas à côté d'elle dans la voiture.

Car, vu les sensations qui l'habitaient ces derniers temps, elle craignait fort de ne pas avoir la force de se refuser à lui lorsqu'il réclamerait son dû.

La grossesse produisait d'étranges phénomènes dans le corps des femmes, songea-t-elle.

Ils s'arrêtèrent pour dîner dans un relais de poste, à quelques kilomètres de la mer. Le propriétaire, ayant appris par les domestiques, qui devançaient leur maître, que le puissant duc de Blackheath ferait étape dans son établissement, se mit en quatre. À leur arrivée, les valets d'écurie faisaient le pied de grue pour panser les chevaux, un repas était déjà servi dans une salle à manger privée, et le meilleur porto de la maison attendait que Sa Grâce daigne y tremper les lèvres.

Eva pensa avec ironie que le roi lui-même n'aurait pas reçu meilleur accueil. Malgré tout, elle ne pouvait s'empêcher d'être impressionnée. Finalement, voyager avec cet homme avait certains avantages, se dit-elle en s'attaquant de bon appétit au succulent quartier de lard fumé accompagné de légumes et de pommes de terre.

— Que préférez-vous ? demanda-t-il, lorsqu'ils eurent fini de manger. Passer la nuit ici ou continuer notre route ?

— Continuons. J'ai hâte de découvrir Gingermere.

De plus, si nous restions ici, vous tenteriez votre chance, et à ce jeu-là, je suis sûre de perdre.

Il acquiesça, avant d'annoncer qu'il laisserait Armageddon au relais de poste, sous la responsabilité de son garçon d'écurie personnel, qui repartirait le lendemain.

— Mais… comment voyagerez-vous ? bredouilla-t-elle.

— Je me joindrai à vous dans la calèche, ma chère, répondit-il avec un large sourire, visiblement ravi de l'inquiétude d'Eva. Vous devez vous sentir bien seule dans cette voiture, sans personne à qui parler.

— Honnêtement, Blackheath, je ne comprends pas pourquoi vous vous obstinez à me mettre en colère, marmonna-t-elle.

Elle s'efforçait de dissimuler sa nervosité à l'idée de se retrouver tout près de lui dans le cocon de la calèche. Un flot de sang colora ses joues, lorsqu'il lui prit la main pour l'aider à monter dans la voiture.

— Je suppose que je n'ai plus qu'à m'habituer à vos provocations, enchaîna-t-elle. M'irriter semble vous procurer un tel plaisir…

— Vous vous trompez, madame. Je connais d'autres jeux qui me plairaient infiniment plus.

— Épargnez-moi ce genre de remarque, Blackheath. Voyagez avec moi si ça vous chante, mais je vous conseille de garder vos distances.

— Et moi, je vous rappelle que vous avez accepté de m'ouvrir votre lit.

— *Après* le mariage.

Il monta à son tour dans la calèche qui, aussitôt, parut singulièrement exiguë à Eva. Elle eut l'impression d'étouffer, d'être prise au piège. Blackheath, impassible, donna le signal du départ, et la voiture s'ébranla. Eva s'enveloppa dans une couverture et posa les pieds sur une brique chaude.

Et maintenant ? Blackheath était installé face à elle, certes, mais cela n'empêchait pas Eva de sentir le parfum de son savon à barbe, l'odeur de laine mouillée que dégageait son manteau, les effluves de cuir, de cheval et d'air frais qui s'exhalaient de lui.

Ses longues jambes, ses bottes la frôlaient presque. Dans la pénombre, elle distinguait à peine les contours de son visage, l'éclat de ses yeux qui ne la quittaient pas.

Un frisson la parcourut. Elle se déplaça légèrement, remonta la couverture jusque sous son menton et appuya sa joue sur le dossier capitonné de la banquette pour ne plus avoir à croiser le regard de son tourmenteur. Avec un peu de chance, elle réussirait à s'évader dans le sommeil.

— Je vais faire un somme, annonça-t-elle. Vous devriez m'imiter, Blackheath.

— Ce n'est pas mon heure.

— Vous n'êtes donc jamais éreinté ?

— Je suis un petit dormeur, madame. Dans l'immédiat, je préfère rester éveillé.

— Pour me regarder pendant que, moi, je dors ? C'est cela ?

— Je confesse que c'est un charmant spectacle. Vous me pardonnerez de l'apprécier à sa juste valeur.

— Vous êtes vulgaire, Blackheath.

— Si vous voulez, rétorqua-t-il en riant. Ne nous disputons pas pour si peu. Il faut que vous vous reposiez, Eva. Après tout, maintenant, vous dormez pour deux.

Elle lui jeta un regard irrité, puis ferma les paupières. Naturellement, dormir à quelques centimètres de lui serait rigoureusement impossible… d'autant que son corps, ce traître, envoyait toutes sortes de pensées indécentes à son cerveau trop las pour les chasser – la calèche baignée d'ombre ne serait-elle pas un nid parfait pour s'aimer ? Ne serait-il pas délicieux de renverser, pour une fois, toutes les barrières et de s'abandonner à son instinct animal ? Ne serait-il pas agréable de se pelotonner sur les genoux de Blackheath, de laisser sa main caresser ses seins, la combler jusqu'à effacer de son âme toute trace de colère et d'inhibition ?

Non !

Ravalant un juron, Eva tenta de trouver une position plus confortable. Elle replia ses jambes sous la couverture pour ne plus effleurer celles de son compagnon et s'efforça de ne pas penser à ces énigmatiques yeux couleur d'encre qui l'observaient, de ne pas écouter la respiration régulière de Blackheath. Elle essaya surtout de tordre le cou à l'émotion qui s'immisçait en elle, à cette envie soudaine, absurde, qu'il vienne s'asseoir à côté d'elle et la réchauffe, mieux que cette rugueuse couverture de laine...

Elle dut s'assoupir, car elle faillit tomber de son siège quand la calèche s'arrêta brutalement.

— La bourse ou la vie !

Eva fut aussitôt parfaitement réveillée. Blackheath, qui scrutait l'obscurité à travers la glace, soupira.

— Des malandrins. Quel ennui, grommela-t-il en sortant tranquillement de sa poche un petit pistolet.

— Juste au moment où je commençais à m'endormir, ronchonna Eva, qui prit son propre pistolet dans sa jaquette.

Ils se regardèrent. Eva haussa les sourcils, s'attendant que Blackheath commette un impardonnable impair typiquement masculin – lui ordonner, par exemple, de ranger son arme et de le laisser régler seul le problème.

Mais il s'abstint.

Il se contenta de poser le pistolet sur ses genoux, le canon pointé vers la glace de la portière.

— Il semble, madame, que nous devions nous décider.

— Je m'en occupe, ou vous préférez vous en charger ?

— J'avoue être curieux de voir comment vous allez vous sortir de cette situation.

Stupéfaite, Eva le dévisagea.

— Vous êtes sérieux, Blackheath ? Vous savez que je ne supporte pas la condescendance.

— Ma chère Eva, je suis on ne peut plus sérieux.

— Vous ne me dites pas que je ne suis qu'une faible femme ?

— Vous êtes une femme intelligente, capable et dangereuse, répondit-il avec un sourire. J'ai une absolue confiance en vous. Je vous prie seulement de ne pas vous mettre en péril, vous et l'enfant.

Eva, sidérée par ce témoignage de respect, ne put que lui rendre son sourire. Elle avait subitement l'impression d'être sa partenaire et non plus son ennemie.

Son sang circulait déjà plus vite dans ses veines à la perspective d'affronter les bandits – et, oui, à l'idée d'éblouir l'homme assis en face d'elle.

— C'est vrai que vous aimez les femmes dangereuses, murmura-t-elle en vérifiant que son arme était chargée. Je l'avais presque oublié.

Des pas approchaient dans l'obscurité.

— Je les aime à condition qu'elles réussissent à rester en vie. Puisque vous souhaitez régler notre petit problème, ma chère, je vous suggère de ne pas perdre de temps. Si cela ne vous ennuie pas, je… disons que je suivrai de près le déroulement des événements.

— À votre guise.

— Eh bien, je vous cède les rênes.

Eva lui décocha un regard amusé.

— Vous me les cédez ? Attention, Blackheath. Ne gâchez pas tout au moment où je commence à vous trouver sympathique.

Tout à coup, un pistolet apparut à la fenêtre. Sans même y jeter un regard, Eva remonta vivement la glace.

— Allons, je m'occupe de ces vauriens. Quant à vous, vous pouvez couvrir mes arrières.

Il baissa la vitre et fourra son arme sous le nez du voleur ahuri, sans cesser de dévisager tranquillement Eva.

— Je n'y manquerai pas.

Eva ouvrit la portière et, dissimulant son pistolet dans un pli de sa cape, descendit du carrosse. Le sol creusé d'ornières étant en partie gelé, le talon de son soulier creva une croûte de glace et s'enfonça dans la boue. Dans l'air froid, un panache de pâle buée s'échappait de la bouche d'Eva, pareil à un minuscule fantôme. Le premier voleur demeurait figé près de la calèche, trop terrifié par l'arme de Blackheath pour oser ébaucher un mouvement. Son compère, qui ne se doutait de rien, avait entrepris de délester le cocher de sa montre et de son argent. Le sourire aux lèvres, Eva se dirigea vers le malandrin. En la voyant, le cocher devint aussi blanc que la lune dans le ciel.

— Excusez-moi… susurra-t-elle.

Le brigand pivota d'un bond et se retrouva face à ce qu'il pensa être une aristocrate inoffensive, au minois ravissant et candide.

— Je vous serais vraiment reconnaissante d'épargner ce pauvre Roberts. Il a une épouse et des enfants à nourrir, et ils sont plus démunis que vous.

Le voleur la regardait fixement, médusé.

Eva lui adressa un beau sourire ; du menton, elle désigna Roberts, lui aussi frappé de stupeur.

— Ne restez donc pas planté là comme un imbécile, monsieur. Rendez à mon malheureux cocher sa montre et son argent.

Son interlocuteur ricana. La convoitise se lisait à présent sur son visage. Il avait remarqué l'inestimable collier d'émeraudes qui scintillait au cou d'Eva, ses bagues, ses épingles à cheveux ornées de pierres précieuses – et ses formes superbement féminines.

— Au diable votre Roberts, grommela-t-il d'un ton menaçant, en pointant son arme vers elle. Je me contenterai de votre petit collier et de la bourse que vous portez à la taille – et ensuite, je vous trousserai, ma mignonne.

Sans cesser de sourire, Eva dégrafa sa bourse et feignit de la laisser tomber. Elle se pencha, comme pour la ramasser… et, se redressant à la vitesse de l'éclair, donna un violent coup de coude dans la figure du bandit. Il y eut un sonore et réjouissant craquement d'os. Avec un cri de douleur, l'homme lâcha son arme et s'écroula. Le sang coulait de son nez comme d'une fontaine.

— Oh, je suis désolée, minauda Eva, qui se saisit du pistolet et rendit à Roberts ce qu'on lui avait volé. Je vous conseille de tremper votre vilaine figure dans une flaque, il paraît que c'est un excellent remède contre les saignements.

Là-dessus, elle mit le cap vers le deuxième brigand, toujours tenu en respect par Blackheath. L'homme la regarda approcher avec une nervosité grandissante, tel un lapin hypnotisé par une lionne.

— Vous pouvez me le confier à présent, Blackheath, dit Eva d'une voix douce.

Blackheath s'exécuta. Pourvue maintenant de deux pistolets, Eva s'avança tranquillement vers le second vaurien qui, lui, eut droit à un coup de crosse en plein menton. Il s'effondra, inconscient, dans la boue.

Guillerette, elle enjamba son corps et grimpa dans la calèche.

— En route, Roberts ! ordonna-t-elle en se rasseyant.

Puis elle regarda Blackheath. Il la contemplait fixement, et le désir ardent qu'elle lut dans ses yeux noirs l'effraya.

Troublée, elle secoua la tête.

— Alors, Blackheath, votre avis ?

— Très impressionnant.

Mais Lucien mentait. En réalité, cette démonstration de force l'avait tellement excité qu'il n'osait plus bouger de crainte de devenir fou, d'étreindre Eva et de la coucher sans autre forme de procès sur le plancher de la voiture.

Il contemplait ses yeux de chat, sa bouche pulpeuse et s'échinait à dompter le désir sauvage qui montait en lui. Jamais – hormis lorsqu'elle lui avait fait ingérer l'aphrodisiaque – il n'avait été aussi près de perdre tout contrôle de soi. Jamais il n'avait été ainsi réduit à l'état d'animal en rut.

Et jamais il n'avait désiré une femme à ce point.

La bouche sèche, il ferma un instant les paupières, se concentrant sur sa respiration.

— Est-ce tout ce que vous avez à dire, Blackheath ? fit sa compagne d'un ton moqueur. Que je vous ai impressionné ?

Lucien planta son regard brûlant dans celui d'Eva.

— Non, madame. J'ai beaucoup à dire.

Il se pencha vers elle, l'attira dans ses bras et l'embrassa.

Eva n'en fut pas surprise. Aiguisée par le danger qu'elle avait affronté, chaque fibre de son corps avait deviné la réaction qu'elle avait provoquée chez Blackheath. Elle était même prête à admettre qu'elle souhaitait ce baiser. Aussi ne se débattit-elle pas lorsque les lèvres de Lucien s'emparèrent des siennes et qu'il lui renversa la tête contre son bras aussi dur que de la pierre. Elle émit un faible gémissement de protestation, mais la pensée de l'avoir à ce point troublé était grisante. Elle glissa les doigts dans ses cheveux et lui rendit fougueusement son baiser.

Il batailla pour lui dégrafer sa jaquette et, enfin, plonger la main dans son décolleté, trouver son sein palpitant, le caresser, le modeler dans sa paume.

Tous deux haletaient, submergés par le même désir. Ce fut quand elle se cambra pour mieux s'offrir à la main de Lucien, qui jouait avec son mamelon, qu'Eva prit conscience de ce qu'elle était en train de faire.

Et avec qui.

Atterrée, elle le repoussa rudement, rajusta tant bien que mal sa jaquette et, saisissant l'un des pistolets, en enfonça le canon dans la poitrine de Lucien, côté cœur.

— Non ! bredouilla-t-elle d'une voix rauque. Je... Non.

Blackheath fixait sur elle ses yeux pareils à deux puits sans fond. Elle avait l'impression d'être face à un cobra. Durant un long moment, il la contempla ainsi, en silence, avant d'écarter l'arme et de regagner sa place.

Muet, immobile, il continua de la scruter.

Eva ne savait plus où elle en était, ce qu'elle éprouvait, ce qu'elle devait dire. Elle était tellement bouleversée, tendue, qu'elle ne put que se réfugier derrière son habituelle désinvolture.

Avec un petit rire tremblant, elle repoussa les cheveux qui lui balayaient le visage et se résigna à reposer son pistolet.

— Ce n'est pas si grave, Blackheath. N'est-ce pas ? Il arrive qu'on ne se contrôle plus et qu'on commette des bêtises invraisemblables. Sans doute avez-vous eu peur pour votre héritier. Nous pouvons tous deux oublier ce regrettable incident.

Les yeux de Blackheath devinrent encore plus noirs, au point que c'en était effrayant. Eva se raidit, sachant qu'il ne la croyait pas sincère un instant. L'un et l'autre n'étaient pas des timorés. Ils avaient simplement cédé à un désir brûlant et partagé.

— Vous ne comprenez donc pas ? murmura-t-il, si doucement qu'elle en frissonna.

Avec un haussement d'épaules négligent, elle s'enveloppa dans la couverture.

— Oh, si, je comprends parfaitement. Vous êtes furieux parce que vous avez une envie dévorante de me prendre de force mais que les convenances vous l'interdisent. Franchement, Blackheath, je connais les hommes. Je sais comment ils fonctionnent.

Il ne répliqua pas, ne prononça pas un mot. Eva resserra sa couverture autour d'elle et fixa l'obscurité par la glace de la calèche, étonnée de se sentir soudain si vide, si seule.

Elle avait l'impression que son corps ne lui appartenait plus, ne lui obéissait plus. Qu'attendait-il ? Que voulait-il ?

Oui, elle connaissait les hommes. En revanche, elle ne se connaissait peut-être pas aussi bien qu'elle le pensait.

17

Malgré le froid qui régnait à l'intérieur de la calèche, Lucien n'avait vraiment aucun besoin d'une couverture.

Il bouillait ; le feu crépitait dans ses veines, son ventre, lui coupait le souffle.

Il était pantelant de désir, mais aussi furieux.

Terriblement, dangereusement furieux.

Il regarda la femme blottie sur le siège face à lui et se demanda ce qu'il souhaitait le plus : l'étrangler ou la posséder à la hussarde. Fermant les paupières, il se remémora la scène qui l'avait rendu si déraisonnable.

Eva, affrontant tranquillement les malandrins. Eva qui avait mis les brigands en déroute de façon si habile, si rusée. Eva qui, à aucun moment, n'avait flanché ni douté de sa victoire. Eva, magnifique de bravoure… Eva rejoignant la calèche après son exploit, désinvolte, comme si elle était simplement sortie respirer un peu d'air frais.

Eva, la femme sans cœur.

Eva qui le torturait.

En cet instant, il la détestait presque autant qu'il la désirait.

Les kilomètres défilaient. Il demeurait silencieux et immobile, prisonnier de son tourment. Inutile de chercher le sommeil, il ne viendrait pas. Il était incapable de détourner les yeux de sa compagne pelotonnée sous sa couverture. Une longue boucle de ses cheveux reposait sur son sein. Elle était belle, la traîtresse. Salomé, Aphrodite et Diane chasseresse réunies en une seule personne.

Pourtant, à la regarder dormir, on pouvait presque imaginer une Eva innocente et confiante, une Eva que la vie n'aurait pas flétrie, qui aurait accueilli avec joie toutes les merveilleuses expériences que l'existence avait à offrir.

Hélas…

Qu'avait-elle subi pour être ce qu'elle était aujourd'hui ? Était-ce réparable, surmontable ?

Il continua de la contempler. Abandonnée au sommeil, elle avait l'air de l'enfant candide qu'elle avait certainement été naguère.

Alors, il sentit la colère le quitter… et céder la place à un ardent besoin de la protéger. Pourquoi ne se montrait-elle pas toujours ainsi, ouverte et confiante, au lieu de s'abriter sous sa carapace de méfiance et de sarcasmes ? Il aurait aimé renverser les barrières qui les séparaient, avoir le droit de la réveiller par des caresses et de tendres baisers, pouvoir assouvir enfin ce désir qui le torturait.

Il se remémora les mots qu'elle lui avait lancés avant de se cacher sous sa couverture.

Franchement, Blackheath, je connais les hommes. Je sais comment ils fonctionnent.

Une ombre de sourire étira ses lèvres.

Tu crois connaître mes semblables, n'est-ce pas, Eva ? Eh bien, moi, tu ne me connais pas. Tu ignores jusqu'où je suis capable d'aller pour obtenir ce que je convoite, tu ignores que tu es devenue mon obsession, l'unique objet de ma passion. Je te vaincrai, vois-tu. Tu ne peux pas gagner. Malgré tous tes efforts, tu ne réussiras pas à m'emprisonner dans cette défroque d'être répugnant dont tu m'as affublé, tu ne me pousseras pas à me conduire comme un animal sous prétexte que, selon toi, les hommes ne valent pas mieux. Tu peux me rendre furieux, complètement fou, mais il y a une chose que tu ne m'enlèveras pas : ma volonté farouche de te conquérir. Tu es extraordinaire... l'égale de n'importe quel homme, supérieure à toutes les autres femmes. Oh, Eva, tu n'imagines pas la rage qui m'habite en cette seconde...

Oui, il enrageait. La vie avait si douloureusement blessé Eva qu'elle refusait de se fier à lui, uniquement parce qu'il était un homme. Elle avait le courage d'affronter des brigands, mais pas celui de se libérer de son amertume, de ses fausses idées sur la gent masculine. Elle était pourtant d'une intelligence brillante, elle avait vu la façon dont ses frères traitaient leurs épouses, mais cela n'avait nullement entamé ses préjugés.

Il continua de la regarder dormir, tandis que s'enracinait en lui une froide et implacable détermination.

Il la délivrerait de ses démons, avant que le bébé, ce petit être sans défense, ne vienne au monde. Il ne reculerait devant rien pour la guérir.

Pour elle, pour lui...

Et pour cet enfant dont il était le père.

Le sommeil d'Eva fut peuplé de rêves érotiques.

Plus exactement, elle rêva qu'elle faisait l'amour avec le duc de Blackheath.

Quand elle s'éveilla, moite et languissante, l'aube éclairait l'intérieur de la calèche, qui roulait toujours.

Elle resta un moment sans bouger, s'efforçant de chasser les images trop crues de ses songes pour se concentrer sur la réalité présente.

Elle était nichée dans les bras de Blackheath. Comment était-ce possible ? Elle se rappelait vaguement qu'à un moment, elle avait eu froid et cherché la chaleur de son compagnon. Elle en rougit d'embarras. Seigneur, il devait la juger bien hypocrite !

Les bras de Lucien formaient autour d'elle comme un cocon où elle se sentait délicieusement à l'abri. Elle entendait son cœur battre tout près de son oreille, et regretta de ne pas avoir assez confiance en lui pour baisser sa garde, se blottir plus étroitement contre son corps solide et chaud. Si seulement elle avait pu être une autre femme – une femme qui n'aurait pas été hantée par des souvenirs de souffrance et de trahison, qui aurait su apprécier les hommes pour ce qu'ils étaient et se laisser aller à ses désirs !

— Bonjour, murmura-t-il.

— Bonjour, Blackheath.

Avec une feinte nonchalance, elle s'écarta de lui, rétablissant la distance qui lui était nécessaire pour respirer normalement.

— Merci de m'avoir servi d'oreiller, ajouta-t-elle.

— Tout le plaisir était pour moi. Avez-vous bien dormi ?

— Assez, répondit-elle, surprise par sa courtoisie.

Le berceau de ses bras lui manquait déjà. Cette étreinte lui avait donné le sentiment – l'illusion – d'être tendrement aimée.

Pour ne plus y penser, elle baissa la glace et regarda au-dehors, éblouie par le clair soleil. Les vertes collines semblaient courir vers la mer, mince trait bleu à l'horizon, tandis que les vallées sommeillaient encore sous leur édredon de givre.

Eva sentait sur elle le regard intense de Blackheath. Impossible de deviner quelles pensées son compagnon ruminait, et elle n'osait pas l'interroger. Cette nuit, il ne lui avait pas caché qu'il la désirait, et elle le soupçonnait d'en être au même point ce matin. Dieu merci, il ne se doutait pas qu'elle aussi le désirait.

N'est-ce pas ?

Ô Seigneur ! Sa chemise frôlait ses mamelons dressés et douloureux, un filet de sueur coulait le long de son dos, et une moiteur brûlante se répandait entre ses cuisses.

Elle toussota.

— Alors, Blackheath, comment vous sentez-vous aujourd'hui ? Vous êtes de meilleure humeur qu'hier, j'espère ?

— De bien meilleure humeur, mais j'avoue qu'un bon repas achèverait de me réjouir. Nous trouverons une auberge dans le prochain village. Nous nous y arrêterons un moment pour nous restaurer.

— Je ne vous suivrai pas. La simple idée de manger me soulève le cœur.

Tournant la tête pour observer des moutons qui paissaient au loin, elle posa machinalement une main sur son ventre.

— Voulez-vous un bonbon à la menthe ? suggéra-t-il.

— Vous en avez ?

— Je suis toujours paré à toute éventualité, répondit-il en lui tendant un bonbon.

— Vous savez, Blackheath, j'ai réfléchi.

Il haussa un sourcil interrogateur.

— J'ai pensé à votre domaine, Gingermere. Je suis impatiente de le découvrir.

— Je crois qu'il vous plaira.

— Ce qui me plaît surtout, c'est la perspective d'être totalement libre. D'avoir des revenus personnels. Vous, je présume que vous continuerez à travailler avec les partisans de l'Amérique, comme Pitt et Burke, à plaider la cause de ma patrie devant les membres du Parlement ?

— Vous avez ma parole.

— Et vous vous opposerez à ceux qui voudraient voir l'Amérique opprimée ?

— Absolument.

Eva avala péniblement sa salive. Tout en parlant, il promenait son regard noir sur ses seins, sa taille fine, ses hanches.

Elle en frémissait de la tête aux pieds.

— J'ai toutefois quelques doutes sur… euh… une des conditions de notre… euh… contrat, bafouilla-t-elle.

— Laquelle ?

— Dormir ensemble quand nous serons sous le même toit.

Il lui sourit.

— Ceci dit sans vanité, ce ne sera pas l'atroce calvaire que vous redoutez.

— Parlez pour vous !

Il étendit les jambes, si bien que ses pieds vinrent frôler ceux de sa compagne.

— Allons, Eva, cessez ce petit jeu. Je vous désire. Et vous me désirez, même si vous répugnez à l'admettre. Pourquoi combattre quelque chose d'aussi naturel ?

— J'ai ma fierté, rétorqua-t-elle en redressant le menton. Ce n'est pas une nouvelle pour vous, Blackheath. Quant aux... aux émotions que vous m'inspirez – car j'en reconnais l'existence –, elles ne reposent sur rien. Ce doit être un effet secondaire de la grossesse... Oui, forcément, il n'y a pas d'autre explication plausible...

Le sourire de Blackheath se teinta d'ironie.

— Moi, je pense que vous êtes simplement incapable de me résister.

— Bonté divine, Blackheath ! Je peux vous résister sans la moindre difficulté.

— Ah... Vous croyez donc que, si je décidais de vous séduire, vous ne céderiez pas ?

— Je le sais.

— Eh bien, après notre arrivée à Gingermere, je propose de mettre votre certitude à l'épreuve.

Eva tressaillit, scruta ce visage souriant, ces yeux si sombres, insondables, et comprit qu'elle était tombée dans le piège. Si elle refusait de relever son défi, il la traiterait de lâche. Si elle acceptait, il remporterait si vite son pari qu'elle en mourrait de honte. Oh, non... comment avait-elle pu se laisser manipuler de la sorte ?

— La peste vous étouffe, Blackheath ! dit-elle d'un ton sec. Vous ne jouez pas à la loyale.

— Non, j'aime trop gagner. Par conséquent, je joue selon mes propres règles.

— Et quand comptez-vous procéder à cette ridicule mise à l'épreuve ?

— Lorsque nous serons à Gingermere. Pas avant. J'ai envie de savourer cette perspective comme je dégusterais un bon vin... D'ailleurs, madame, enchaîna-t-il avec un sourire complaisant, cette calèche n'est pas le lieu qui convient.

— Aucun lieu ne conviendra, Blackheath.

Du bout de sa botte, il lui effleura la cheville.

— Nous verrons, très chère. Nous verrons.

18

Gingermere était splendide.

« Voilà ta liberté, se dit Eva. Ton billet pour l'indépendance. Ton avenir. Ne pense pas à ce que Blackheath a l'intention de te prouver entre ces murs, efface cela de ton esprit. »

Tandis que la calèche remontait l'allée sinueuse, elle contempla les champs de blé en pente douce, les prairies où paissaient vaches et moutons. On entrevoyait la mer bleue au-delà du manoir isolé et battu par les vents.

Elle tomba aussitôt amoureuse du domaine.

— Qu'en pensez-vous, ma chère ? Ce lieu vous conviendra-t-il ?

— Il me conviendra, répondit-elle simplement.

Mais, sous son calme apparent, Eva était terrifiée. Il s'agissait donc de la réalité – le début d'un autre mariage, indubitablement voué à l'échec. Et dans cette demeure aux murs de pierre grise patinée par les intempéries, elle serait obligée de combattre la volonté de Blackheath. Une joute qu'elle ne remporterait pas, hélas.

Des soldats partant rencontrer sur le champ de bataille une armée supérieure en nombre et en force éprouvaient probablement des sentiments semblables à ceux qui l'habitaient en cet instant. Elle déployait des efforts surhumains pour afficher la même sérénité que son compagnon. Mais, elle le savait, il n'y aurait pas d'échappatoire. Aucun moyen de se sortir dignement de cette situation, élégamment et sans y laisser les derniers lambeaux de sa fierté.

Soudain, le duc l'arracha à ses sombres pensées.

— Nous nous marierons à la fin de la semaine, annonça-t-il en l'aidant à descendre de la calèche arrêtée devant le manoir. Mes frères ayant pris la peine de se procurer une licence spéciale, il serait insultant pour eux que nous atermoyions.

— Vous ne perdez pas de temps, n'est-ce pas, Blackheath ?

— Jamais, répondit-il, souriant, en l'entraînant vers la demeure.

— Mais vous souhaitez certainement que votre famille assiste à ce mariage ? objecta-t-elle d'une voix dont elle avait du mal à contrôler le chevrotement.

— Vu la manière dont les miens ont combiné cette union, je n'ai pas très envie de leur faire ce plaisir. D'ailleurs, nous pourrons toujours organiser plus tard une grande fête à Blackheath Castle pour tout le monde, y compris mes fermiers et les domestiques. Mais en attendant, nous échangerons nos vœux ici, afin que l'enfant n'ait pas à souffrir, par la suite, de commentaires désobligeants sur la date de sa conception. Ensuite, nous irons en France et nous continuerons à chercher lord Brookhampton.

— Il est possible que lord Brookhampton soit mort, qu'on ne le retrouve jamais.

— Il est également possible qu'il soit toujours vivant.

— Vous devriez peser le pour et le contre avant de traverser la Manche. Vous ne serez pas en sécurité en France. Elle ne tardera plus à entrer en guerre contre la Grande-Bretagne.

— Ma chère Eva, ne me donnez pas la fausse impression que vous vous souciez de mon sort.

Elle détourna les yeux, rougissante.

— Ne soyez pas ridicule, Blackheath, répliqua-t-elle d'un ton léger. Je m'en moque, naturellement. En revanche, l'avenir de l'enfant me préoccupe. J'estime donc préférable que vous restiez en vie, du moins jusqu'à la naissance, pour que, si l'enfant est un garçon, il puisse hériter du titre de duc.

— Ma survie importe peu. Si je décède avant que cet enfant naisse, je vous assure que Charles, héritier présomptif du titre, veillera à son bien-être.

— Charles me méprise.

— Mais il ne méprise pas mon enfant. Entrons, voulez-vous ? Il fait froid, et je ne veux pas que vous tombiez malade.

Le personnel du manoir, frissonnant dans les bourrasques de vent marin, les attendait sur les marches du perron. Les domestiques du duc et d'Eva, arrivés avant eux, s'affairaient sans doute à sortir leurs vêtements des malles et à préparer leurs appartements afin qu'ils y soient confortablement installés.

Prenant Eva par le bras, le duc la présenta à un majordome vieillissant, un dénommé Jackson, lequel s'inclina si bas qu'elle craignit qu'il ne puisse se relever.

Après quoi, Blackheath réclama du thé, la guida le long d'un couloir inondé de soleil et lui fit franchir le seuil d'un petit salon aux tentures cobalt et aux murs tapissés de soie d'un bleu profond pareil à celui de la mer. L'océan, qu'on voyait par les fenêtres aux vitres mouchetées d'embruns, se jetait inlassablement à l'assaut des falaises en contrebas et s'étendait à perte de vue – un défilé de vagues coiffées d'écume qui, à l'horizon, se confondaient avec le ciel parsemé de nuages.

Eva contempla un moment les flots, tout en tendant l'oreille pour entendre les instructions que Blackheath chuchotait à un valet.

Blackheath... Sa gorge se noua. Cette pièce élégante et lumineuse serait-elle le cadre de son entreprise de séduction, ou bien déciderait-il de repousser encore l'instant crucial et de laisser Eva sur des charbons ardents jusqu'à ce qu'elle demande grâce ?

Il l'invita à s'asseoir sur un petit divan. Elle obtempéra, en faisant mine d'être parfaitement à l'aise, et s'efforça de ne pas songer au présent – et à ce qui, elle le craignait, était l'avenir imminent – en se concentrant sur l'argenterie qu'on disposait sur un guéridon, le panache de vapeur que soufflait la théière, les assiettes de biscuits.

À l'étage résonnaient des pas, des bruits indiquant qu'on aérait les pièces inutilisées depuis longtemps, que le valet du duc achevait de mettre de l'ordre dans la chambre de son maître.

Serait-ce là que Blackheath forcerait Eva à lui appartenir ? Ou bien dans ce petit salon ensoleillé, au sol recouvert d'épais tapis ?

Elle reporta son attention sur la servante qui attisait le feu dans la cheminée. Les flammes étaient pour l'heure impuissantes à dissiper le froid humide qui suintait des murs et qui, s'insinuant sous la jupe d'Eva, lui léchait les chevilles et les mollets.

Puis la servante quitta la pièce, et Eva resta seule avec Blackheath.

Il s'assit, tournant à demi son fauteuil pour être face à Eva, et étendit ses longues jambes. Elle s'empressa de servir le thé, ce qui lui permit d'éviter le regard énigmatique de son compagnon. Brusquement, sa décision de l'épouser lui semblait hâtive, complètement folle. N'avait-elle pas commis la plus grosse erreur de sa vie en acceptant d'être sa duchesse ?

Elle saisit sa tasse d'une main tremblante.

— Tranquillisez-vous, ma chère. Je jure de ne pas vous toucher avant que nous ayons bu notre thé.

— Et ensuite ?

Il se contenta de sourire.

Eva tressaillit, renversa quelques gouttes de thé dans son giron. Elle reposa précipitamment sa tasse et tenta de ranimer en elle-même cette colère qui la protégeait si bien.

— Sachez une chose, Blackheath : si vous croyez me conquérir aisément, vous vous trompez lourdement.

— Ma chère, si vous étiez une fleur si facile à cueillir, vous ne m'intéresseriez pas.

— Ne pensez pas non plus que vous contrôlez totalement la situation. Si jamais la… la tournure des événements me déplaisait, vous vous en repentiriez amèrement.

— Je vous garantis que rien ne vous déplaira. Et, je vous l'ai déjà dit, j'aime les femmes dangereuses. Si vous n'étiez qu'une faible créature geignarde, ce petit jeu ne m'amuserait pas le moins du monde.

— Ce n'est donc que cela pour vous ? Un jeu ?

— Non, c'est beaucoup plus que cela.

Tout en sirotant son thé, il la regardait par-dessus le bord de sa tasse – un loup jaugeant sa proie, réfléchissant à sa stratégie d'attaque.

— Et pour vous, madame, qu'est-ce que cela représente ?

— Une erreur.

Il ne broncha pas. Nulle trace d'émotion dans ses yeux noirs, sur son visage sévère.

— Dans ce cas, préférez-vous en rester là ?

— Oh, vraiment, Blackheath ! Comme si j'avais le choix ! Je me suis résignée à partager votre couche – ce n'est pas au-dessus de mes forces – en échange d'une somptueuse récompense : ma liberté.

Elle vit une ombre passer sur le visage du duc – irritation ? Regret ?

— D'ailleurs, si je rompais notre accord, vous me traiteriez de lâche.

— Mon opinion aurait donc tant de prix à vos yeux ?

— Bien sûr que non, ne rêvez pas, railla-t-elle.

— Alors, que vous importe que je vous considère ou non comme une poltronne ?

Elle émit un rire contraint ; le regard fixe de son compagnon la mettait au supplice.

— Blackheath, voyons, essayez donc d'utiliser ce minuscule cerveau que la nature a octroyé à ceux de votre espèce. L'orgueil m'oblige à tenir compte de l'image que vous avez de moi.

— Eva…

— Oui ?

— Je veux savoir pourquoi vous méprisez tellement les hommes.

Elle en eut la chair de poule. S'il découvrait la vérité, il s'évertuerait à la dépouiller de l'armure qu'elle avait passé des années à se forger, une armure qui l'avait protégée jusqu'à ce qu'elle rencontre ce personnage ténébreux et si redoutablement perspicace.

Se ressaisissant, elle reprit sa tasse de thé.

— Je vous l'ai déjà expliqué, Blackheath. Mon premier époux était un misérable ver de terre qui…

— Non, Eva. Je ne crois pas que votre premier mari soit responsable de votre attitude. Je suis persuadé que les racines de votre problème sont beaucoup plus profondes que cela.

Il s'interrompit, la dévisagea.

— N'est-ce pas, ma chère ?

— Vous n'avez pas le droit de fureter dans ma vie, Blackheath.

— Si vous devenez ma duchesse, j'aurai tous les droits. Dites-moi la vérité. Vous me la devez.

— La vérité n'a aucun intérêt. D'ailleurs, elle appartient au passé. Tout cela s'est produit il y a si longtemps… Je ne tiens pas à réveiller des souvenirs qu'il me faudrait aussitôt oublier.

Il approcha son fauteuil et se pencha vers elle, si près qu'elle dut plaquer son dos contre son siège pour tenter de maintenir entre eux un peu de distance.

— Si vous gardez le silence, murmura-t-il, je vous jure que, d'une manière ou d'une autre, je découvrirai cette vérité. Mais je préférerais que vous me parliez. Cela nous faciliterait les choses.

— Pas de menaces, Blackheath, ou vous vous en repentirez.

Il esquissa un petit sourire et s'écarta. Eva eut l'impression qu'un filet de glace s'insinuait dans la moelle de ses os. Seigneur, le duc était le seul homme qu'elle ne voulait pas avoir pour ennemi ! Le seul capable de lui inspirer de la crainte et du respect, de la désarçonner.

— Vous m'entendez, Blackheath ? Ne me menacez pas.

— Je vous ai entendue, ma chère.

De plus en plus nerveuse, Eva reposa sa tasse et se leva d'un mouvement brusque.

— Je suis épuisée par le voyage et je ne vous cache pas que vous aussi, vous me fatiguez. Je vais me coucher.

— Parfait, je vous suis.

— Non, merci, je préfère dormir seule.

— Vous n'avez aucune envie de dormir, et moi non plus.

Tout à coup, la colère s'empara d'elle.

— Vous osez m'expliquer ce que je ressens ? Quelle présomption ! J'en ai par-dessus la tête de vos grands airs, Blackheath, je commence même à me mordre les doigts d'être venue ici. Considérez que notre petit jeu est terminé !

— Quel dommage, rétorqua-t-il d'une voix rauque.

Elle pivotait pour sortir quand il la retint par le bras, l'attira contre lui… et l'embrassa.

Sa bouche était si avide, si exigeante, qu'elle ploya tel un roseau bousculé par un vent impétueux. Elle comprit aussitôt que le duc avait prévu sa réaction, car il glissa son autre bras sous ses genoux et la souleva dans les airs, comme si elle ne pesait pas plus lourd qu'une plume.

Eva suffoquait, effrayée, furieuse. Elle se débattit, déployant des efforts frénétiques pour libérer ses jambes pressées contre le ventre de Blackheath, pour dégager une main et lui donner un coup de poing sur la tempe. Peine perdue… Il explorait sa bouche de sa langue pareille à un dard cuisant, tandis que son menton, qu'un début de barbe rendait râpeux, irritait la peau fine d'Eva. Il l'étreignait si fort, avec tant de passion qu'elle sentit bientôt brûler la vallée profonde cachée entre ses cuisses, si prompte à s'inonder et qui réclamait d'être comblée depuis qu'elle avait laissé Blackheath dans ce lit, à Paris.

— Posez-moi par terre, Blackheath ! ordonna-t-elle quand elle réussit enfin à rejeter la tête en arrière.

— Avec plaisir.

Il s'agenouilla, sans la lâcher, et la coucha sur le tapis. Eva comprit alors qu'elle était vaincue. Il n'y avait plus de fuite possible, plus d'espace pour l'orgueil – pas avec les sensations qu'il éveillait en elle. Car il l'embrassait de nouveau, lui faisait poser la tête par terre, lui effleurait le cou d'une caresse experte, déboutonnait son costume de voyage en laine, l'ouvrait d'une main impatiente… une main qui s'immobilisa sur sa poitrine. Eva laissa échapper un gémissement quand des doigts agiles entourèrent un de ses seins si sensibles, le pétrirent, le caressèrent, en agacèrent le mamelon voilé par sa chemise jusqu'à ce qu'il s'épanouît tel un bouton de rose.

La bouche de Blackheath libéra la sienne, tandis qu'il passait à l'autre sein pour lui donner sa part de caresses et d'attention à travers le fin tissu. La résistance d'Eva fondait comme neige au soleil. Peur et colère n'étaient plus que de lointains souvenirs ; un brouillard de sensualité l'enveloppait, la portait. Son corps se cambra sur le tapis. Elle haletait, à présent. Son pouls palpitait follement dans sa gorge, sur laquelle se posèrent les lèvres de son compagnon, qui baisèrent le fragile battement avant de s'aventurer lentement un peu plus bas.

Oui, oh, oui… Là. Embrasse-moi…

La bouche s'immobilisa sur son mamelon, l'aspira en même temps que le voile léger qui le recouvrait, puis se mit à le sucer, de plus en plus ardemment. Bientôt, la jeune femme se tordait sur le tapis en poussant de petits gémissements de plaisir. Elle avait du mal à respirer, à penser. Rien n'existait plus que la langue qui se promenait sur son mamelon durci, douloureux, le caressait à travers la fine batiste humide. Mais elle était trop près du feu ; il fallait qu'elle s'en éloigne, qu'elle se rapproche de celui qui lui infligeait une torture si atrocement délicieuse ; il fallait qu'elle... qu'elle... Oh, il le *fallait*, voilà tout.

Ses bras se nouèrent autour du cou de son amant pour l'obliger à se baisser ; ses doigts impatients défirent le catogan de Blackheath et s'enfoncèrent dans son épaisse chevelure lustrée, enfin libérée, au moment où la partie raisonnable de son être, depuis longtemps reléguée à quelque lointain arrière-plan de son esprit, aurait dû la pousser à saisir l'occasion de frapper l'insolent pour lui échapper.

Mais elle n'avait aucune envie de fuir ces sensations, la langue qui passait et repassait sur son mamelon gainé de tissu, la bouche brûlante où disparaissait le bouton de chair si sensible – non, aucune envie, vraiment. Tout ce qu'elle voulait, c'était s'abandonner plus encore sur le tapis. Le duc soulevait à présent ses jupons, promenait la main sur sa jambe, de plus en plus haut, jusqu'à sa jarretière, avant de redescendre en entraînant la bande de soie sur sa cuisse, son genou, son mollet, pendant que son bas suivait et qu'elle soupirait, enivrée par la délicieuse sensation de la paume virile contre sa peau nue. Lorsqu'il lui caressa de nouveau le mollet, elle leva la jambe pour lui livrer sa cheville, puis son pied à réchauffer.

— Eva...

Il s'était légèrement écarté. Elle fixa sur lui un regard embrumé. Les yeux de Blackheath, presque mystiques, lui rappelèrent le ciel de minuit, d'un noir de velours.

— Eva... voulez-vous que je vous laisse ?

— Oh, arrêtez avec ça, Blackheath. Vous aviez raison, nous en avons tous les deux la preuve.

— Je vous ai demandé si vous vouliez que je vous laisse...

— Plus tard... pas maintenant.

Les paupières du duc s'abaissèrent ; ses longs cils noirs voilèrent ses prunelles, où brillait peut-être une lueur de triomphe. Il se remit à embrasser Eva, tout en dégageant sa chemise de la ceinture de ses jupons, lui ôta sa jaquette puis retourna la jeune femme sur le ventre afin de délacer son corset, dont il la débarrassa comme il eût enlevé la peau d'un fruit exotique bien mûr. Ses jupons suivirent. Elle n'était plus vêtue que de sa chemise, qu'il releva, dévoilant totalement ses longues jambes. Du bout des doigts, il lui parcourut l'épine dorsale, puis sa paume lissa le creux de ses reins, caressa la courbe rebondie de ses fesses.

Le tapis démangeait la joue d'Eva ; ses cheveux s'emmêlaient sous son œil et sa tempe. Blackheath la retourna de nouveau avec douceur, et elle ferma les yeux, vaincue, tandis qu'il se penchait une fois de plus vers sa poitrine, embrassait, suçait, cajolait... Elle sentit une main se poser fermement sur sa hanche, des doigts imprimer leur marque ardente à l'intérieur de sa cuisse nue, progresser vers le haut de cette cuisse. Elle retint son souffle et attendit, brûlante, trempée. Ses jambes s'écartèrent sans qu'elle cherche à les en empêcher. Un soupir lui échappa. Déjà, les doigts de Blackheath repoussaient ses boucles soyeuses, tout humides, pour se glisser en elle lentement, adroitement.

— Oooooh...

Elle se cambra, pendant qu'une bouche avide aspirait et mordillait son mamelon rigide, toujours gainé de batiste mouillée.

— Oh, Blackheath... Comment puis-je vous laisser faire une chose pareille ? Comment pouvez-vous me transformer en chiffe molle, sans volonté ?

La main de son compagnon enveloppa son pubis. Des doigts agiles s'enfoncèrent dans sa chair brûlante, le pouce caressant son petit bouton de chair dur tandis que les autres plongeaient en elle jusqu'à ce que son sang bourdonne d'une frénésie ardente, qu'un brouillard engourdisse ses sens.

— Je me pose exactement les mêmes questions, très chère.

— Dieu merci… Je ne crois pas que je pourrais le supporter, si je ne vous inspirais qu'indifférence, alors que vous me faites un effet pareil.

Il lui saisit la main et la guida jusqu'à l'entrejambe de son pantalon, où se dressait une érection si énorme, si brûlante que la jeune femme se demanda par quel miracle le tissu qui la contenait avec peine ne s'était pas déchiré sous la poussée.

— Voilà la preuve que nous sommes à égalité, Eva. Vous êtes ma défaite… Vous l'avez été dès l'instant où nous nous sommes connus. Mais ne bougez plus. Allongez-vous, fermez les yeux… Je veux vous faire l'amour… vous goûter, vous savourer, vous prouver que partager la couche du duc de Blackheath n'a rien de l'odieuse contrainte à laquelle vous craignez de devoir vous plier.

Si les doigts enfouis dans le sillon soyeux de sa chair brûlante n'avaient pas projeté Eva dans un tourbillon qui l'emportait au bout du monde, ces quelques mots y auraient suffi. Une main pressante remplaça sur son sein les lèvres ardentes, tandis que l'autre continuait à la caresser pour la préparer à la bouche de Blackheath, à sa langue, à l'excitation qui gonflait son pantalon… Il s'allongea à son tour près d'elle, la brûlant tout entière de sa chaleur intense. Sa main se déployait à présent sur le bas-ventre d'Eva, tandis que son pouce l'ouvrait, l'explorait, l'affolait…

Sa bouche suivit la courbe d'un sein, atteignit la jonction des côtes, puis le creux du ventre, juste en dessous… avant d'arriver à la lisière du triangle de boucles rousses.

Eva se raidit, lutta pour se maîtriser. Un menton mal rasé râpait sa peau fragile… C'étaient à présent les lèvres de Blackheath qui s'aventuraient sur son mont de Vénus, le parcourant d'un souffle tiède. Puis une langue fureteuse s'enhardit jusqu'à se presser, chaude et moite, contre la féminité qui s'ouvrait, se dévoilait sous la caresse des doigts experts.

Autour d'Eva, le monde enfla puis se mit à tournoyer, tandis que son sang, jusqu'à la dernière goutte, s'amassait à l'endroit de son corps soumis au délicieux assaut. Pourtant, elle se refréna, décidée à résister à l'attaque le plus longtemps possible. Ses ongles griffèrent le tapis, et la sueur se mit à ruisseler sur ses tempes, car la langue du duc se faisait plus insistante, plus vigoureuse... plus envahissante.

Bientôt, elle ne put plus se retenir. Des gémissements déchirants et de petits cris suppliants lui échappèrent – des plaintes aiguës qui lui semblèrent étonnamment lointaines –, tandis que la langue de Blackheath allait et venait, lentement mais inexorablement, sur le bourgeon de chair durci qu'il emprisonnait entre le pouce et l'index. Le bas-ventre d'Eva se contracta, son corps se raidit tout entier, les muscles de son torse se tendirent... mais elle s'échina à résister, bien qu'elle n'ait plus conscience que de la caresse implacable, impitoyable qui la torturait, de l'avidité sauvage qui poussait son amant à lui écarter plus encore les jambes pour enfouir avec un grognement de reddition le visage dans la chaleur suave de son intimité.

C'en était trop. Le contrôle de son corps lui échappa totalement. Eva se cambra brusquement en poussant un cri d'exquise souffrance, tandis que la jouissance déferlait sur elle en énormes vagues destructrices. Plus tard, elle se rappellerait à quel point elle avait lutté contre cette capitulation ; plus tard, elle frotterait ses fesses irritées par le tapis. Pour l'instant, elle n'était plus capable que de nouer bras et jambes autour du corps splendide de Blackheath, qui dégrafait son pantalon puis s'allongeait à demi sur elle, dans la position classique de la domination masculine. Pour une fois, Eva s'en moquait.

Elle accueillit avec joie le suave envahisseur qui s'introduisait entre ses cuisses minces et s'enfonçait en elle, de plus en plus loin, jusqu'à se presser contre sa féminité encore palpitante ; elle se réjouit de sentir le membre viril exiger davantage de place, davantage d'espace, alors qu'elle n'en avait pas un pouce de plus à offrir. C'était une sensation tellement intense ! Plus rien d'autre n'existait. Blackheath, qui avait enfoui les doigts dans sa chevelure et lui tenait la tête, se mit à bouger en elle. Le corps de la jeune femme réagit aussitôt, se concentrant sur lui-même, se préparant une fois de plus à une rapide plongée dans l'extase.

Le duc l'entraîna de plus en plus haut, de plus en plus loin, sans jamais perdre le contrôle de la situation ni du rythme qu'il imprimait à leurs ébats. Elle se demandait si elle n'allait pas mourir de plaisir quand il atteignit lui aussi la jouissance suprême, dans une ultime poussée sauvage. Eva se tordit sur le tapis, le corps secoué de spasmes.

Puis elle resta allongée là, brûlante, épuisée, hors d'haleine, presque écrasée par la masse de son compagnon, attentive aux échos sensuels de leur union qui résonnaient encore dans sa chair. Le souffle de Blackheath soulevait les cheveux humides qui se collaient à son cou et déployaient autour d'elle leur masse enchevêtrée.

Il s'écoula un long moment avant qu'elle ne prenne enfin la parole.

— Je devrais vous haïr, monsieur...

Le duc la souleva juste assez pour lui glisser le bras sous la nuque et l'attirer contre son cœur, qui battait toujours à tout rompre.

— Je préférerais tellement obtenir votre indulgence, madame.

Il fallut plus longtemps encore à Eva pour prendre conscience qu'elle avait accepté une position qui avait permis à Blackheath de la dominer.

Lorsqu'elle s'endormit, elle n'était pas revenue de sa surprise à cette pensée dérangeante, mais elle était trop fatiguée et, surtout, trop divinement comblée pour soumettre les faits à l'examen qu'ils méritaient.

19

La fatigue eut également raison de Lucien.

Il la combattit pourtant longtemps, pour ne pas perdre une miette de ces rares et si précieux moments avec une femme farouchement résolue à ne rien lui accorder. Il était heureux de l'avoir conquise, mais ne s'en glorifierait pas. Il se réjouissait simplement – car c'était une véritable victoire – qu'elle n'ait pas exigé de le chevaucher, qu'elle lui ait épargné cette bizarre démonstration de domination féminine, même s'il ne bannissait pas définitivement cette position. Bien au contraire. Dans d'autres circonstances, si l'envie les en prenait, il s'y plierait sans rechigner.

Pour l'heure, il savourait de délicieuses sensations qui prolongeaient sa jouissance… le parfum de lavande citronnée qui émanait de la chevelure d'Eva, son corps somptueusement féminin blotti contre le sien sur le tapis… Qu'est-ce qu'un homme pouvait désirer de plus ?

Il enfouit son visage dans les cheveux de sa compagne, couvrit de baisers légers son cou de cygne, d'une blancheur crémeuse, goûta la douceur de sa peau à laquelle l'amour avait donné un goût de sel. Elle ronronnait comme une chatte. Il l'enveloppa plus étroitement de ses bras et se détendit.

Il s'enfonça bientôt dans le sommeil, tel un nageur à bout de souffle qui cesse de lutter pour flotter à la surface de la mer. Et tandis qu'il sombrait, des images défilèrent dans son esprit. Le regard accusateur de Nerissa… Ses frères, narquois, lui annonçant que le roi exigeait qu'il épouse Eva de la Mourière… Eva qui mettait en déroute les deux malandrins… Eva pelotonnée contre lui dans le carrosse, niant son attirance envers lui – un mensonge destiné à le froisser mais qui lui faisait plus de mal à elle qu'à lui.

Il toucha le fond des eaux.

Le cauchemar.

Le pré du duel.

L'herbe était mouillée de rosée, la brume du petit matin s'enroulait autour d'Eva. Car elle était là. On comptait les pas. Lucien, tendu comme un arc, pivotait et, l'épée à la main, se fendait, dans l'espoir de modifier une fin aussi immuable que la course du soleil dans le ciel. Une fois encore, il exécutait les mouvements de cette danse de mort, ainsi qu'il le faisait chaque nuit depuis des semaines, en sachant que c'était un songe et que, quelle que soit son attitude, l'issue en serait la même – une issue terrifiante, impitoyable.

Devant lui se dressait son adversaire, tout de noir vêtu, masqué, la tête dissimulée sous la capuche de son manteau. Un revenant, sans nul doute, car aucune créature mortelle ne possédait une telle adresse. Aucun homme n'aurait pu s'amuser de la sorte avec lui, ferraillant encore et encore ; personne sur cette terre n'aurait pu le contraindre si aisément à se découvrir. Et quel mortel aurait réussi à porter pareille estocade, la pointe de son épée déchirant la chemise, la chair et les os, pour embrocher le cœur et le transformer en un amas sanguinolent de viande palpitante ?

La souffrance le mit à genoux. Un flot de sang au goût de métal bouillonnait dans sa gorge, lui emplissait la bouche, s'écoulait entre ses dents serrées. Le sol montait à sa rencontre. Il se retrouva étendu dans l'herbe mouillée, secoué de spasmes violents, à l'agonie. Une dernière fois, il ouvrit les yeux, avec peine, et vit la Mort triomphante, penchée sur lui, qui levait la main pour retirer son masque et sa capuche…

— Lucien !

Ce visage terrifiant…

Ce fut son propre cri qui réveilla Lucien. La sueur dégoulinait le long de son dos. À quelques centimètres de lui, des yeux verts et anxieux le scrutaient.

Eva. Gingermere. Le salon.

Elle était là, près de lui, sur le tapis que le soleil réchauffait, ses cheveux dénoués, blanche comme un linge. Il se redressa sur son séant, se frotta les paupières pour tenter d'effacer les atroces images de son rêve. Il perçut un mouvement à son côté et, soudain, sentit un bras mince et pourtant vigoureux qui, doucement, lui entourait les épaules. Brisé, il appuya son front contre les seins ronds de la jeune femme.

— Vous faites toujours des cauchemars aussi horribles ? demanda-t-elle d'une voix tremblante. J'ai cru que je n'arriverais pas à vous réveiller. Vous savez vous y prendre pour effrayer votre monde, Blackheath !

Il était incapable de prononcer un mot. L'air lui manquait, les battements de son cœur l'assourdissaient. Il ne bougea pas, le front contre la poitrine d'Eva, savourant le réconfort de son bras autour de lui. Il aurait voulu que ce moment ne s'achève jamais.

— Désolée, Blackheath, reprit-elle doucement. J'ignorais que les grands méchants loups avaient des cauchemars, comme le commun des mortels. Tout va bien maintenant, je suis là. Il ne faut plus avoir peur.

— Ne me quittez pas.

Elle l'étreignit plus fort.

— Je ne pars pas. Détendez-vous, respirez à fond.

Il obéit, même si le mauvais rêve refluait déjà, emportant l'effroi avec lui, et regagnait les ténèbres d'où il était issu. Cette horreur y resterait tapie jusqu'à ce qu'il cherche de nouveau le sommeil – jusqu'à ce que la mort annoncée par ces songes le rattrape pour de bon.

Peu à peu, ses tremblements s'apaisèrent, le laissant éreinté. Il refusait pourtant de bouger. Personne ne l'avait tenu de cette façon, consolé avec une semblable tendresse depuis une éternité, depuis que sa mère l'avait serré pour la dernière fois dans ses bras aimants…

— Vous voulez me parler de ce cauchemar? interrogea-t-elle gentiment, en s'écartant légèrement pour le regarder d'un air inquiet.

— Oui, mais d'abord… d'abord, j'éprouve le besoin de me prouver que la vie est plus forte que tout, que l'existence ne s'arrêtera pas avec moi.

Il posa la main sur le ventre d'Eva.

— Penser que notre enfant vit en vous me réconforte.

— Mon Dieu, Blackheath… vous n'avez pas rêvé qu'il mourait?

— Non, non! Rassurez-vous.

Déroutée, elle se renversa en arrière, s'appuyant sur ses coudes, et lui permit de caresser son ventre encore plat. Lucien ferma les yeux. Au moins, le bébé lui survivrait, il porterait son nom. Le sang de son père coulerait dans ses veines. Cette pensée réconfortante l'émut au plus haut point.

— Je vais vous raconter mon rêve, Eva. Mais êtes-vous sûre d'avoir envie de l'entendre?

Elle eut un haussement d'épaules qui ne réussit cependant pas à le convaincre de son détachement : ses prunelles vertes brillaient toujours d'anxiété et de compassion. Pour une fois, elle ne s'échina pas à le convaincre de son indifférence – quoiqu'elle protestât, pour ne pas perdre la face :

— Envie? Non, Blackheath, évidemment que non. Mais on ne tire pas une femme d'un profond sommeil parce qu'on a l'esprit qui divague pour ensuite la planter là sans une explication.

— Donc, cela vous intéresse, rétorqua-t-il avec un faible sourire.

— Naturellement, bougre d'âne. Allez-y, je vous écoute. Parlez-moi de vos démons, et peut-être qu'un de ces jours, je vous présenterai les miens.

— Rapprochons-nous de la cheminée, j'ai froid.

Les flammes bondissaient allègrement dans l'âtre, repoussant l'air glacial qui se coulait sous les portes et rampait au sol. Leur thé ayant refroidi, Lucien saisit une carafe de vin sur un guéridon. Il remplit deux verres et en tendit un à sa compagne. Puis il reprit place sur le tapis et, après une hésitation, Eva s'assit à son tour, en tailleur, le dos bien droit – plus loin qu'il ne l'aurait souhaité, plus près qu'il ne s'y attendait.

Il aurait donné n'importe quoi pour s'allonger sur le dos, nicher sa tête dans son giron et ne plus bouger. Mais ç'aurait été déloyal de profiter ainsi de la sollicitude qu'elle lui témoignait.

Il replia une jambe et, le verre en équilibre sur son genou, commença son récit.

Elle l'écouta avec une extrême attention, sans jamais l'interrompre ni émettre un commentaire, sans ironiser ni se moquer de lui. Il lui raconta tout – tout ce qu'il avait tu à ses frères, car il était l'aîné, leur protecteur et qu'il avait un rang à tenir dans la hiérarchie familiale. À Eva, en revanche, il n'avait rien à prouver, rien à cacher, aucune raison de dissimuler quoi que ce soit, car elle était son égale.

Quand il se tut, il vida son verre, fixant d'un regard aveugle le feu crépitant.

— C'est toujours le même rêve, murmura-t-il. La première fois, j'ai considéré que c'était simplement un cauchemar sans la moindre signification, et je me suis empressé de ne plus y penser. Hélas, cela s'est reproduit. Régulièrement, puis chaque nuit. J'ai fini par craindre le sommeil.

« Il ne m'a pas fallu longtemps pour comprendre que ce songe était une réalité. Or, je ne pouvais pas mourir alors que ma sœur et mon plus jeune frère étaient encore célibataires. Mes parents, durant leur union, ont été si heureux, ils se sont tant aimés… je souhaitais un bonheur comparable pour ma sœur et mes frères. Alors, oui, j'ai arrangé les choses pour que Gareth et Charles se marient. C'est à ce moment que les rêves ont commencé à me visiter. Andrew venait de rencontrer Celsie, et j'ai profité de la situation. J'ai été abominable avec eux. Inhumain. Je n'ai qu'une excuse, j'étais aux abois. J'ai réussi, à force de manipuler les uns et les autres, à pousser Andrew à se marier. Il ne restait que ma chère Nerissa.

Il s'interrompit, se passa une main sur la figure.

— Tout ce que vous avez entendu sur l'affaire espagnole est exact, malheureusement. Mes motivations étaient louables, mes méthodes impardonnables. J'espérais que cette absence attendrirait le cœur de Perry, assez en tout cas pour qu'il rentre en Angleterre et demande la main de ma sœur. J'avais conscience d'outrepasser les limites, de tenter le sort, mais je m'enorgueillissais de mes succès avec mes frères et j'avais un serment à tenir. Je devais réunir ces deux jeunes êtres.

Eva ressentait sa douleur, crue, violente. Elle observa son noble profil, que soulignait la lueur des flammes.

— Un serment ? Lequel ?

Il tourna la tête vers elle et, soudain, au-delà du duc orgueilleux et tout-puissant, au-delà du personnage machiavélique, elle découvrit dans ces yeux noirs un être très différent de ce que les autres voyaient en lui, un individu doté d'une admirable force d'âme, d'un cœur sincère... Mais sans doute s'illusionnait-elle. Les hommes, d'après son expérience, ne possédaient pas la vulnérabilité et la sensibilité que Blackheath lui dévoilait en cet instant.

De nouveau, il fixa son regard sur le feu, les traits figés.

— Il y a très longtemps, alors que je n'étais encore qu'un jeune garçon, ma mère mit au monde son dernier enfant. Ses quatre premiers accouchements s'étaient bien déroulés, mais pour Nerissa, il en alla autrement. Les efforts de ma mère, sa bravoure, sa force ne servirent à rien. La sage-femme était elle aussi impuissante. Mon père, affolé, envoya chercher le médecin, mais celui-ci ne put aider sa patiente ni la sauver. Parfois, lorsque je suis seul avec mes souvenirs pour unique compagnie, j'entends encore les hurlements de ma mère.

Eva restait immobile, osant à peine respirer. Le duc contemplait les flammes, mais un tel chagrin se peignait sur son visage qu'instinctivement, Eva lui prit la main.

— Vous raillez souvent l'amour qu'un homme peut éprouver pour son épouse, Eva, pourtant, sur ce point, mes frères ressemblent beaucoup à notre père. Il aimait ma mère par-dessus tout. Il était si viscéralement attaché à elle que chaque cri qui, cette nuit-là, jaillissait du pauvre corps déchiré de sa femme était le sien, que chaque larme ruisselant sur les joues de sa bien-aimée était la sienne. Il était terrifié, fou d'angoisse. Il essaya de fuir ces hurlements de douleur qui le mettaient à la torture et grimpa quatre à quatre l'escalier menant aux appartements ducaux, en haut de la tour...

Blackheath déglutit. Eva serra plus fort sa main, redoutant d'entendre la suite.

— Je l'ai trouvé plus tard, murmura-t-il d'une voix rauque. Il gisait sur les marches de pierre glacées qui conduisent aux pièces que j'occupe à présent. Il avait les cervicales brisées, les joues encore humides de larmes.

— Mon Dieu...

— Dans sa hâte, il a dû trébucher et tomber. Je me suis agenouillé près de lui pour le prendre dans mes bras. Je me suis dit qu'il dormait, mais je savais bien que ce n'était pas vrai. Son cou formait un angle bizarre avec son épaule, ses yeux semblaient aveugles. Je l'ai tenu contre moi jusqu'à ce que le froid de la mort ait raidi son corps. C'est ma gouvernante qui m'a découvert là, des heures après. J'étais resté là car je pensais que, puisque j'étais destiné à hériter du titre de mon père, j'avais tous les pouvoirs du monde... y compris celui de le garder en vie. Hélas, ce n'était pas le cas. Je n'ai pas réussi non plus à garder ma mère en vie. Elle mourut peu après mon père.

Il esquissa un pâle sourire.

— J'avais dix ans.

Dix ans, Seigneur !

Submergée par la tristesse, Eva dut s'empêcher de l'attirer contre elle, comme l'aurait fait la mère que le destin lui avait arrachée, et de bercer ce petit garçon si cruellement éprouvé, précipité d'un coup dans l'âge adulte, obligé d'assumer les écrasantes responsabilités d'un duc.

Pas étonnant qu'il tienne tant à tout régenter, tout contrôler. Enfant, il avait été incapable de sauver le père qu'il chérissait, la mère qu'il adorait. Maintenant, il essayait d'infléchir le destin, de lui imprimer le cours qu'il souhaitait.

Comment l'en blâmer ?

Elle ne l'aurait pas cru hanté par une pareille souffrance, par de tels démons. Et jamais elle ne l'aurait imaginé capable de raconter sa tragédie personnelle à quelqu'un – surtout pas à elle. Pourtant, il l'avait fait, et cela la bouleversait profondément. Il était plus courageux qu'elle, taillé dans un bois plus résistant.

Soudain, les larmes lui montèrent aux yeux, et elle dut se détourner pour cacher son émotion.

— Bon sang, Blackheath, vous me donnez envie de vous étreindre et de pleurer sur le petit garçon que vous étiez alors, sur la terrible souffrance que vous avez dû endurer, dit-elle d'une voix tremblante.

— Je ne vous en empêcherais pas, si vous alliez jusque-là.

— Vous voulez que je vous prenne dans mes bras ?

Il la regarda et, sans fausse honte, murmura :

— Oui, j'en serais heureux.

Intimidée, elle s'approcha et lui entoura les épaules. Elles étaient si larges que le cercle de ses bras n'en faisait pas le tour. Elle sentit son cœur se serrer en songeant qu'il était sans doute bien frêle lorsqu'il lui avait fallu coiffer la couronne ducale et prendre soin de ses frères et de sa sœur. Elle appuya sa joue contre son dos, en proie à un chagrin qu'elle ne comprenait pas vraiment.

— Nous les avons enterrés le même jour, reprit-il tout bas. Lorsqu'on a descendu les deux cercueils dans la tombe, j'ai promis à mon père et ma mère d'être pour mes cadets le parent qu'ils ne pourraient plus être. J'ai fait le serment d'assurer leur bien-être, coûte que coûte, de veiller à jamais sur eux. J'ai juré que leur bonheur passerait avant tout – même avant le duché, si cela se révélait nécessaire, parce que je les aimais et n'avais plus qu'eux au monde.

— Mais vous avez franchi certaines limites.

— Oui, j'ai péché par excès de zèle. Par orgueil. J'ai respecté mon serment à la lettre, pris mes responsabilités trop au sérieux. Peut-être ai-je gagné en ce qui concerne mes frères. Malheureusement, avec ma petite sœur, j'ai échoué. Je voulais pour elle le bonheur et l'amour, or je ne lui ai apporté que de la souffrance. Je l'ai... détruite.

— Si seulement je pouvais vous délivrer de votre douleur, rendre son enfance au petit garçon que vous étiez...

— Je ne souffre plus autant, Eva. Tout cela est de l'histoire ancienne... même si, malgré toutes ces années, j'ai encore du mal à monter ces quelques marches au pied desquelles j'ai trouvé mon père mort. Ce genre de souvenir ne s'efface jamais, je présume.

— Non, en effet.

Ils demeurèrent un long moment ainsi, Eva étreignant les épaules de Lucien, deux âmes en peine communiant dans la douleur et la compassion et qu'apaisait le murmure mélancolique des flammes.

— Je vous aiderai à découvrir la vérité sur lord Brookhampton, dit enfin Eva. Mais, je vous en prie, n'allez pas en France. Par les temps qui courent, un Anglais y serait trop en danger.

— Je dois partir.

— Vous risquez votre vie...

— Quelle importance, puisque mes jours sont comptés, de toute façon ? Non, Eva, il vaut mieux que je consacre le temps qu'il me reste à réparer le mal que j'ai causé. Il m'est impossible de vivre en songeant à ce que j'ai infligé à ma sœur… et à celui qu'elle aimait.

— Oh, Blackheath, ne soyez pas si noble, cela vous mènera à votre perte.

— Le chagrin de ma sœur me tuera plus sûrement encore. J'ai un devoir à accomplir, Eva.

Eva secoua la tête d'un air incrédule.

— Écoutez-vous, Blackheath. Écoutez-nous, assis là comme… comme des amis et non des adversaires. Et, en plus, je m'apitoie sur le petit garçon que vous étiez.

— Ma chère Eva, avoir un cœur n'est pas si épouvantable.

— Un cœur n'est bon à rien, sinon à se briser. Cependant, vous… vous m'avez ouvert le vôtre sans crainte. Vous savez pourtant pertinemment que j'en ferais volontiers de la charpie. Pourquoi m'avez-vous raconté toutes ces choses, Blackheath ? Je ne me sens pas digne de vos confidences, de votre confiance. Je… je suis bourrelée de remords, désorientée.

Il dénoua les bras de sa compagne pour pivoter à demi vers elle et la dévisager. Son regard était si noir, si profond qu'elle eut l'impression de sombrer dans un abîme d'où elle ne pourrait jamais s'échapper.

— J'ai foi en vous, et je n'ai pas besoin que ce soit réciproque. La vie, Eva, ne fonctionne pas de cette manière. C'est seulement lorsqu'un être a le courage de donner qu'il reçoit. Je vous ai livré mon passé car j'ai confiance en vous. En retour, j'ai reçu votre compassion. Peut-être avons-nous semé les graines d'une amitié. Je ne vous demande rien, sinon de ne pas me juger en vous fondant sur les idées fausses que vous avez sur mes congénères. Considérez-moi comme un individu particulier, et non comme un mâle quelconque ne méritant que le mépris.

Il sourit, effleura du doigt le menton d'Eva.

— En dépit de tout, je ne suis pas vraiment un monstre, contrairement à ce que je veux parfois laisser croire.

Elle détourna les yeux, tiraillée entre des sentiments contradictoires.

Oh, Blackheath… j'aimerais tant vous faire confiance, avoir avec vous la relation que vos belles-sœurs ont avec leurs époux… Je voudrais que vous m'aimiez, que vous m'admiriez, que vous soyez tendre avec moi… et que vous ne me soyez jamais infidèle, que vous ne me délaissiez pas parce qu'une autre aura retenu votre attention. Je ne veux pas que vous m'abandonniez quand je ne vous amuserai plus. Mais, par pitié… n'attendez pas ce que je ne puis encore vous offrir. Et, s'il vous plaît… prouvez-moi que j'ai tort de détester les hommes.

La gorge nouée, elle l'étreignit de nouveau, de toutes ses forces.

Je vous en supplie, Blackheath, prouvez-moi que je me trompe.

Elle fixa son regard sur le feu, le cœur en déroute. Ce fut seulement quand elle sentit le pouce de Lucien sur sa joue qu'elle s'aperçut de ce qui lui arrivait. Elle n'aurait pas cru cela possible.

Elle pleurait.

En présence d'un homme.

Sans savoir pourquoi, elle se mit à rire à travers ses larmes. Son monde était sens dessus dessous.

20

À des lieues de Gingermere, dans ses appartements de Rosebriar Park, lady Nerissa de Montforte était pelotonnée sur une banquette de fenêtre.

Elle était seule. Elle entendait la famille qui dînait en bas, les rires des enfants, l'écho d'une musique. Comme ils avaient l'air heureux ! Mais elle n'avait aucune envie de se joindre à eux. Derrière la porte close de sa chambre, elle savait qu'un plateau l'attendait, que les plats refroidissaient, tandis qu'elle demeurait immobile, à contempler les champs qu'assombrissait le crépuscule. Elle n'avait pas faim.

Perry… Un sanglot se bloqua dans sa gorge.

Jamais auparavant elle n'avait envisagé de mettre fin à ses jours, mais elle était si désespérée que cette idée lui avait plusieurs fois traversé l'esprit depuis le départ de Lucien avec Eva. La vie était un peu plus supportable quand son frère aîné était là, qu'elle pouvait le haïr – sa souffrance avait au moins un objet sur lequel se fixer. La rage valait mieux que la détresse. En réalité, tout valait mieux que cette impression d'être enfermée dans une bulle, d'avoir l'esprit paralysé, seulement capable de ressasser des souvenirs, d'imaginer ce qui aurait pu être…

Lucien… Ses frères croyaient s'être vengés de lui en l'obligeant à épouser la belle Américaine, mais Nerissa avait la certitude que ces deux-là, peut-être en cet instant même, partageaient un lit douillet et faisaient ce que font les amants. Elle avait perçu la tension qui régnait entre eux, les regards brûlants qu'ils échangeaient. Elle avait remarqué que Lucien était fasciné, obsédé par cette femme qu'il ne pouvait posséder. Oh, lui et son Eva ne chercheraient pas Perry. Ils ne songeraient même pas à lui.

Désormais, elle ne croyait plus aux promesses. Surtout pas à celles de Lucien. Il lui avait juré de retrouver Perry, alors que ses manigances avaient provoqué la disparition du jeune homme, peut-être même sa mort.

Quant à ses autres frères, impossible de compter sur eux. Charles avait sa carrière militaire à mener, un domaine à diriger, une femme et une fille à aimer : il était trop occupé pour la chasse au fantôme. Gareth était accaparé par ses obligations de député, ses propriétés et sa famille. Andrew, pour sa part, n'était pas franchement doué pour la diplomatie et ne supporterait pas de quitter sa Celsie adorée, à présent qu'elle était enceinte. En outre, il était littéralement obsédé par le nouvel explosif qu'il s'efforçait de perfectionner.

En résumé, il n'y avait qu'une solution.

Elle irait elle-même à la recherche de Perry.

Elle se leva, emplie d'une détermination qu'elle n'avait pas éprouvée depuis des semaines.

Oui, elle le retrouverait elle-même. Pourquoi pas ? Elle était jeune, intelligente, volontaire et ne manquait pas d'argent. De plus, elle était une Montforte.

Nerissa ouvrit son armoire et entreprit de choisir les vêtements qu'elle emporterait. Pour commencer, elle revêtit sa tenue d'amazone, son épais manteau bordé d'hermine – elle l'avait sur elle lors de sa dernière promenade avec Perry –, ses gants, ses bottes…

Lorsqu'elle eut bouclé son bagage, il faisait presque nuit. Les nuages crevaient, la pluie fouettait les vitres. Nerissa avait horreur de l'humidité, mais ce temps maussade était le bienvenu : dans l'obscurité de cette soirée sans lune, son départ de Rosebriar Park passerait inaperçu. Ses frères ne remarqueraient son absence que le lendemain matin.

Ses chers frères…

Un moment après, elle écrivait un message d'adieu sur une feuille de papier vélin.

Mes très chers frères,

Je suis partie à la recherche de mon Perry. Dieu vous protège tous.

Affectueusement,

Nerissa

Elle plia cette courte lettre, la posa contre un bougeoir et souffla la chandelle. Puis elle prit son petit sac de voyage. Personne ne la vit descendre l'escalier à pas de loup, se glisser au-dehors et s'élancer vers les écuries.

Elle se mettait en selle quand, brusquement, la pluie redoubla de violence.

Sans un regard en arrière, Nerissa talonna sa jument et s'en fut au galop.

Le lendemain, à Rosebriar, les trois frères de Nerissa découvrirent qu'elle s'était enfuie et se lancèrent à sa poursuite, espérant la rattraper avant qu'elle ne quitte l'Angleterre.

À Gingermere, le cinquième duc de Blackheath épousa Eva Noring de la Mourière.

À la cérémonie auraient dû assister le souverain et son entourage, des personnalités politiques et toute l'aristocratie anglaise. Mais il n'y avait que le prêtre chargé de les unir, les fermiers des environs, les domestiques, des villageois et quelques hirondelles qui avaient niché dans la vieille église et gazouillaient, trissaient et chantaient sur les poutres de l'édifice.

L'obscurité se faisait plus dense de minute en minute, le soir tombait à toute allure. Dehors, le vent gémissait en se cognant aux murs de pierre, signe que l'orage n'allait pas tarder. À l'intérieur de l'église, il faisait un froid terrible, à donner des frissons à tous, y compris aux défunts qui reposaient dans la crypte.

Stoïque, immobile à côté d'Eva, Lucien écouta le prêtre prononcer les paroles rituelles, répéta après lui ces mots immémoriaux avec un étrange détachement.

C'était le jour de son mariage, le jour qui aurait dû être le plus heureux de sa vie, car on célébrait le triomphe de son nom, la perpétuation de sa lignée. Pourtant, il n'éprouvait qu'une curieuse indifférence, comme si la source de ses émotions s'était tarie.

Il ne s'agissait pas d'un vrai mariage, mais d'un pacte, d'un arrangement. Il s'engageait pour une brève histoire qui ne durerait que le temps qu'il lui restait à passer en ce monde. Il n'était pas question d'amour, mais d'assurer l'avenir de son enfant à naître, de proclamer solennellement qu'il porterait le nom qui lui revenait et jouirait des privilèges de son rang et de l'immense fortune familiale.

Il laissa son regard errer sur les « invités ». La plupart d'entre eux souriaient, leurs visages brillant dans la lueur des chandelles. Avoir l'insigne honneur d'assister au mariage d'un duc de Blackheath, en être même les uniques témoins, leur donnait sans doute l'impression d'être soudain devenus des personnages importants.

Lucien avait le cœur serré par un douloureux sentiment de solitude. De vide. Ses frères lui manquaient, sa petite sœur aussi. Sans eux, tout lui semblait insipide. Mais ils ignoraient que leur aîné se mariait aujourd'hui. Ils étaient absents car Lucien leur avait refusé le plaisir de le voir tomber dans le piège qu'ils lui avaient tendu.

C'était lui qui avait décidé que cela se passerait ainsi, n'est-ce pas ? Pourquoi, dans ces conditions, ne pas se réjouir d'avoir eu le dernier mot, comme toujours ? Pourquoi regretter d'avoir choisi cette vengeance secrète dont il était le premier à souffrir ?

La cérémonie s'acheva, au grand soulagement de Lucien. Eva avait la bague au doigt, tout était en ordre.

Il avait désormais sa duchesse.

Son épouse.

Une compagne, jusqu'à ce que la mort les sépare – ce qui, très probablement, ne tarderait pas.

Luttant contre l'angoisse qui s'insinuait dans son âme, il offrit son bras à la femme qui, pâle et glacée, se tenait près de lui. Vêtue d'une robe à la polonaise en soie d'Italie vert et or, elle n'avait jamais été aussi belle. S'arrachant à ses regrets, à sa tristesse, il se mit à imaginer de quelle façon il lui ferait l'amour quand ils rentreraient à Gingermere. De quelle manière il la dépouillerait de son élégante toilette pour qu'elle se torde de plaisir et crie sa passion.

— Ce ne fut pas si difficile, n'est-ce pas ? ironisa-t-il à mi-voix, tout en prenant la tête du cortège qui sortait de l'église.

Sur les marches, ils furent souffletés par le vent venu de la mer. Eva contempla les vagues qui déferlaient, s'étendaient au-delà des falaises jusqu'à l'infini. Les bourrasques entortillaient ses jupes autour de ses longues jambes. Lucien eut soudain la bouche sèche. Oui, elle était superbe, et il ne voulait plus songer qu'à elle, à ce qui les attendait à Gingermere.

— Comme ma mère le disait toujours, plaisanta-t-elle, se marier est chose aisée. *Supporter* le mariage est une autre paire de manches.

— Avec un peu de chance, vous n'aurez pas à me supporter trop longtemps, ma chère.

— Blackheath, franchement ! À vous entendre, on croirait que j'ai hâte d'être votre veuve.

— À mon avis, cette idée vous déplaît moins que celle d'être ma duchesse. Me faudra-t-il rester sur mes gardes, cette nuit, au cas où vous aspireriez à coiffer le voile de deuil plus tôt que prévu ?

— Je pense que vous êtes en sécurité, monsieur le duc, rétorqua-t-elle en lui lançant un coup d'œil malicieux sous ses cils baissés. Pour le moment, du moins.

Lorsqu'on amena la calèche, domestiques et villageois se bousculèrent autour de la voiture, riant et félicitant les nouveaux mariés. Déjà, on allumait des torches, dont l'odeur de poix se mêlait à celle des embruns. Les flammes orangées se reflétaient sur les visages réjouis. Lucien observa discrètement son épouse, silencieuse à ses côtés. Malgré le sourire qu'elle affichait, il devinait sa nervosité, ses doutes, ses craintes. On eût dit une figurine de porcelaine abandonnée dans le froid : ravissante, fragile, risquant au moindre mouvement brusque de se briser.

— Votre cape, milady.

Lucien prit le pesant vêtement des mains de la soubrette et le posa sur les épaules d'Eva. Puis il lui ôta son chapeau et remonta la capuche sur la chevelure de feu. Des mèches folles s'échappaient des épingles trop fines pour résister au vent marin. Il sentit que la jeune femme tremblait.

— Blackheath, protesta-t-elle, je ne suis plus une enfant…

— Chut.

Elle poussa un soupir d'impatience, mais ne le repoussa pas. Le froid rougissait ses joues, ses yeux étincelaient comme des joyaux. Était-ce le regret qui les faisait briller ainsi ? le désir ? Lucien n'aurait su le dire.

Il lui noua la capuche sous le menton, effleurant sa mâchoire d'un doigt caressant. Le regard d'Eva croisa le sien, et il y lut de la circonspection, le besoin éperdu d'être rassurée, convaincue qu'ils avaient pris la bonne décision. Il lui sourit, espérant que son calme lui redonnerait courage.

— Allons, ma chère, ce ne sera pas si pénible. N'oubliez pas, vous serez totalement indépendante, que je vive ou que je meure. L'enfant ne manquera de rien, et vous non plus. Vous n'avez aucune raison de vous inquiéter.

— Alors, je suppose que je serai heureuse à Gingermere, répondit-elle en esquissant à son tour un pauvre sourire.

Elle prit une inspiration, redressa le menton et considéra son mari de cet air hautain qui lui était familier.

— Si vous respectez votre part du contrat et ne vous avisez pas de menacer ma liberté, il se pourrait bien que ce… mariage ne soit pas une catastrophe.

Lucien l'aida à monter dans la calèche, à s'asseoir et la regarda arranger ses jupes.

— Qu'en pensez-vous, Blackheath ? Vous ne m'avez jamais dit ce que vous inspirait cette union. Vous retrouver marié ne sera pas une trop dure épreuve ?

— Je n'ai pas l'intention d'en pâtir, ma chère.

Elle haussa les sourcils, tout en glissant les mains dans son manchon de fourrure.

— Je n'en doute pas. Les hommes aspirent toujours au bonheur conjugal dans les premiers temps du mariage. Hélas, leurs bonnes résolutions s'évanouissent vite face à la réalité, au temps qui passe et à leur envie de distractions. Un mariage qui dure se gâte et pourrit, comme la viande et le mauvais fromage.

Il monta à son tour dans la voiture.

— Ma chère Eva, j'aimerais vraiment faire quelque chose pour vous, en l'occurrence vous délivrer de votre infernal pessimisme.

— Pff… comment le pourriez-vous ? D'ailleurs, vous ignorez tout du mariage. Alors que moi, ajouta-t-elle, je sais de quoi je parle. J'ai déjà parcouru ce chemin-là, contrairement à vous.

— Je vous garantis que notre mariage ne sera pas du tout ce que vous en attendez.

Elle lui décocha un regard apitoyé, secoua la tête et, retirant son manchon, tripota nerveusement son alliance. Elle semblait avoir du mal à s'habituer au contact de l'anneau.

— Pour un homme fait, Blackheath, vous êtes quelquefois bien naïf. Enfin, peu importe, je ne veux pas anéantir vos illusions. Vos yeux se dessilleront bien assez tôt.

— Non, madame, ce sont les vôtres qui s'ouvriront.

Elle lui adressa un sourire narquois. Manifestement, elle était persuadée que ses sinistres prédictions se réaliseraient.

— Je ne plaisante pas, ma chère. J'ai la ferme intention de vous prouver que, pour moi, le mariage ne sera pas l'atroce pénitence que vous nous promettez.

— Ah, oui ? Et comment comptez-vous y parvenir, je vous prie ?

— D'abord, je veillerai à ce que, au lit, vous soyez toujours satisfaite.

La pénombre ne réussit pas à dissimuler la subite rougeur d'Eva. Elle s'agita sur son siège.

— Et je présume que vous avez l'intention de me… *satisfaire* dès cette nuit ?

Les paupières mi-closes, il la dévisagea.

— Ou tout de suite, si vous le souhaitez.

— Après le dîner, ce serait préférable.

— Non… avant. L'amour nous ouvrira l'appétit.

Elle tourna vivement la tête, mais il eut le temps d'entrevoir la flamme du désir dans ses yeux voilés. Quand elle lui fit de nouveau face, elle le toisa avec condescendance.

— C'est bien d'un homme ! commenta-t-elle d'un ton dédaigneux. Vous ne pensez qu'à cela, c'est une idée fixe chez vous. Mais je dois vous reconnaître ça, Blackheath : vous l'avouez sans détour.

— Il me serait difficile de mentir à ce sujet, même si je le voulais, rétorqua-t-il en baissant les yeux sur son pantalon.

— Oh... si je comprends bien, en cet instant même, vous pensez à ça.

Un sourire paresseux, un brin égrillard, étira les lèvres de Lucien.

— Vous n'allez pas prétendre que vous n'y songez pas ?

Elle se remit à jouer avec son alliance.

— Évidemment que j'y songe. Mais ce n'est pas volontaire. La grossesse provoque des phénomènes bizarres chez une femme. Mon... appétit pour la chose – que normalement je jugerais répugnante...

Elle s'interrompit, déglutit.

— Bref, c'est uniquement dû au fait que mon corps ne m'appartient plus.

— Mmm... il vous appartenait, pourtant, lorsque j'ai planté cette graine en vous, n'est-ce pas ?

Elle prit une mine faussement offensée.

— Franchement, faut-il remettre ce sujet sur le tapis ?

— Je vous prie de m'excuser, murmura-t-il, souriant. Nous partons ?

— Ne nous attardons pas.

La calèche s'ébranla, ses roues crissant dans les flaques gelées. Bientôt, elle roulait à bonne allure. Lucien s'emmitoufla dans son lourd manteau de lainage et regarda par la glace de la voiture. Au nord, les hautes sentinelles mélancoliques des collines se découpaient sur le ciel obscurci. Au sud, on ne voyait que les falaises et la mer.

— Vous n'avez pas trop froid, ma chère ?

— C'est supportable.

Elle ne le regardait pas. Ses yeux pensifs scrutaient les vagues frangées d'écume qui déferlaient sur le rivage comme pour fuir l'orage imminent.

— On dirait qu'il va pleuvoir, fit-elle remarquer.

— Personnellement, je ne serais pas étonné qu'il neige.

— La neige et un froid de loup pour notre nuit de noces... Fichtre, quel heureux présage.

— Arrêtez, Eva, rétorqua-t-il posément.

— Que voulez-vous que j'arrête ? demanda-t-elle, sur la défensive.

— Vous vous évertuez à miner ce mariage. Je ne le tolérerai pas.

— Pardon ?

— Vous m'avez parfaitement entendu. Vous êtes résolue à ce que cette prophétie à laquelle vous vous cramponnez – à savoir que nous serons malheureux comme les pierres – se réalise à tout prix. Vous voulez démontrer que ce mariage sera un désastre épouvantable. Très bien, mais je vous le dis, Eva : si notre union est un échec, ce sera à cause de vous, pas à cause de moi.

Les yeux de la jeune femme se plissèrent, tels ceux d'une chatte en colère.

— Vous m'accusez de saper ce mariage avant même qu'il n'ait commencé ?

— Eh bien, oui, vous avez saisi.

Il sourit, étendit un bras nonchalant sur le dossier de la banquette.

— Alors, madame, qu'avez-vous l'intention de faire pour résoudre le problème ?

Elle le dévisagea en silence, à court de mots. Une fois de plus, il l'avait piégée. Si elle continuait à être aussi négative, il aurait raison. Mais si elle capitulait et tentait sincèrement de contribuer à la réussite de leur union, elle baisserait sa garde, exposerait son cœur à une mortelle blessure.

— Vous êtes un monstre, Blackheath, marmonna-t-elle en reprenant son manchon.

— Oui, en effet. Cependant, même les monstres répugnent à passer tout leur temps en armure, prêts à combattre. Je propose de conclure une trêve, d'essayer de tirer le meilleur profit de la situation.

Elle soupira et lui adressa un petit sourire contrit.

— Oui, bon, essayons. Je… je suis désolée, Blackheath. Vous n'avez peut-être pas tort.

— C'est une évidence, très chère. Après tout, j'ai toujours raison, n'est-ce pas ?

Éclatant de rire, elle lui donna un coup de manchon, pour lui ôter l'envie de se moquer d'elle.

21

Un festin les attendait à Gingermere.

Ils dégustèrent une succulente bisque de homard, de l'agneau qui grésillait encore dans son jus et qu'on leur servit nappé de sauce à la menthe et décoré de petits bouquets de persil, puis du poisson rôti agrémenté d'un filet de citron, des petits pains tout juste sortis du four et sur lesquels le beurre fondait en un clin d'œil, ainsi qu'une jardinière de légumes – carottes glacées au vinaigre, navets et autres délices hivernales. Chaque mets était remarquablement préparé, présenté sur un plateau d'argent puis disposé sur des assiettes en porcelaine. Éclairé par une dizaine de bougies, le cristal des verres scintillait.

Les domestiques de Gingermere avaient porté un toast à la nouvelle duchesse de Blackheath, un geste qui avait fissuré le carcan de glace sous lequel Eva s'efforçait de protéger son cœur.

Blackheath, avec sa façon de ne pas broncher quand elle l'asticotait, les regards ardents qu'il fixait sur elle, semblait également déterminé à abattre ses défenses, tel un général faisant le siège d'une forteresse.

Ses mots résonnaient encore dans l'esprit d'Eva.

Vous vous évertuez à miner ce mariage. Je ne le tolérerai pas.

Troublée, Eva but une gorgée de vin.

Je vous le dis, Eva : si notre union est un échec, ce sera à cause de vous, pas à cause de moi.

Le remords assaillit la jeune femme, étouffant la colère que, d'ailleurs, elle ne parvenait plus à attiser. Blackheath voyait-il juste ? Risquait-elle de leur ôter toute chance de bonheur ?

Mais je n'ose pas lui faire confiance. Ni à lui ni à aucun homme ! Comment le pourrais-je, après ce que Jacques m'a infligé ? Après le calvaire qu'a enduré maman avec mon père ?

Le dessert arriva, un fabuleux plateau de fromages composé de stilton, de cheddar et de cheshire, à savourer avec du céleri, des noix, ainsi que des oranges d'Espagne et de délicieuses cerises d'un beau rouge brillant.

Blackheath déclara aux domestiques qu'ils pouvaient se retirer. Puis il s'empara d'un couteau pointu et entreprit de peler une orange.

Malgré elle, Eva ne put s'empêcher d'être fascinée par ses mains, que mettaient en valeur les poignets en dentelle de ses manches. Des mains superbes. Habiles, puissantes, sensuelles. Dangereuses.

Le désir qui l'habitait dut se refléter dans ses yeux, car Blackheath esquissa un sourire lascif, tout en posant sur l'assiette d'Eva un appétissant quartier d'orange.

— Non, merci, je suis repue, protesta-t-elle en pressant une main sur son ventre.

— Ma chère épouse, vous avez mangé à peine de quoi nourrir un oiseau. Êtes-vous malade ?

— Non, simplement je…

Elle n'eut pas la force d'achever sa phrase, mais ses joues en feu, son incapacité à soutenir le regard de son mari furent sans doute tout à fait explicites pour un homme aussi subtil que Lucien.

Amusé, il suça le fruit divinement sucré.

— … je ne suis pas moi-même, conclut-elle piteusement.

— Mmm…

Il prit une cerise par la queue et, sans cesser de contempler Eva, la croqua.

— Il vaudrait peut-être mieux aller vous coucher.

— Vous n'avez pas tort… Évidemment, ajouta-t-elle d'un ton malicieux, puisque vous avez toujours raison.

— Félicitations. Je suis content que vous le reconnaissiez enfin.

Elle laissa échapper un petit rire nerveux. Lucien se leva, grand, imposant, très élégant dans sa redingote de velours indigo. Redoutable.

Le sang se précipita dans les veines d'Eva, des frissons lui parcoururent le dos. « Qu'est-ce que tu fabriques ? » lui criait une voix intérieure alarmée et offusquée.

Mais elle savait parfaitement ce qu'elle était en train de faire et, pour l'heure, n'avait aucune envie de ranimer en elle la rage dont la gentillesse obstinée de Blackheath l'avait dépouillée.

Sans parler de son commentaire qui, pareil à une flèche, avait mis dans le mille.

Vous vous évertuez à miner ce mariage. Je ne le tolérerai pas.

Alors, elle serait courageuse. Elle ferait taire le sentiment de vulnérabilité qui la tenaillait, elle oublierait le passé, elle tordrait même le cou à son orgueil qui regimbait devant l'étrange abdication de son corps… mais aussi, cette fois, de son esprit. Oui, elle balaierait tout cela et s'abandonnerait à ses sensations – cette crispation au tréfonds de son ventre, cette moiteur au plus secret de son intimité… et ce vide béant en elle, qui réclamait un seul et unique remède.

Qu'on le comble.

Blackheath se tenait à présent derrière sa chaise et la dominait de toute sa taille. Eva sentit la chaleur qui émanait de lui transpercer sa robe. Elle se raidit, attendit…

Il posa une main sur son épaule.

Cette main si belle qu'elle avait tant admirée quelques instants plus tôt.

Clouée sur son siège, Eva n'osait pas bouger, respirait à peine.

La main de Lucien était là sur son épaule, forte, possessive ; la manchette en dentelle chatouillait la naissance de son décolleté, le velours de sa manche lui frôlait la nuque.

Elle déglutit avec difficulté, déploya un effort considérable pour emplir d'air ses poumons.

Je désire cet homme. Je le veux. Pourquoi lutter contre ce qui semble si naturel, qui nous fait tant de bien à l'un et à l'autre, qui ne me blessera pas tant que je garderai le cœur froid ?

Souviens-toi de cela : ne t'éprends pas de lui – ne commets pas l'erreur qui te fut fatale autrefois. Offre-lui ton corps... mais ne lui donne jamais ton cœur.

Elle appuya sa joue contre la dentelle de la manchette, posa sa main sur celle de Lucien, la guida vers ses seins palpitants.

Les longs doigts glissèrent, jouèrent avec le liseré de son corsage. Immobile, Eva contempla le pouce qui décrivait de petits cercles sur sa peau crémeuse, le majeur qui s'aventurait dans la douce vallée qui séparait les globes de ses seins.

Elle ferma les yeux et poussa un soupir. Elle avait l'impression de fondre, de devenir toute molle, habitée par le besoin impérieux de se donner à celui qui était désormais son mari.

Délicatement, il lui prit le menton pour l'obliger à renverser la tête en arrière et à le regarder dans les yeux.

Elle lui offrit ses lèvres, goûta sur sa langue la saveur sucrée de l'orange. Puis, sans lui lâcher le menton, il s'écarta de quelques centimètres.

— Je crois qu'il est l'heure d'aller au lit, murmura-t-il.

Elle ne répondit pas. Étourdie, elle s'accrocha à son bras pour se redresser, mais ses jambes étaient incroyablement lourdes, comme coulées dans du plomb. Aussitôt, Blackheath la souleva de terre. Elle se blottit contre sa poitrine, contre son cœur qui cognait à coups redoublés.

Il prit le bol de cerises avant de quitter la salle à manger, au grand désarroi d'Eva qui se perdit en conjectures sur l'usage qu'il comptait faire des jolis fruits rouges.

Comme si elle ne pesait pas plus lourd que l'air ambiant, il monta deux volées de marches, en vainqueur pressé de savourer son trophée. En haut de l'escalier, sans hésiter, il tourna à droite et, sans bruit, remonta un couloir éclairé par des candélabres dont la faible lueur tremblante dorait sa peau.

Je veux cet homme. Que Dieu me vienne en aide, je le veux plus que tout au monde.

Il ouvrit une porte qu'il referma d'un coup de pied, passa devant une cheminée où flambait un bon feu et transporta sa jeune épouse jusqu'à l'immense lit aux tentures de damas bleu et or qui occupait une grande partie de la chambre.

Il la coucha sur le matelas, posa le bol en argent sur une table de chevet, en acajou comme l'ensemble du mobilier, puis déplaça le chandelier afin que la pénombre les enveloppe.

Lentement, méthodiquement, il dénoua sa cravate, ôta sa redingote et son gilet, tout en promenant son insondable regard noir sur une Eva frémissante. Dehors, le vent mugissait, la mer grondait au loin, le grésil griffait la fenêtre, derrière les rideaux qui la masquaient.

Mais Eva se sentait à l'abri, en sécurité. Dans cette chambre close, seule avec Blackheath – seule avec son ennemi intime, son amant, son mari –, elle était bien.

Lui continuait à l'étudier, tel un prédateur jaugeant sa proie. La lueur des bougies remodelait son visage, accentuait ses traits, le noir de ses yeux, de ses cheveux attachés en catogan. Le gilet atterrit sur un fauteuil.

Eva s'humecta les lèvres. Il était splendide. Semblable à nul autre. Plantant son regard dans celui de Lucien, elle retira l'un de ses peignes, une épingle, puis une autre. Sa chevelure, qui dans cette lumière tamisée prenait la couleur du cuivre, se répandit sur ses épaules, ses seins.

Blackheath la contemplait.

Elle sourit et s'adossa aux oreillers. Elle aussi le contemplait.

Il déboutonnait à présent ses manchettes, dont la dentelle somptueuse se répandait en écume sur ses longs doigts élégants. Le tissu léger de son ample chemise immaculée ondulait au moindre de ses mouvements. Eva l'observait, fascinée, la bouche sèche, incapable de détourner les yeux. Il leva les mains jusqu'à son cou et défit le bouton de son col, dévoilant une portion de peau mate qui contrastait avec la blancheur de la batiste. La jeune femme se mit à caresser machinalement une de ses lourdes mèches rousses, posée contre sa joue sur l'oreiller, tout en regardant avec une avidité non dissimulée celui qui était maintenant son époux se déchausser, déboutonner sa culotte aux genoux puis se redresser.

Il resta un instant immobile, soutenant son regard dans la lumière des bougies, avant de s'approcher du lit.

La main d'Eva abandonna ses cheveux pour aller se poser sur son cœur, qui battait follement sous son corset, brusquement trop serré. Elle avait du mal à respirer… mais aussi à ne pas bondir du lit pour se jeter telle une tigresse sur l'homme qui s'avançait et le précipiter à terre. Rester allongée lui était même si difficile qu'elle en tremblait de tout son corps. Ses lèvres s'écartèrent quand le duc déboutonna sa braguette, glissa les pouces sous sa ceinture puis fit glisser sa culotte jusqu'au bas de ses jambes, avant de s'en débarrasser en entraînant ses bas dans le mouvement. Enfin, il se tint pieds nus sur l'épais tapis persan. Seule sa chemise, dont l'ourlet lui arrivait à mi-cuisses, couvrait encore sa nudité. Le long vêtement ample narguait Eva en lui dissimulant l'excitation de son mari, mais lui dévoilait de longues cuisses musclées et des mollets d'une puissance athlétique et d'une grâce aristocratique.

La jeune femme eut un sourire admiratif devant tant de mâle perfection. Blackheath parcourut des yeux le beau corps féminin abandonné sur le lit, puis il empoigna sa chemise et la fit passer par-dessus sa tête.

Il s'immobilisa derechef pour contempler Eva, nu… orgueilleux…

Magnifique.

Elle déglutit avec peine, dans l'espoir d'humecter sa gorge, brusquement sèche comme le désert. Le moindre pouce de sa peau la brûlait, ses seins se tendaient douloureusement, son entrejambe était trempé de désir.

Son regard quitta le visage du duc, encadré d'une épaisse chevelure ondulée, noire et brillante, qui, détachée, tombait sans entrave sur des épaules puissantes, dont elle soulignait la largeur et la beauté. Les yeux d'Eva descendirent de la colonne puissante du cou jusqu'au buste splendide, aux méplats et aux creux dorés mis en relief par la chaude lumière des bougies, glissèrent du torse en V au ventre plat, cuirassé de muscles, parcoururent les hanches minces puis se posèrent – oh, oui – sur la preuve éclatante du désir viril.

Dressée dans toute sa gloire.

Blackheath attendait toujours que sa femme l'invite à la rejoindre.

Souriante, elle tendit la main sur la courtepointe, les doigts écartés, levant vers son compagnon des yeux brillants d'un désir qu'elle ne cherchait plus à cacher.

— Ne restez donc pas planté là, Votre Grâce… vous allez attraper froid.

Un léger sourire effleura les lèvres du duc, qui franchit les derniers mètres le séparant encore de la couche. Le matelas s'affaissa sous son poids. Quelques secondes plus tard, il était allongé près d'Eva et lui communiquait la chaleur de son corps tellement plus grand, plus puissant, plus fort que le sien.

Se redressant un peu, appuyé sur un coude, il la regarda dans les yeux, sans cesser de sourire.

— Je suis désolée, murmura-t-elle quand il lui caressa le sein.

Son corset poussait sa poitrine vers le haut, la dénudant à demi, n'en laissant qu'une partie dissimulée sous la soie miroitante.

— Il ne m'était pas venu à l'esprit que je minais notre mariage… continua la jeune femme. Je voulais juste éviter de souffrir encore.

— Je sais.

— Peut-être ne parviendrai-je jamais à vous donner mon cœur, Blackheath, mais vous pouvez compter sur ma loyauté et sur mon… mes efforts pour que tout se passe bien.

— Je n'en doute pas. Et cela me suffit… pour l'instant.

— Pour l'instant. Mais plus tard ?

— Mmm… plus tard ? J'ignore s'il y aura un « plus tard » en ce qui nous concerne, duchesse.

— Mais s'il y en a un ?

Il sourit, et, à cet instant, elle vit son âme dans ses yeux, aussi vaste que l'univers.

— En ce cas, j'aimerais que mon mariage ressemble à ceux de mes frères.

La main du duc s'agita sur le sein à demi voilé d'Eva, lui agaçant le mamelon, qui se transforma sous la soie fine en une petite pointe agressive.

— Qu'il repose sur la confiance et l'amitié. Que ma femme n'hésite jamais à me dire si j'ai tort… Et puis, j'aimerais avoir des enfants. Beaucoup d'enfants. Des tas d'enfants !

— Des filles ?

— Des filles, des garçons… peu m'importe.

Il s'empara d'une longue mèche rousse, où il se mit à passer ses doigts en peigne, effleurant le mamelon dur comme de la pierre chaque fois qu'il arrivait au bout de son parcours.

— Ce genre de chose finirait peut-être par me plaire… commenta Eva.

— J'irai jusqu'à dire que ce genre de chose te plaît déjà, très chère, murmura-t-il.

Il lui prit délicatement le menton ; elle se sentit soudain minuscule, fragile… chérie.

— Et maintenant, je me propose de te libérer de cette terrible prison de tissu et autres horreurs. Qu'en dis-tu ?

Bijoux, accessoires et chaussures ne tardèrent pas à s'envoler, bientôt suivis par la belle robe à la polonaise. Eva ne portait plus que son corset, sa chemise et ses bas lorsqu'elle roula sur le ventre, croisa les bras sur l'oreiller et y appuya la joue.

— Oh, oui…

Blackheath caressait le creux de sa nuque sous sa chevelure luxuriante. Déjà, une langueur sensuelle épaississait son sang, un désir douloureux la tenaillait. Elle brûlait d'envie de sentir les mains de son mari sur elle. Lorsqu'il glissa les doigts sous ses cheveux, qu'il releva doucement pour les écarter de son cou, rassemblant la lourde masse soyeuse avant de la pousser de côté sur l'oreiller, elle ne put retenir un soupir. Un souffle d'air frais courut sur sa nuque… vite remplacé par la chaleur suave, enveloppante d'une main virile.

Elle ferma les yeux tant elle se sentait bien, pendant que Blackheath lui caressait lentement le cou, puis s'attardait dans le creux entre ses omoplates. Les doigts agiles du duc passèrent un long moment sur la fine batiste qui seule séparait sa peau de celle de sa compagne, afin de masser un nœud de muscles. Ils reprirent ensuite leur descente pour aller délacer le corset d'Eva, la délivrant de sa prison, puis poursuivirent leur route jusqu'au creux des reins, à l'endroit où l'épine dorsale rejoignait les hanches. Là, ils s'attardèrent de nouveau en une chaude caresse.

— Si j'étais un chat, je serais déjà en train de ronronner, murmura-t-elle, tandis que son époux la soulevait légèrement pour la débarrasser du corset coincé sous elle.

La main égarée dans le bas de son dos alimentait encore le brasier qui la consumait en épousant la courbe rebondie de ses fesses.

— Mais tu es un chat, très chère. Ou plutôt une chatte, souple et lustrée, qui ronronne un instant puis griffe en crachant celui d'après.

— Mmm… ronronner ou griffer en crachant… Vous avez une préférence, Votre Grâce ?

— Non, du moment que ce n'est pas toujours la même chose.

— Alors, tire-moi davantage qu'un simple ronronnement.

— À tes ordres, duchesse.

Sur ces mots, prononcés d'une voix rauque, le matelas s'affaissa un peu plus, car le duc se penchait vers Eva. Il pressa ses lèvres au creux de ses reins à travers sa fine chemise, lui arrachant un soupir. Ses doigts se crispèrent de plaisir.

— Mmm… oui, je suis bel et bien en train de ronronner, maintenant.

Blackheath releva le tissu de sa chemise sur ses jambes, puis souleva Eva pour remonter le vêtement jusqu'à ses épaules. D'une main, il traça la courbe de ses fesses en continuant à taquiner d'une bouche humide le creux de ses reins, avant de remonter lentement le long de son épine dorsale en jouant des lèvres, de la langue, des dents pour infliger à chacune de ses vertèbres une caresse enivrante qui faisait vibrer le moindre de ses nerfs.

Elle releva la tête, le souffle court.

— Oh, Blackheath…

Indifférent à sa plainte, il continua de progresser lentement, vertèbre après vertèbre, sans cesser de caresser ses fesses nues. Ses mamelons lui faisaient mal, écrasés sous son corps, pressés contre la courtepointe ; le feu qui brûlait entre ses jambes devenait insupportable.

— Tu ronronnes délicieusement, duchesse.

Il glissait sa langue dans le moindre creux de la colonne vertébrale d'Eva et dessinait sur sa peau des cercles minuscules, que l'air de la chambre glaçait instantanément. Elle se tordait sur le lit en gémissant, consciente qu'elle n'allait pas tarder à déclarer forfait. Bientôt – dans un instant –, elle ne pourrait en supporter davantage. Il ne serait plus question de ronronner : elle se mettrait à feuler. C'est alors que son tourmenteur rabattit brusquement sa chemise et que la main, occupée jusqu'ici à caresser ses fesses rondes, alla se loger en contrebas, dans la fente sur laquelle venait de retomber le fin tissu.

— Oh, Blackheath, espèce de monstre !

Pour toute réponse, il éclata de rire, sans cesser de faire aller et venir ses doigts sur la batiste. Eva sentit la sueur perler sur sa peau contre l'oreiller, tandis que l'humidité accumulée entre ses cuisses trempait sa chemise, plaquée à son intimité palpitante. La pression de l'étoffe, que son compagnon frottait lentement contre sa chair si sensible, la rapprochait de plus en plus de la jouissance.

— Oh... oh... mais tu n'as donc aucune pitié ! Arrête... je t'en prie, arrête !

— Comment ! Mais je ne t'ai pas encore... préparée ainsi qu'il convient.

— Si tu continues tes préparatifs, les couvertures vont prendre feu sous mon corps.

Il se remit à rire. Sa main quitta l'intimité en feu d'Eva pour s'emparer une fois de plus de sa chemise. Le léger tissu remonta jusqu'à ses fesses, puis sur son dos, se répandant autour d'elle sur la courtepointe dans laquelle elle cachait son visage, tremblante. Un air frais partit à l'assaut de ses jambes dévoilées, soufflant doucement sur l'intérieur de ses cuisses. Les doigts du duc jouèrent sur ses mollets, lui agaçant la peau à travers ses bas de soie. Cette caresse faillit signer sa perte... mais non, elle parvint à garder le contrôle d'elle-même – et elle continuerait. Il n'était pas question qu'elle se laisse emporter maintenant, pas encore, même si elle n'avait qu'une envie : forcer ces doigts chauds et habiles à aller plus haut, à rejoindre l'endroit qu'ils venaient de quitter ; même si elle désirait Blackheath à en avoir mal ; même si elle mourait d'envie de sentir le membre dur comme du marbre qui heurtait ardemment sa hanche se loger en elle, la pénétrer.

Mais il ne la pénétrait pas.

Non, il embrassait, caressait le creux sensible de ses genoux... Il la retournait ; ses mains brûlantes et habiles dépouillaient son corps en feu de sa chemise comme elles avaient un peu plus tôt dépouillé l'orange de sa peau protectrice. Il ne porta les doigts à la gorge de la jeune femme que pour ouvrir son col, puis faire glisser la batiste sur ses épaules, les dénudant – la dénudant tout entière. Elle resta immobile, encore voilée par le tissu léger qu'elle avait mouillé de sa sueur dans son excitation, livrée au regard brûlant de son amant et à ses mains adroites. Lorsque, enfin, il retira ce dernier obstacle, ils se retrouvèrent peau contre peau, aussi nus l'un que l'autre.

Blackheath la contempla en souriant, admirant ses courbes sculpturales, sa peau empourprée, s'attardant à la jonction de ses longues cuisses blanches.

— Maintenant, je crois que l'heure est venue...

Le duc suivit du bout du doigt la vallée entre les seins de sa compagne.

— ... de te faire griffer en crachant...

Puis il continua en traçant sur sa lancée une ligne invisible qui descendit jusqu'au ventre d'Eva, la mettant au supplice.

Elle attendit, palpitante, si excitée, si prête à l'accueillir qu'elle se demandait s'il ne suffirait pas d'un simple contact supplémentaire pour la faire voler en éclats tel un verre de cristal.

Toutefois, il se garda de la toucher, hormis de son énigmatique regard sombre. Il se garda même de l'effleurer, se contentant de la fixer en souriant toujours tandis qu'elle se consumait de désir. Elle lui rendit son regard, à travers les mèches rousses emmêlées et humides qui lui tombaient sur les yeux.

— Et comment comptes-tu t'y prendre, Blackheath ?

Pour toute réponse, il laissa son sourire s'élargir… et tendit la main vers le bol de cerises.

Les yeux d'Eva s'écarquillèrent, mais elle ne pipa mot, fascinée. Il prit une cerise par la queue, avant de jeter à la jeune femme un regard en coin d'une malice extraordinaire. Les paupières mi-closes, il lui approcha le fruit de la bouche et le promena doucement sur sa lèvre inférieure, puis le long de sa lèvre supérieure à l'arc délicat.

L'ordre avait beau être muet, elle obéit en mordant la partie inférieure de la cerise. Son regard se riva hardiment sur celui de son époux, dont les yeux s'assombrirent encore.

Il se pencha pour embrasser le mince ruisselet de jus qui tachait de rouge la lèvre inférieure d'Eva. Tenant toujours par la queue le fruit entamé, il le promena sur la courbe blanche de la gorge offerte, avant de descendre jusqu'à la base d'un sein, qu'il parcourut jusqu'à une aréole engorgée, dont il fit le tour une fois, puis une autre. Le mamelon érigé fourmillait douloureusement quand la cerise humide le frôla sans interrompre son mouvement circulaire. Au contact de la pulpe moelleuse, mais aussi du noyau rugueux en partie dévoilé, Eva sentit une fois de plus la tension croître entre ses cuisses, au point qu'il lui fut bientôt impossible de retenir des gémissements de désir mêlé de souffrance. Ses paupières s'abaissèrent.

Elle haletait, elle brûlait, le corps couvert d'une pellicule de sueur. Ses yeux se rouvrirent juste à temps pour voir la bouche du duc se river à son mamelon taché, qu'il se mit à sucer et lécher pour le débarrasser du jus de cerise.

La jeune femme laissa échapper un petit cri, tandis que son corps se cambrait violemment. Il lui fallut toute sa volonté pour tenir la jouissance en respect. Ses mains se crispèrent sur les mâles épaules, ses ongles lacérèrent la peau tendue sur les muscles puissants, pendant que la langue de Blackheath jouait sur la perle rose raidie de son sein, l'irritait à force de caresses.

— Ah… ma féline sort ses griffes, murmura-t-il en s'écartant légèrement.

Elle le contempla, haletante. Il n'avait pas lâché la cerise entamée, qu'il faisait toujours tournoyer paresseusement par la queue entre le pouce et l'index. Son regard sombre recelait à la fois des promesses infinies et une incommensurable malice.

Puis, les yeux dans ceux de sa compagne, il porta le fruit à ses lèvres et mordit dedans à son tour, dévoilant un peu plus de pulpe rouge et de noyau pâle.

Sans détourner une seconde le regard, il baissa lentement la main jusqu'au-dessus du ventre d'Eva…

— Non ! Non, Blackheath… tu n'oserais pas !

— Oh, mais si…

À peine eut-il répondu, dans un chuchotement, qu'elle poussa un petit cri, car le fruit humide et froid s'était posé sur sa peau.

Le duc promena la cerise autour de son nombril, l'entourant d'une mince traînée de jus… puis descendit, provocateur, jusqu'à la limite supérieure du triangle roux soyeux. Elle se tordit de désir.

— Blackheath !

Sans répondre, cette fois, il se pencha pour suivre de la langue la piste rouge sucrée.

Eva ferma de nouveau les yeux, lorsque la bouche de son époux lui effleura le ventre, lorsque ses lèvres lui agacèrent la peau, y faisant naître des milliers de picotements délicieusement douloureux, lorsque sa langue emporta le jus suave. Elle savait ce qui l'attendait… Ô Seigneur, oui, elle le savait…

Et, en effet, il se redressa, mordit une fois de plus dans la cerise – il n'en subsistait guère à présent qu'un noyau, ourlé d'une pulpe rouge sombre –, puis, la tenant toujours par la queue, la promena autour des boucles cuivrées en écartant de sa main libre les jambes de la jeune femme.

— Ô mon Dieu…

Sans se départir de son sourire, il fit traverser le buisson ardent au reste de fruit, qu'il souleva légèrement avant de le laisser descendre entre les lèvres ouvertes de la féminité exposée.

— Blackheath !

Eva se cambra sur l'oreiller, submergée par des sensations extraordinaires, luttant contre l'inévitable.

Mais le duc se révéla impitoyable. Il guida d'une main sûre le minuscule globe humide jusqu'aux replis les plus intimes de sa victime, l'introduisit doucement entre les pétales de la fleur qu'il ouvrait du pouce et de l'index…

Ô mon Dieu…

Puis, tout en tenant Eva totalement, incroyablement ouverte, il posa la cerise contre son bourgeon engorgé, exposé au regard, à l'air froid, au noyau dur et glissant.

Elle se mit à sangloter. À se débattre. À geindre et à pousser de petits cris de désir étranglés. Elle lui griffa les mains, désespérément, mais il lui saisit les poignets, se pencha et entreprit de suivre, de la bouche et de la langue, la piste de jus suave qu'il venait de tracer en partant de son nombril… descendant jusqu'à sa toison brûlante, trempée, jusqu'au centre incandescent de son être, le bourgeon où la cerise avait achevé son trajet. À présent, il maintenait à deux mains les cuisses de la jeune femme.

La jouissance fondit sur elle. Elle hurla, se débattit si fort qu'elle se libéra, poussa frénétiquement vers le bas la tête de son amant, dont la langue impitoyable dansait sur son bouton durci et l'emportait toujours plus haut. Bientôt, elle griffait sauvagement les larges épaules de Blackheath, se contorsionnait sous lui, criait son nom. Elle en oublia même de respirer et faillit s'évanouir…

Lorsqu'elle reprit conscience de ce qui l'entourait, il se dressait au-dessus d'elle, la couvrant de son corps, lui tenant la tête, étouffant sous ses lèvres les râles de plaisir qu'elle laissait échapper, se glissant en elle profondément… si profondément…

Il l'emplissait.

L'étirait.

Elle se cambrait pour se porter à la rencontre de ses poussées impérieuses, qui accéléraient peu à peu, l'emportaient, lui arrachaient des plaintes de bonheur. Puis il se crispa un instant, donna un ultime coup de reins, et elle étouffa un cri contre l'épaule en sueur de son mari.

Épuisés, ils retombèrent sur le lit, à bout de souffle. Dehors, le grésil frappait les carreaux. Eva s'assoupit et, quand elle sombra dans l'oubli, ses bras étaient toujours noués autour de son époux.

Un doux sourire errait sur ses lèvres.

22

Lucien ne dormait pas.

Il veillait sur la femme qu'il tenait dans ses bras, tandis que derrière les rideaux, dans la nuit noire, le mauvais temps faisait rage. Il refusait de s'abandonner au sommeil, au repos que réclamait son corps, de crainte d'être de nouveau la proie de son atroce cauchemar. Mieux valait savourer ces moments, le parfum d'Eva, sa peau nue et soyeuse contre la sienne, le spectacle de ses seins ronds et de ses longues jambes sur lesquels tremblait la lueur des bougies.

Elle était si belle… Et ce soir, c'était la première fois qu'elle se donnait à lui sans contrainte, qu'elle se risquait à baisser sa garde pour lui accorder un peu de confiance. C'était la première fois qu'Eva, délaissant son personnage distant et dédaigneux, lui permettait d'entrevoir une facette plus douce, plus tendre, de sa personnalité.

Une facette qui plaisait énormément à Lucien. Il esquissa un sourire.

Maintenant que leur passion était assouvie, il avait conscience du froid qui régnait dans la chambre. Avec précaution, pour ne pas réveiller sa compagne, il remonta la moelleuse courtepointe sur leurs deux corps enlacés.

Elle ouvrit les yeux.

— Lucien…

Il se figea. Elle venait de l'appeler par son prénom. Pas « Blackheath », comme à l'accoutumée, ni « monsieur le duc », ni « Votre Grâce », mais simplement « Lucien ». Son cœur se dilata d'émotion. Ému, la gorge nouée, il murmura :

— Tu m'as appelé Lucien.

Elle roula sur le côté et, utilisant le bras de son mari comme un oreiller où nicher sa tête, elle le dévisagea. Ses yeux verts se mirent à pétiller, et ses lèvres pulpeuses, rougies par les baisers, esquissèrent un sourire taquin.

— Je me suis trompée de prénom ?

— Je ne me souviens pas que tu m'aies déjà appelé Lucien.

— C'est la première fois, en effet.

Inutile de lui préciser qu'elle ne l'avait jamais fait car elle craignait que cette marque de familiarité – d'intimité – n'abatte une des nombreuses barrières qu'elle tenait à garder érigées entre eux. L'appeler par son prénom eût signifié qu'il existait entre eux de l'amitié, de la confiance…

Pourtant, c'était ce qu'elle venait de faire.

Il effleura du doigt la mâchoire volontaire de la jeune femme.

— Redis-le-moi.

— Lucien…

Il eut un large sourire. Entendre Eva prononcer son prénom de sa voix douce suffisait à ranimer son désir. Il s'étendit contre elle, le bras toujours glissé sous sa tête, et plongea ses doigts dans une lourde mèche de ses cheveux.

— Tu me mets le cœur sens dessus dessous, murmura-t-il.

— Eh bien, monsieur le duc, s'il ne faut que ça pour te troubler, tu es peut-être plus facile à manipuler que je ne le pensais.

— Tu le crois vraiment, n'est-ce pas ?

— N'oublie pas que, moi aussi, j'aime les défis.

Ils restèrent enlacés, savourant cette paix toute nouvelle. Pour une fois, les magnifiques yeux verts d'Eva ne jetaient pas d'éclairs – Lucien y décelait même une lueur qui ressemblait fort à de l'espoir. La bouche sensuelle n'était pas crispée par le mépris, mais un sourire de très jeune fille en retroussait les commissures. Il poussa un soupir lorsque la petite main blanche de sa femme – une main pourtant capable d'estourbir n'importe quel mastodonte – redessina lentement le modelé de ses pommettes, puis son profil, du front à la pointe du menton.

— Tu ne m'as toujours pas raconté, dit-il, fermant à demi les paupières sous cette douce caresse.

— Quoi donc ?

— Comment tu t'y es prise pour que je m'évanouisse, à Paris.

Elle se borna à sourire. Il haussa un sourcil interrogateur, un brin autoritaire.

— Oh, d'accord, fit-elle.

Touchant de ses doigts fuselés les côtés de son cou, elle demanda :

— Tu sens ? Là, il y a des veines. Les jugulaires. Il suffit de trouver le point exact et de le comprimer pour provoquer une courte perte de conscience.

— Ah... tu as appris cela pendant que tu baguenaudais en Orient ?

Pour toute réponse, elle eut de nouveau un sourire mystérieux.

— Je devrais sans doute te présenter mes excuses pour ce que je t'ai fait cette nuit-là, mais je n'osais pas te laisser sans surveillance, avec la fiole d'aphrodisiaque à portée de ta main.

— Et moi, je devrais aussi te prier de me pardonner d'avoir chamboulé ta situation en France. Je ne me suis pas conduit en gentleman. Cependant, je ne regrette pas le résultat.

— Le résultat... Je n'avais pas compris que tes discours sur « les colonies » n'étaient qu'un leurre destiné à m'attirer dans un piège et qu'en réalité, tu soutenais le combat de ma patrie. Je savais seulement qu'à cause de toi, j'étais obligée de quitter Paris, que je n'étais plus en mesure de contribuer à éviter la guerre entre nos deux pays. Mais parfois le destin nous distribue de nouvelles cartes qui n'ont rien à envier aux précédentes… Je suis heureuse que tu aies prévu d'intervenir au Parlement, Lucien, pour y parler d'indépendance et de paix.

— Je te promets de contribuer autant que possible à la fin de ce conflit.

— Oui… oui, je pense que… je te crois.

— Il faut que tu me croies spontanément, d'emblée.

— Je ne suis pas très douée pour la confiance.

— C'est un don qui nécessite de l'entraînement.

— Mais j'y travaille, non ? Regarde-nous en ce moment, bavardant et élaborant des plans comme si nous étions des amis, et non des ennemis.

Les doigts d'Eva couraient, légers comme des plumes, sur la mâchoire de Lucien, qui sourit.

— Ma chère Eva, je ne t'ai jamais considérée comme mon ennemie.

Elle aussi sourit, mais s'empressa de détourner les yeux – pas assez vite cependant pour que le trouble et la confusion qui s'y reflétaient échappent à Lucien.

— Qu'y a-t-il ? demanda-t-il avec douceur.

— Tu penses que tes frères – en particulier Charles – me pardonneront un jour de leur avoir tendu cette embuscade ?

— Je suis certain que si tu demandes son pardon à Charles, tu l'obtiendras.

Il repoussa les cheveux collés aux joues de la jeune femme.

— C'est donc si important pour toi ?

— Oui… Car, vois-tu, Lucien, moi aussi je veux ce qu'ont mes belles-sœurs. Un mariage heureux, des enfants en pleine santé, un mari qui m…

Elle s'interrompit, rougit.

— Un mari qui me chérit et me respecte.

Il devinait le mot qu'elle avait failli prononcer.

— Il n'est pas inconcevable qu'avec le temps et un peu de chance, l'amour fleurisse entre nous, Eva. Mais c'est la confiance qui lui permettra de s'épanouir.

— As-tu confiance en moi ?

Il fixa sur elle ses yeux si noirs et si profonds.

— Oui, je te confierais ma vie sans la moindre hésitation.

Eva baissa les paupières, submergée par le remords. Quel courage il avait ! Il était prêt à tout risquer : son cœur, son orgueil et sa dignité. Était-il donc tellement plus fort et plus brave qu'elle ? Pourquoi ne pouvait-elle pas se comporter comme lui ?

Mais si, je le peux. Et je vais commencer sur-le-champ.

— Lucien, tu... balbutia-t-elle. Un jour, tu m'as posé des questions sur mon père, sur ce qu'il me... m'avait fait...

— Oui.

Elle déglutit avec peine. Elle avait les paumes moites, son pouls s'accélérait, la peur l'envahissait. Décider de faire confiance à Lucien était difficile. Plus difficile même que d'accepter de l'épouser. Elle n'était pas sûre de pouvoir aller au bout de l'épreuve qu'elle s'imposait.

— Tu souhaites me dire quelque chose, Eva ?

Elle prit une grande inspiration.

— Oui.

Le visage de Lucien se fit grave. Il attendit, silencieux et patient, lui donnant tout le temps dont elle avait besoin. Finalement, Eva ferma les paupières et laissa son esprit remonter les années.

— J'étais l'enfant unique d'un capitaine au long cours devenu marchand. Nous vivions à Salem, dans le Massachusetts. La ville des sorcières, ajouta-t-elle avec un petit rire nerveux.

Il ne fit pas de commentaire, contrairement à ce qu'elle avait craint. Allongé près d'elle, il la contemplait en silence, la laissait narrer l'histoire qui avait fait d'elle la femme qu'elle était devenue.

— Ma mère était la benjamine d'un baronnet anglais installé près de Bristol – un port très animé, tu ne l'ignores probablement pas. C'est là qu'elle a rencontré mon père. Il était grand, beau, charmeur. Un aventurier, le pire parti imaginable pour une aristocrate comme ma mère. Sa famille lui interdit de le voir, mais, naturellement, elle continua de le fréquenter et se retrouva bientôt enceinte. De moi. Mon père l'épousa, et la famille de maman coupa les ponts avec elle. Il l'emmena en Amérique, où il devint l'un des hommes les plus riches de Salem.

« Mes premiers souvenirs datent de ma petite enfance. Ma mère pleurait tandis que mon père se préparait à prendre la mer. À chacun de ses départs, la même scène se reproduisait. On entendait une mouche voler dans la maison ; l'air était si dense que j'avais l'impression de pouvoir le briser. Je n'osais pas parler, je me tenais loin d'eux. Je regardais mon père qui, les dents serrées, faisait sa malle, ma mère qui sanglotait bruyamment, un mouchoir dans une main, un flacon d'alcool dans l'autre, cherchant désespérément à retenir l'attention de son mari.

« En vain, car elle avait beau lui faire son grand numéro, il ne la regardait même pas. Et quand arrivait pour lui le moment de partir, il l'embrassait sur la joue – pour la forme, comme il aurait dit au revoir à un chien –, il m'ébouriffait les cheveux d'une main distraite, et c'était tout. Il s'en allait aux Indes ou en Orient et rentrait des semaines, des mois plus tard, avec une cargaison d'épices, de porcelaines et autres trésors exotiques qui me donnaient envie d'explorer moi aussi ces terres lointaines.

Eva sourit tristement et se mit à tripoter une mèche de ses cheveux cuivrés, à la tresser pour s'occuper les doigts.

— Oh, combien de fois l'ai-je supplié de nous emmener avec lui, maman et moi ! Mais, bien sûr, il a toujours refusé. Il se contentait de répondre que la mer n'était pas faite pour les femmes. De toute façon, même s'il avait accepté, maman ne l'aurait pas accompagné.

La tresse était terminée. Machinalement, Eva la défit et recommença une nouvelle natte, plus serrée, impeccable ; ses doigts, tout à leur ouvrage, s'agitaient de plus en plus vite.

— Mon père avait un physique avantageux, une sorte d'éternelle jeunesse. Il avait de la fortune, un charme dévastateur – le genre de charme auquel les femmes succombent immanquablement. Il était souvent en mer, mais lorsqu'il rentrait à la maison, embaumant le soleil, le vent et les embruns, il avait toujours un cadeau pour moi – un châle en soie, une corbeille de fruits venant d'un port du bout du monde.

Elle avala sa salive et considéra les trois brins de sa natte.

— J'aimais mon père.

Lucien sourit avec douceur ; la souffrance de sa femme lui brisait le cœur.

— Tu l'aimais ou tu le vénérais ?

— Un peu des deux.

Elle fixa les yeux sur lui et redressa son menton tremblant, s'efforçant vainement de demeurer digne.

— Je l'aimais… mais je ne savais pas que lui ne m'aimait pas. Jusqu'au jour abominable où…

Elle s'interrompit. Dehors, le vent hurlait. Un air glacé se faufilait dans la chambre. Lucien drapa la courtepointe autour des épaules nues de sa femme.

— Je ne comprenais pas pourquoi maman était toujours si malheureuse, si amère et si haineuse quand elle parlait de mon cher papa. Je ne m'expliquais pas pourquoi elle piquait des crises de rage lorsque je vantais les qualités de mon père, ni pourquoi elle débitait des horreurs sur les hommes d'un ton tellement venimeux. C'était si violent que, souvent, je m'enfuyais pour ne plus l'entendre.

— Que disait-elle ?

— Oh, la vérité… « On ne peut faire confiance à aucun d'entre eux », et aussi : « Ne tombe jamais amoureuse, Eva, cela ne servira qu'à te briser le cœur », etc. Des conseils que, naturellement, je n'ai suivis que quand il était trop tard pour moi. Mais je te raconterai cela plus tard. Où en étais-je ? Ah, oui… Je t'expliquais que je ne saisissais pas pourquoi ma mère détestait à ce point les hommes. Elle n'était jamais gentille avec mon père. Elle ne supportait pas qu'il s'en aille mais ne supportait pas davantage qu'il revienne. Elle invitait les dames de Salem pour le thé et fermait la porte pour que je ne l'entende pas critiquer méchamment mon père devant ces harpies et se poser en martyre – à l'époque, je jugeais cela injuste, déloyal. Mon Dieu, si seulement je m'étais doutée… C'est le jour de mes neuf ans que j'ai tout découvert.

Des larmes brûlantes roulaient sur ses joues. Lucien les essuya délicatement.

— Tu n'es pas forcée de poursuivre ton récit, si c'est trop douloureux.

— Non, j'ai commencé, je finirai, rétorqua-t-elle, le regard soudain farouche.

Il s'adossa aux oreillers, observant son épouse qui, de ses doigts tremblants, lissait la malheureuse mèche de cheveux puis recommençait une fois encore à la natter.

— Je n'en pouvais plus de vivre sous le même toit que ma mère, de la voir s'enivrer, de supporter ses diatribes contre mon père, le destin et les hommes en général. Ce n'était pas difficile pour moi de me glisser hors de notre maison, déguisée en garçon, et de rejoindre les gars qui se réunissaient sur les quais pour guetter l'arrivée des bateaux. J'essayais de m'imprégner de l'ambiance qui régnait dans le milieu des marins. Cela explique que, quelques années plus tard, il n'a pas été très compliqué pour moi d'adopter le costume masculin, de me fabriquer des références et de me faire admettre à Harvard. Les gars de Salem savaient que j'étais une fille et m'acceptaient, mais à Harvard, j'ai berné tout le monde. J'étais grande, athlétique, rapide et, comme j'étais une fleur tardive, en redingote et pantalon, je faisais illusion. Grâce à mes camarades de Salem, je savais me bagarrer. À Harvard, enchaîna-t-elle avec un petit rire méprisant, ces messieurs m'ont appris à me battre en gentleman. Bande d'idiots... Malgré toute leur instruction, ils n'ont jamais deviné que j'étais une femme.

Elle entortilla sa tresse autour de son doigt.

— Mais je m'égare... Un jour, alors que j'étais sur les quais avec mes amis, j'ai reconnu le bateau de mon père qui rentrait au port. Surexcitée, je me suis précipitée pour le saluer. Il ne m'a pas vue. Et moi, je me suis arrêtée net.

Elle s'interrompit, les traits figés.

— Il y avait une femme qui l'attendait. Je n'avais pas cru ma mère lorsqu'elle vilipendait la gent masculine, j'avais toujours défendu mon père, que je pensais... différent. Mais j'avais devant les yeux la preuve que ma mère ne se leurrait pas. Une preuve parée de soie et de bijoux que mon père avait certainement payés. C'était la plus belle femme que j'avais jamais vue. Mon père lui parlait gaiement, la couvait d'un regard débordant d'amour. Jamais il ne se comportait de cette façon avec ma mère. Puis il a offert son bras à cette femme, ils se sont éloignés... et mon univers s'est écroulé.

Lucien souffrait pour elle. Si seulement il avait pu alléger le désespoir qu'il lisait dans ses yeux...

— Il t'a trahie, murmura-t-il.

— Oui. Sur ce quai, pétrifiée, abasourdie, j'ai pris conscience que mon père était infidèle, non seulement à ma mère, mais à l'image que j'avais de lui. J'ai fondu en larmes. Les garçons que je considérais comme mes amis se sont moqués de moi. Ils ont dit que mon père avait tous les droits de se conduire comme il le faisait et qu'il était temps pour moi de regarder la réalité en face. J'ai couru jusqu'à la maison, où j'ai trouvé ma mère en train de boire. Je lui ai raconté la scène dont je venais d'être témoin. Alors, elle m'a avoué la vérité. Elle avait failli mourir en me mettant au monde, et les médecins lui avaient recommandé de ne plus jamais avoir d'enfant.

— Mon Dieu… souffla Lucien, qui eut envie de bercer dans ses bras la petite fille malheureuse d'autrefois qui n'avait, hélas, jamais surmonté son chagrin.

— Tu as l'esprit vif, Blackheath, je présume donc que tu imagines déjà la suite. Après ma naissance, mon père était si furieux que ma mère ne lui ait pas donné le garçon qu'il voulait, celui qui aurait hérité de son nom et de sa fortune, qu'il a cherché par tous les moyens à la punir. Il a eu maîtresse après maîtresse. Il se pavanait avec elles en présence de ma mère, assouvissait avec elles des appétits que son épouse ne pouvait plus satisfaire. Et voilà comment j'ai passé le reste de mon enfance. Mon père voyageait au loin et, lorsqu'il revenait, se précipitait dans les bras d'une femme – jamais la même –, tandis que ma mère s'apitoyait sur son sort et creusait sa tombe à force de boire.

Eva repoussa la fine natte qu'elle avait terminée, le regard sombre, une expression amère peinte sur ses traits.

— Elle a fini par mourir, ce qui lui a au moins permis de ne plus souffrir.

Lucien avait le cœur serré. Il comprenait tout, à présent. On avait inculqué à Eva, dès son plus jeune âge, l'idée qu'il fallait se méfier des hommes, car ils n'apportaient que malheur aux femmes. Il aurait donné n'importe quoi pour pouvoir étrangler le père d'Eva, ce triste sire qui l'avait si cruellement trahie. Et il ressentait le besoin de lui prouver que lui était différent, que jamais, au grand jamais, il ne la tromperait avec une autre.

— Et ce… ton père est-il toujours en vie ?

— Non, il est mort en mer, quelque part au large de Madagascar. Bon débarras.

— Eva…

Elle baissa la tête, cachant son visage dans ses mains. Ses boucles cuivrées ruisselèrent sur ses bras blancs.

— Je suis désolée, Blackheath. Je regrette qu'il me soit quasiment impossible de me fier à toi, à tes semblables ; je regrette qu'on m'ait ôté toute aptitude à la confiance. Je suis condamnée au même malheur que ma mère, condamnée à répéter continuellement les mêmes discours sur les hommes, à revivre sa pathétique existence…

— Eva, s'il te plaît.

— Pendant toutes ces années, elle m'a mise en garde, mais je ne l'ai pas écoutée… Je voulais l'inaccessible, et je la détestais parce qu'elle détruisait mon rêve, le conte de fées que je m'inventais, où je me voyais heureuse avec un bel époux qui m'adorait. Je lui en voulais d'avoir eu raison au sujet de mon père, de m'avoir appris à mépriser les hommes, à me méfier d'eux autant qu'elle. Nous étions en quelque sorte des alliées en même temps que des ennemies.

« Puis j'ai grandi. Mon corps s'est transformé, mes seins ont poussé, mon esprit s'est aiguisé. Partout où j'allais, j'étais entourée d'hommes. Je n'étais pas mécontente de séduire, j'appréciais le pouvoir que j'avais sur eux… le pouvoir de leur briser le cœur, comme mon père avait brisé le mien autrefois.

« Mais tous les compliments de ces messieurs ont causé ma perte. Je suis devenue faible, stupide. J'ai commencé à me dire que mon père était peut-être un cas très particulier, voire une exception. Que ce qui était arrivé à ma mère ne m'arriverait pas à moi, parce que…

Elle eut un rire amer.

— … parce que moi, j'étais forte. Alors, quand j'ai rencontré Jacques, qu'il s'est joint à mon cercle d'admirateurs, j'ai accepté de l'épouser. Il était superbe, comme mon père. Aristocrate, comme ma mère. Et aux petits soins pour moi… au début. Il n'a pas tardé à se montrer plus froid, distant. Un jour, je l'ai surpris au lit avec ma femme de chambre. Plus jamais je ne lui ai permis de me toucher. Et, à dater de ce jour, je me suis juré que je ne laisserais plus aucun homme tenir les rênes de mon existence. Que je ne m'attacherais plus à quiconque et que je ne souffrirais plus.

— Pourtant, tu m'as épousé, objecta-t-il avec douceur, sidéré par tout ce qu'elle avait sacrifié – ou cru sacrifier – pour l'enfant qu'elle portait.

— Tu m'as promis ma liberté. Tu es un homme de parole, de cela au moins je suis persuadée.

— Je veux ton bonheur, Eva. Non seulement pour ton bien, mais pour celui de notre enfant.

— Tant que tu respecteras ta promesse à propos de mon indépendance, Blackheath, je serai parfaitement heureuse.

— Et si le destin nous séparait ?

— Tu fais allusion à tes cauchemars ?

— Oui.

— Eh bien, j'emmènerais notre enfant en Amérique. Rien ne me retient ici, en Angleterre.

Lucien sentit le sang se retirer de son visage. Une coulée de glace se répandit dans tout son corps. *Oh, non, Seigneur, non.*

Le testament.

Eva le regardait, les sourcils froncés.

— Qu'y a-t-il, Lucien ?

Il se leva, enfila sa culotte, fourragea dans ses cheveux.

— Je crains que ce ne soit impossible.

— Bien sûr que si, c'est possible, répliqua-t-elle en riant. Il me suffit de prendre un bateau, et voilà.

— Non… tu ne peux pas.

Elle se figea. Crânement, elle essaya de riposter par ce rire désinvolte, narquois qu'elle maîtrisait si bien, ce rire grâce auquel elle dissimulait la blessure qui saignait perpétuellement au fond de son cœur.

— Allons, Blackheath, que veux-tu dire exactement ?

Il lui fit face, regrettant sa visite à son notaire, redoutant les conséquences de ce qu'il allait lui annoncer. Oh, palsambleu !

— Je veux dire que j'ai ajouté un codicille à mon testament, répondit-il à voix basse. Tu ne peux pas quitter l'Angleterre avec l'enfant, Eva. Que je sois vivant ou mort.

Elle le regardait fixement.

— Si tu mets au monde un garçon, il sera l'héritier du duché de Blackheath, expliqua-t-il. Et si c'est une fille, elle n'en sera pas moins ma chair et mon sang. J'en serai responsable. Il m'est impossible d'accepter que cet enfant soit emmené loin de son pays avant qu'il ait atteint sa majorité et soit en mesure de prendre lui-même sa décision.

Eva était livide, si pâle que son visage semblait modelé dans du marbre blanc.

— Eva, je te supplie de comprendre. Je n'ai pas agi ainsi pour te priver de ta liberté, mais pour protéger mon fils ou ma fille.

Elle descendit du lit, les narines palpitantes, les yeux durs – deux émeraudes où couvait une indicible fureur.

— Tu l'as fait parce que tu tenais à régenter ma vie et celle de l'enfant. Même depuis l'au-delà !

— Non, c'est faux. J'ai seulement pensé au bien-être de cet enfant et aux obligations qui lui incomberont du fait de sa naissance.

— Tu m'as dupée ! s'écria-t-elle en secouant la tête d'un air incrédule, comme si elle ne parvenait pas à assimiler la réalité. Je te croyais, Blackheath !

— Eva...

— Tu m'as bernée, tu m'as donné l'illusion que je garderais ma liberté, alors que tu avais déjà tout organisé. N'est-ce pas ? Tu voulais me persuader que j'étais indépendante, alors que ma fameuse indépendance n'existe pas. Elle n'a aucun sens à cause d'un simple codicille !

— Eva, écoute-moi, essaie de comprendre que...

— Oh, non, Blackheath, il n'y a rien à comprendre. Je te vois à présent tel que tu es : un homme diabolique, un monstre, ainsi que l'affirment tes proches. Un manipulateur imbu de sa personne qui ne supporte pas de ne pas tout contrôler !

Elle saisit ses vêtements, brutalement, et s'habilla à la hâte, oubliant son corset et ses jupons.

— Eh bien, cette fois, tu es allé trop loin, Blackheath. Tu garderas ton précieux tas de pierres ancestrales, ton précieux titre, tes précieuses obligations dues à ton rang, mais je te le dis, tu viens de perdre ta précieuse épouse !

Il donna un coup de poing dans le mur, lui qui s'énervait si rarement.

— Bon Dieu, Eva, écoute-moi !

— Non, Blackheath, c'est à toi de m'écouter.

Elle enfila les manches de sa robe, secoua sa jupe avec des gestes brusques.

— Je m'en vais !

Sur quoi, elle tourna les talons et sortit.

23

Il la suivit, comme elle s'en doutait. Un tyran, voilà ce qu'il était.

— Eva !

Elle ne ralentit pas l'allure. La tête haute, les poings serrés, en proie à une rage qui lui déchirait les entrailles, elle dévala l'escalier. Oh, elle méritait cent fois ce qui lui arrivait. Elle avait fait confiance à un homme, et voilà quel était le résultat. Mais quelle idiote !

— Eva !

C'était un ordre, lancé d'un ton rude. Parvenue dans le hall, elle saisit sa cape et pivota vers son époux.

— Ne m'approche pas, Blackheath, déclara-t-elle d'une voix qui tremblait de colère, de mépris de soi-même et de la douleur d'avoir été, une fois de plus, trahie.

Elle remonta maladroitement sa capuche sur ses cheveux.

— J'ai besoin de temps pour réfléchir. Accorde-moi un moment. Tu ne peux décemment pas me refuser ça, n'est-ce pas ? À moins que tu n'aies l'intention de m'enlever ma liberté de penser, comme tu m'as privée de celle de quitter le pays.

Il se campa devant la porte par laquelle elle prévoyait de s'enfuir et croisa les bras, le regard ténébreux, son corps, cette masse de robuste chair masculine, pareil à un rempart inexpugnable.

— Tu n'iras nulle part tant que nous n'aurons pas discuté.

— Non, Blackheath, tu es le seul à avoir besoin d'une discussion, de préférence avec toi-même ! riposta-t-elle, ulcérée par le ton autoritaire de son mari. Tu as grand besoin de réfléchir à ce qu'implique le fait de régenter la vie d'autrui, de décider pour les autres, de ne jamais respecter leur volonté. Avec tes frères, tes manigances ont peut-être été une réussite, mais je te jure que jamais tu ne gouverneras mon avenir. Ni maintenant ni plus tard, et certainement pas après ta mort !

Elle s'avança vers lui, sa jupe qui balayait le sol lui paraissant soudain lourde à traîner. Il lui semblait être constituée d'un fragile cristal près de se briser.

— Je te le demande une fois encore, Blackheath : écarte-toi de cette porte, laisse-moi seule quelques instants.

— Et même quelques heures, très volontiers, à condition que tu ne sortes pas, rétorqua-t-il, glacial.

— Te voilà geôlier, à présent ?

— Je suis ton mari.

— Tu es le fléau de mon existence et j'exige que tu me laisses passer.

Il ne bougea pas, les bras croisés, bloquant la porte.

— Non, tu ne sortiras pas. Il fait un temps de chien.

— Le diable t'emporte, Blackheath, je ne suis pas une enfant ! Si tu te soucies ne fût-ce que vaguement de ce que j'éprouve, laisse-moi passer.

— Dans l'immédiat, je me soucie infiniment plus de ta santé que de tes émotions. Tu vas faire demi-tour. On t'a préparé une chambre, un boudoir, un petit salon où tu pourras te lamenter sur ton sort. Et quand tu seras calmée, nous aurons une conversation plus approfondie.

Ils étaient face à face, l'un et l'autre résolus à ne pas reculer. Eva était blême de rage, une main crispée sur un pli de sa cape. Lucien demeurait immobile, pareil à une statue.

— C'est donc ton dernier mot ? lança-t-elle d'un ton aigre.

— Absolument.

Elle pivota, comme si elle ne supportait plus de le regarder. Lucien serra les dents, réprimant sa colère. Comment la situation avait-elle pu dégénérer de la sorte ? Il n'avait cherché qu'à protéger son enfant en le gardant en Angleterre, où il serait en sécurité. Il n'avait jamais voulu qu'Eva considère leur union comme une prison, il n'avait surtout pas voulu la rendre malheureuse. Il souhaitait simplement vivre avec elle, lui prouver qu'il était différent des hommes qu'elle avait connus.

Et il avait fait exactement l'inverse. Sans le vouloir, certes, mais le résultat était là.

Bon sang de bonsoir !

Le remords l'assaillit. Il aurait dû se douter que cette chose qui lui paraissait si naturelle – assurer l'avenir de son enfant, même d'outre-tombe – mènerait à une impasse.

Oh, bien sûr, il avait affaire à une Américaine. Une rebelle qui avait embrassé la cause de la *liberté*. Une femme qui, malgré son intelligence, ne saisissait pas qu'il était capital de préserver une puissante lignée aristocratique. Il avait cru qu'elle le comprendrait, qu'elle irait même jusqu'à le soutenir dans sa démarche. Il avait pensé qu'elle serait heureuse de rester en Angleterre, veuve, riche, dotée d'un pouvoir considérable.

Il s'était fourvoyé.

Il avait eu tort.

Alors qu'elle lui tournait toujours le dos, il essaya de la raisonner, de trouver un compromis.

— Est-ce donc si important pour toi de partir, Eva ? s'enquit-il d'une voix plus douce.

— Important ? Ah ! C'est essentiel. Ta vue m'insupporte. Tu me rends malade. Tu me dégoûtes. Je te certifie que, sauf si tu as l'intention de m'enfermer, je te quitterai, je me libérerai de ce mariage que j'ai eu la folie de contracter.

Ces mots transpercèrent le cœur de Lucien. Muet, les mâchoires serrées, il s'écarta. Pour une fois, il ne savait plus que dire ni que faire.

Tout aussi silencieuse, elle redressa le menton, franchit le seuil et s'éloigna dans la nuit.

Lucien referma la porte d'un coup de pied et demeura seul, le sang battant à ses tempes, les poings serrés, tandis qu'au-dehors, le vent gémissait et la pluie cinglait les carreaux.

La fureur le consumait. Il la sentait bouillir dans ses veines, palpiter dans son cœur qui semblait sur le point de s'embraser. S'il restait planté là, il craignait de perdre toute maîtrise de soi, de se conduire bestialement, vulgairement, de frapper quelqu'un. Jamais il n'avait été si près de perdre le contrôle.

Elle m'a quitté.

De violents tremblements le secouèrent.

Elle m'a quitté, sacredieu !

Jurant comme un charretier, il se rendit dans la bibliothèque et s'écroula dans un fauteuil, luttant contre son esprit et son corps en pleine révolte, s'exhortant au calme. En vain.

En désespoir de cause, il prit la bouteille de cognac et s'en servit une rasade. Mais il tremblait tellement qu'il eut du mal à porter le verre à ses lèvres. Il ingurgita l'alcool d'un trait, faillit s'étouffer, puis se redressa d'un bond et se mit à arpenter la pièce de long en large. Son visage, quand il l'entrevit dans un miroir, évoquait un ciel d'orage.

Eva devait avoir gagné les écuries. Vraisemblablement, elle était en train de choisir parmi les chevaux la monture la plus rapide, afin de s'en aller d'ici le plus vite possible.

Je ne la reverrai plus.

Il remplit de nouveau son verre, fourragea dans ses cheveux.

Je ne la reverrai plus.

Et il restait là, à tourner bêtement comme un lion en cage, sans ébaucher le moindre geste pour la retenir.

Dans quel abîme avait-il sombré ? Elle avait anéanti son cerveau, sa maîtrise de soi, tout ce dont il s'enorgueillissait. Comment s'était-elle débrouillée pour le plonger dans cette colère impuissante, cette incertitude, ce doute qui le dévoraient ?

Il reposa brutalement son verre, qui se cassa. Crénom de nom !

Elle ne s'en irait pas, ni ce soir, ni demain, ni jamais. Ils résoudraient leur problème, qu'elle le veuille ou non. Raide comme la justice, Lucien se rua dans le couloir, puis dans le hall, qu'il traversa en deux enjambées sans se soucier de prendre un manteau, et sortit à son tour dans la nuit.

Dehors, le vent le mordit aux joues. Le froid était tel qu'il eut l'impression que des milliers d'aiguilles de glace se plantaient dans sa chair. Mais, sans ralentir, il mit le cap vers les écuries. La lumière d'une lanterne brillait dans le bâtiment, dessinait des silhouettes. Elle était encore là, songea-t-il avec une satisfaction féroce. Il arrivait à temps pour l'empêcher de partir.

Il atteignait les portes des écuries quand elle les franchit, une cravache à la main. Derrière elle, un palefrenier à la mine inquiète menait par la bride une jument déjà sellée. Ce n'était pas raisonnable, se plaignait-il. Non, Sa Grâce n'était pas raisonnable de voyager en pleine nuit, par ce temps.

— Sa Grâce ne voyage pas, articula Lucien.

Eva leva vivement la tête et le découvrit, immobile dans le vent chargé de neige fondue. Une expression fugitive passa sur les traits de la jeune femme, dans ses beaux yeux de chat, et Lucien comprit qu'il venait de commettre une grave erreur.

— J'aurais dû me douter que tu interviendrais, murmura-t-elle avec un petit sourire venimeux.

La colère semblait l'avoir désertée. Elle n'était plus qu'un bloc de rancœur, de dédain.

— Malgré tout, tu t'échines à vouloir contrôler ma vie. Mon destin. Tu n'es qu'un misérable.

— Tu ne partiras pas dans cette tempête.

— Ah, écoute-toi, Blackheath... Tu es un vrai dictateur, n'est-ce pas ? Laisser un être humain diriger sa propre existence, lui reconnaître la liberté dont Dieu l'a pourvu, cela t'est impossible. Comment oses-tu te placer au-dessus du Créateur ?

Elle prit les rênes de la jument des mains du garçon d'écurie.

— Décidément, la vie ne t'a rien appris. Tu ne changeras jamais.

D'un mouvement souple, elle se mit en selle et toisa Lucien.

— Adieu, Blackheath. N'oublie pas que les choses auraient pu être différentes... si tu avais renoncé à cette toute-puissance qui t'est si précieuse.

Elle donna un coup de talon à sa monture. Lucien se plaça devant la jument pour l'arrêter.

— Eva, je t'implore de ne pas partir.

— Tu m'implores ? Toi, le duc de Blackheath, réduit à supplier ?

Elle ponctua ses paroles d'un rire flûté, moqueur. Mais il lut le chagrin dans son regard, il entrevit la blessure qui déchirait son âme, cette blessure qu'il lui avait infligée.

— Malheureusement, tu auras beau implorer et supplier, cela ne te vaudra que de l'humiliation... Oui, j'aimerais bien te voir humilié. Tu ne mérites rien d'autre. Et maintenant, écarte-toi de mon chemin. J'en ai terminé avec toi.

Lucien ne lâcha pas les rênes, malgré les efforts d'Eva pour avancer. Le grésil lui cinglait le visage, trempait ses cheveux et sa chemise.

— Pour l'amour du Ciel, si tu tiens absolument à t'en aller, permets au moins à Rothwell de te conduire au village. Je ne veux pas... enfin, tu ne peux pas t'aventurer sur les chemins par ce temps. Prends la calèche – si tu ne le fais pas pour toi, pense à l'enfant.

Malgré son orgueil farouche, Eva soupesa les arguments de Lucien. Puis elle détourna la tête, scrutant la nuit. Le grésil accrochait des perles de glace à la crinière de la jument qui, anxieuse, couchait ses oreilles en arrière. Les pavés de la cour luisaient, déjà glissants. Le vent forcissait de seconde en seconde.

— Eva… s'il te plaît.

Elle fixa sur lui un regard presque haineux. Sans un mot, elle déchaussa les étriers, sauta à terre et, avant qu'il ait ébauché un geste, regagna les écuries.

Rothwell pivota vers son maître, attendant ses instructions, mais Lucien contemplait le rectangle sombre par lequel Eva avait disparu.

— Attelez la calèche et emmenez-la au village, ordonna-t-il enfin. Il y a une auberge dans la grand-rue. Assurez-vous que le propriétaire lui procure une chambre confortable.

Là-dessus, Lucien pivota et s'éloigna. Il avait l'impression que, dans sa poitrine, son cœur n'était plus qu'une masse de plomb.

Jamais, de toute sa vie, il n'avait eu à prendre une décision aussi difficile.

24

Il retourna s'enfermer dans sa bibliothèque.

Il était tellement furieux qu'il ne parvenait même plus à réfléchir. Jamais – en tout cas pas depuis qu'il avait découvert son père mort – il n'avait été aussi près de pleurer. Il se versa un verre de cognac qu'il but d'un trait. Il était trempé, grelottant, mais il n'en avait cure. Il n'eut même pas l'idée de s'approcher de la cheminée pour se réchauffer.

Le regard fixe, il contemplait les lourdes tentures qui masquaient la fenêtre. Il lui fallut fournir un effort de volonté surhumain pour ne pas se précipiter sur ces maudits rideaux et les arracher afin d'entrevoir Eva lorsque, devant les écuries, elle monterait dans la calèche.

Il imaginait sans peine ce qu'il aurait vu : Eva, son épouse, sa duchesse, marchant de long en large en attendant que la voiture soit prête, ses yeux pareils à deux éclats d'émeraude. Elle avait sans doute encore sa cravache à la main et, impatiente, faisait claquer la mèche contre sa cuisse.

Il ne devait pas la rejoindre, il le savait. Il ne ferait que l'exaspérer avec ses tentatives maladroites et infructueuses pour empêcher cette folie, pour essayer de l'amener à le comprendre, à se réconcilier avec lui. Jusqu'ici, il n'avait réussi qu'à se faire haïr davantage.

Oh, et puis, qu'elle aille au diable ! Il avait vécu sans elle durant près de trente ans, il n'aurait qu'à continuer.

Ce ne serait pas si difficile. Bon sang, il était le duc de Blackheath ! Cela ne lui ressemblait pas de se ridiculiser en se pendant aux jupes d'une femme. Seigneur, si ses amis l'avaient vu dans cet état, ils se seraient tordus de rire !

Tournant le dos à la fenêtre pour mieux résister à la tentation, il vida de nouveau son verre. Mais le cognac ne parvenait pas à apaiser le tourment qui l'empêchait de rester assis, de mettre un semblant d'ordre dans ses idées. Il ne pouvait que pester, maudire Eva pour son entêtement, son refus de se montrer raisonnable.

Il saisissait la bouteille pour se resservir quand il entendit un claquement de sabots sur les pavés de la cour, accompagné du bruit des harnais de l'attelage qui s'ébranlait. Il se pétrifia, les mâchoires crispées, et ferma les yeux pour juguler les émotions qui menaçaient de le submerger. Il s'obligea à ne pas bouger, le temps que la calèche passe sous la fenêtre de la bibliothèque. Bientôt, le bruit de la voiture se perdit dans la nuit. Lucien pivota et, enfin, écarta les tentures.

Il distingua des traces fraîches de roues dans la fine couche de givre qui recouvrait le sol. Il déglutit, la gorge nouée, assourdi par les battements de son cœur.

Il n'y avait plus rien à voir dehors, hormis la nuit vide et ténébreuse.

Eva était partie.

On gelait, dans cette calèche.

Assise très droite sur la banquette, les nerfs tendus à se rompre, Eva s'efforçait d'effacer de sa mémoire la dernière image qu'elle avait eue de son mari – Lucien rentrant dans le manoir tel un loup mélancolique et fâché contre la terre entière.

Elle avait envie de pleurer, de laisser libre cours aux larmes qui lui picotaient les yeux. Elle se sentait lamentable, pitoyable. Car elle était fautive, bien sûr, responsable de ce désastre. Elle s'était fiée à un homme. Et aussitôt, il l'avait trahie. Elle non plus ne changeait pas.

Elle ne valait pas mieux que lui.

Elle enfouit ses mains dans les lourds plis de sa cape, écoutant le fracas des roues et des sabots des chevaux. Ils avaient à présent quitté le domaine et roulaient sur la route qui menait au village.

Blackheath se lancerait-il à sa poursuite ? Elle se força à ne pas regarder par la glace arrière de la voiture. En réalité, elle espérait qu'il la pourchasserait, lui donnant ainsi l'occasion d'entretenir sa fureur. Cette colère l'aidait à repousser la torturante pensée que, peut-être, il ne l'avait pas harcelée pour la dominer, contrôler ses faits et gestes, mais parce qu'il se préoccupait sincèrement de sa sécurité.

Parce que leur mariage ne lui était pas indifférent.

Parce qu'il se souciait d'elle.

Sornettes ! Il se moquait pas mal de tout cela. Il se souciait uniquement de son duché, du pouvoir que son titre lui conférait et qu'il entendait, avec sa morgue aristocratique, exercer sur tous les membres de son entourage sans exception.

En un mot, il voulait tout contrôler.

Le monstre ! Elle allait enfin respirer librement. Bon débarras !

Rothwell cria un ordre aux chevaux. La voiture tourna à gauche, et les roues dérapèrent sur le pont gelé qui enjambait un étroit bras de mer. Quelques instants plus tard, ils bifurquaient vers le sud, sur la route de la côte.

Le vent forcissait à mesure qu'ils approchaient de la mer. Il malmenait la calèche et ne facilitait pas la tâche aux chevaux, qui peinaient déjà à avancer sur le sol gelé rendu encore plus glissant par le grésil.

Elle éprouva une brusque bouffée d'anxiété qu'elle se hâta de refouler. Elle était à l'abri et en sûreté dans cette voiture ; sur ce point, au moins, Blackheath avait eu raison d'insister.

Elle s'adossa à la banquette, contemplant fixement l'obscurité.

Retourne à Gingermere.

Elle ferma les yeux, pressa le bout de ses doigts sur ses paupières et s'efforça d'ignorer la pernicieuse petite voix qui lui répétait : « Retourne là-bas, parle avec lui, essaie de comprendre sa façon de voir les choses. »

Pas question ! Elle ne s'humilierait pas devant lui, ne lui offrirait pas la possibilité – jamais ! – de prendre le dessus. Quel triomphe ce serait pour lui, si elle revenait vers lui, tête basse, penaude et déconfite !

Non, elle irait à l'auberge et passerait une bonne nuit de sommeil. Au matin, peut-être, quand elle aurait de nouveau la tête froide, quand elle serait de nouveau capable de réfléchir au lieu de se borner à ressentir, elle serait en mesure de penser à l'avenir. Dans l'immédiat, elle voulait seulement fuir et…

Les roues dérapèrent encore et, instinctivement, Eva se cramponna à la poignée de la portière. Ils étaient maintenant tout près de la mer, étendue d'encre liquide, infinie, effrayante qu'elle discernait à travers la vitre. Le vent, qui précipitait inlassablement d'énormes vagues sur la rive, bousculait la calèche, la faisait tanguer.

Eva était de plus en plus inquiète. Malgré la température glaciale, elle avait les mains moites. Peut-être devrait-elle suggérer à Rothwell de faire demi-tour et de prendre l'autre route, plus longue, pour rejoindre le village.

Peut-être serait-il plus sensé de regagner Gingermere.

Peut-être…

Elle poussa un cri lorsque la calèche dérapa encore, brutalement, d'un côté puis de l'autre. Elle entendit Rothwell hurler des ordres, un cheval pousser un hennissement terrifié. Puis, lentement, comme si la terre cessait peu à peu de tourner sur son axe, la voiture bascula.

Le verre explosa tout autour d'Eva, accompagné d'un horrible grincement métallique. Les jambes flageolantes, elle se redressa tant bien que mal et, levant le bras, chercha la poignée de la portière, là où, une minute avant, se trouvait le toit de la voiture.

La calèche était couchée sur le flanc.

Elle réussit à débloquer la portière et la poussa. Aussitôt, le vent s'en empara, la secouant violemment. Eva retira ses doigts de justesse, en jurant entre ses dents.

Rothwell tentait de calmer les chevaux ; l'un était tombé, l'autre, les yeux fous, semblait prêt à détaler à la première occasion.

Le soulagement d'Eva céda la place à la frustration et à la colère. Ce qui se passait ne l'étonnait pas. Jamais elle n'aurait dû permettre que ce Rothwell la conduise au village. Si elle était partie à cheval, comme elle le souhaitait, elle serait déjà arrivée. Ah, les hommes ! Tous des incapables, des imbéciles !

Elle en avait plus qu'assez. Elle préférait se rendre à pied au village plutôt que de passer une minute de plus en compagnie d'un membre du sexe prétendument fort.

Furieuse, à présent, elle s'agrippa à l'encadrement de la portière pour s'extirper de la calèche. Immédiatement, le vent repoussa sa capuche, s'engouffra sous sa cape, lui lança en pleine figure des giclées de grésil et d'embruns.

Elle se hissa par l'ouverture, les jambes pendant à l'intérieur de la voiture... et faillit hurler d'épouvante. À dix pas sur sa gauche, elle distinguait le bord de la falaise et, en contrebas, la mer immense.

Et Rothwell qui s'évertuait à apaiser le cheval tombé ! L'animal se débattait furieusement, toujours empêtré dans son harnais.

Levant les yeux, Rothwell vit Eva tout en haut de la voiture, prête à sauter à terre.

— Votre Grâce, ne bougez pas, je vous en supplie ! Je vous aiderai à descendre dès que j'aurai libéré ce cheval !

Mais Eva n'était pas d'humeur à patienter. Elle pivota pour passer ses jambes par-dessus le bas de la portière... juste au moment où le cheval resté debout, dont les sabots glissaient sur le sol gelé, réussit à reprendre son équilibre... et bondit en avant. La voiture retournée s'ébranla.

Puis, comme un boulet de canon, elle fonça droit vers le bord de la falaise.

Eva, projetée hors de la calèche, vola dans les airs avant de retomber et de rebondir rudement sur le sol, comme une balle. Elle battit l'air de ses mains, de ses pieds, pour tenter de freiner sa chute... en vain. Rien ne pouvait la retenir, tandis qu'elle dévalait la pente de la falaise.

Elle poussa un hurlement strident, essaya frénétiquement de se raccrocher à quelque chose, n'importe quoi. Mais les pierres, sous elle, se détachaient du flanc de la falaise, roulaient en tous sens, l'entraînant vers la mer écumante, à des dizaines de mètres en contrebas.

Elle cherchait désespérément une prise, plantait ses talons dans la roche, creusait des sillons dans la glace avec ce qu'il lui restait d'ongles. Elle avait les jambes entaillées, la jupe retroussée, enroulée autour de sa taille. Et elle continuait à dégringoler, de plus en plus vite...

Ce fut une saillie rocheuse qui l'arrêta. Elle eut l'impression que tout son corps se disloquait. Une douleur atroce la submergea. Une douleur qui prenait naissance au bas de son ventre et lui coupait le souffle. Une épaisse brume se répandit dans son esprit.

En bas, la mer se déchaînait. Eva, elle, ne bougeait plus. Le grésil enfonçait ses aiguilles glacées dans ses jambes. Elle était couverte de plaies.

Du sang s'écoulait entre ses cuisses.

— Au secours, balbutia-t-elle en levant la tête vers le ciel. Ô Seigneur, aidez-moi...

Il lui semblait que des poignards lui ouvraient le ventre. Il était trop tard, elle le savait.

Trop tard pour elle.
Trop tard pour son bébé.
Et bien trop tard pour revenir en arrière.
Elle posa son front sur la roche glacée et, le visage ruisselant de larmes, s'abandonna aux ténèbres.

25

Lorsque Lucien eut vidé la bouteille de cognac, le grésil avait cessé. Des flocons de neige glissaient à présent silencieusement sur les carreaux des fenêtres.

Il était affalé dans un fauteuil, sa chemise humide de sueur collant à son dos, les paupières mi-closes. Cependant, malgré tous ses efforts, son cerveau refusait de se laisser assommer par l'alcool.

Une autre bouteille, dans ce cas. Oui, voilà ce qu'il lui fallait. Il se redressa péniblement. Aussitôt, ses genoux se dérobèrent ; il s'effondra et manqua se cogner le menton contre le bord d'un guéridon. Il resta un moment couché sur le tapis, réalisant avec stupéfaction qu'il était ivre. Complètement soûl.

C'était la première fois de sa vie que cela lui arrivait. Jamais il n'avait accepté de perdre ainsi le contrôle de son cerveau, de son corps, et son esprit hésitait en cet instant entre un étonnement horrifié et un curieux dégoût de soi.

Il était soûl. Et pourquoi ?

À cause d'une femme.

Une femme qui l'avait dépouillé de son identité, de son sang-froid… et l'avait abandonné là, sur ce tapis, ballotté par une mer de cognac.

Au moins, il avait chaud, songea-t-il distraitement, submergé par une lassitude qui parvenait tout juste à étouffer les émotions qui lui broyaient toujours le cœur.

Il se releva, tituba, heurta un guéridon qui tomba, ouvrit une petite armoire richement sculptée et y pêcha une autre bouteille. D'une main tremblante, il remplit son verre puis retomba dans son fauteuil, en contemplant d'un œil vitreux la transparence ambrée de l'alcool.

Oui, il avait chaud. Il était bien. Il avala une gorgée.

Et elle ? Sans doute était-elle frigorifiée.

Eva, dehors par ce temps de chien, dans cette nuit d'hiver...

Il fronça les sourcils. Ça n'allait pas du tout. Elle était sa femme, sa duchesse. Elle n'aurait pas dû vagabonder en rase campagne, sous la neige, alors qu'il se vautrait dans les brumes de l'alcool.

Le silence régnait dans la demeure. Aucun serviteur à l'horizon. Heureusement, il y avait les meubles sur lesquels s'appuyer. Et, Dieu merci, il y avait le cognac pour se consoler.

Il quitta la bibliothèque et, chancelant, gagna le hall du rez-de-chaussée. Il se remémora de quelle manière Eva l'avait affronté, ici même, une heure... non, deux ou trois heures auparavant, peut-être même quatre. Il ne savait plus.

Il pouvait peut-être encore la rattraper. Elle devait être à l'auberge. Il irait la chercher et la ramènerait à la maison.

Il ouvrit la porte, s'y cramponna pour ne pas perdre l'équilibre, puis descendit les marches du perron en zigzaguant. Soudain, il trébucha et tomba de tout son long. Il s'aperçut alors qu'il avait oublié son manteau.

Bon Dieu, il neigeait. Il jeta un regard par-dessus son épaule, considéra l'escalier et estima qu'il n'était pas en état de le remonter. Il se remit debout avec difficulté et se dirigea vers l'allée, sombre et solitaire silhouette vacillant dans l'obscurité, nimbée de flocons de neige tourbillonnants.

Une part de lui – qui l'observait de loin, lui sembla-t-il – sentit le froid sur sa peau, que protégeait bien mal sa fine chemise mouillée de sueur. Il s'obligea à se concentrer sur ce qu'il était en train de faire : marcher, mettre un pied devant l'autre.

Il atteignit la route qui menait au village.

Eva... Ne savait-elle pas à quel point il était épris d'elle ? S'en moquait-elle ? Ne se rendait-elle pas compte qu'elle avait fait de lui une épave ?

Un pas après l'autre. Il titubait moins, à présent. Vaincu par l'air froid, l'effort, la concentration, le brouillard qui lui obscurcissait l'esprit se dissipait ; ses idées devenaient plus claires.

Et avec la lucidité revenait la souffrance.

Encore un pas, puis un autre... Sacrebleu, il gelait ! Il aurait vraiment dû prendre son manteau. Pourquoi ne l'avait-il pas fait ? Ah, oui, l'escalier. Trop haut, glissant, de quoi se rompre le cou.

Un pas, et encore un. Il regardait ses souliers s'enfoncer dans la neige fraîche. Tiens, il ne marchait plus sur la route. Mais où était-il donc ? Ah, oui, le pont.

Il percevait un bruit bizarre, qui paraissait émaner de lui. Ses dents. Il claquait des dents, tant il avait froid. Il s'enveloppa de ses bras, se frictionna, se donna des claques, et continua à se traîner sur la route côtière.

Le vent s'étant calmé, on entendait le lointain grondement des vagues qui, seul, peuplait le silence irréel de cette nuit sans fin.

Dans son dos, à bonne distance, retentirent des claquements de sabots, des cris. Des voix étrangement familières. Aucune importance. Il n'était pas question qu'il fasse demi-tour tant qu'il n'aurait pas retrouvé sa femme.

Avance.

De nouveau le silence, profond, lugubre.

Le temps s'écoulait, rythmé par le crissement de ses chaussures dans la neige. La tête baissée pour se protéger des flocons qui lui fouettaient le visage, soufflant des panaches de buée, il avançait.

Il était maintenant tout près de la mer. Il en sentait le goût sur ses lèvres, son fracas lui emplissait les oreilles.

Soudain, un mystérieux pressentiment le poussa à relever le nez. Il distingua alors, se fondant dans l'obscurité, un homme et deux chevaux.

Lucien s'immobilisa, en proie à une angoisse terrible qu'il ne put analyser, malgré ses efforts. L'alcool lui troublait encore l'esprit.

— Monsieur le duc !

Cette voix, charriée par d'ultimes rafales de vent, le fit sursauter.

Rothwell.

— Votre Grâce !

Le domestique se précipitait vers lui, glissant sur le sol gelé, les chevaux trottant à sa suite. Lucien s'ébroua. Rothwell. La calèche. Eva.

— Monsieur le duc, il y a eu un accident… J'ai essayé de l'aider, mais je n'ai pas pu…

Lucien fut immédiatement dégrisé. Jamais il n'avait été aussi lucide qu'en cette minute. L'effroi le paralysait.

— Où est-elle ? Que s'est-il passé ?

— La voiture s'est renversée, bredouilla Rothwell, pantelant. Elle a voulu sauter… elle est tombée… elle a dégringolé la falaise…

— *La falaise ?*

— Je venais vous chercher, monsieur le duc… je me suis dit que vous sauriez quoi faire… Elle a été arrêtée dans sa chute par une corniche, juste après le virage de Taverton. Je… je l'ai appelée, mais elle… elle ne répond pas, conclut Rothwell dans un sanglot.

Lucien l'agrippa par les épaules.

— Écoutez bien ce que je vais vous dire, la vie de la duchesse en dépend. Retournez à la maison et ameutez le personnel. Rapportez des couvertures, prenez des chevaux et l'autre voiture. Envoyez quelqu'un au village alerter le médecin. Et dépêchez-vous, mon vieux !

Ô Seigneur !

Lucien s'élança. Le virage de Taverton. Bon Dieu, si elle avait fait une chute à cet endroit…

Non, n'y pense pas. Ne prête pas attention à cette neige tourbillonnante, aux gémissements du vent. Ne te laisse pas aller à la peur.

Il courait dans ce paysage de fin du monde. À chaque inspiration, l'air froid lui cisaillait les poumons. Pourtant, il ne ralentissait pas, puisant en lui une énergie insoupçonnée. Pour Eva.

Soudain, juste devant lui, il vit le virage réputé dans la région pour avoir causé la mort de nombreux malheureux, car il rasait presque l'abîme. Il vit aussi la calèche renversée sur le flanc, la neige qui s'amoncelait déjà sur la portière toujours ouverte, les harnais formant sur le sol un amas de cuir et de métal.

Il atteignit le bord de la falaise… et se figea.

Elle était là. Six mètres plus bas. Telle une fragile poupée cassée, elle gisait sur une saillie rocheuse. La neige, pareille aux poignées de terre que l'on jette sur un cercueil descendu dans la tombe, recouvrait son corps.

Lucien recula d'un pas, les poings serrés, les paupières closes. Une telle souffrance déchirait son âme qu'il eut toutes les peines du monde à ne pas hurler son angoisse, rugir comme un fauve blessé.

— Eva ! appela-t-il. Eva, réponds-moi !

Elle ne bougea pas, ne leva pas la tête, n'émit pas un son. Elle était inconsciente… ou morte.

Le cœur serré, une boule au fond de la gorge, Lucien se cramponna de toutes ses forces à sa légendaire maîtrise de soi. Il retourna auprès de la voiture et entreprit de démêler les harnais avec des gestes d'automate. Il sentait de l'eau couler sur ses joues. Des larmes, comprit-il.

Je l'ai tuée.

Ses doigts gourds s'affairaient à défaire une agrafe de harnais, puis une autre.

Je les ai tués, elle et l'enfant. Elle avait raison. Je n'ai pas changé, je n'ai rien appris. En cherchant à contrôler tout le monde, j'ai provoqué la perte du bien-aimé de Nerissa et la mort de ma femme.

Il attacha deux brides ensemble. Les larmes continuaient à ruisseler sur son visage.

Je l'ai tuée... Oh, Eva, tu es enfin libérée de moi. Tu es libre, pour toujours.

Il se frotta les yeux d'une main furieuse, en vain. Il ne pouvait plus s'arrêter de pleurer. Quand il eut constitué une espèce de corde suffisamment longue, il la porta au bord du ravin et rassembla ses forces pour la sinistre tâche qu'il avait à accomplir, le dernier devoir d'un mari envers son épouse : ramener sa dépouille chez eux.

Il noua une extrémité de la corde autour d'un rocher, enroula l'autre autour de son poignet et entama la périlleuse descente.

Il n'était plus à présent qu'un monolithe d'implacable détermination, imperméable à toute émotion. Il ne pensait pas, ne ressentait rien, tout entier tendu vers son but : rejoindre la silhouette recroquevillée sur la corniche, sous son linceul de neige.

Il n'avait pas peur, bien qu'il sût qu'un seul faux pas lui serait fatal. Il avait tué Eva. Sans elle, la vie n'avait plus de sens. Il n'avait donc rien à craindre.

Lentement, il descendit le long de la pente abrupte, s'assurant, avant de poser le pied sur la moindre aspérité rocheuse, qu'elle était suffisamment solide pour supporter son poids. Le vent hululait à ses oreilles. Des dizaines de mètres plus bas, la mer se jetait inlassablement contre les récifs.

Il y était presque. Des pierres et des morceaux de glace dévalaient la pente, rebondissaient pour certains sur le corps d'Eva avant de s'envoler dans les airs pour plonger enfin dans les vagues. Chaque fois qu'un caillou heurtait sa femme, Lucien tressaillait. « Elle ne sent rien », se disait-il pour trouver le courage de continuer.

Encore deux mètres…

Brusquement, son pied glissa, et une violente douleur lui transperça la jambe. Il resta un instant suspendu dans le vide par la corde de cuir, le cœur battant à coups redoublés, avant que le vent ne le projette vers la paroi et qu'il trouve une autre prise.

Baissant les yeux, il constata que le sang imbibait son bas. Il se força à ne pas y penser. Ce n'était qu'une douleur physique, insignifiante par rapport à la blessure béante qu'il avait à l'âme.

Il jura cependant, car désormais, cette maudite jambe ne le portait plus – il s'était peut-être fait une entorse, à moins que sa cheville ne soit cassée. Tant pis. L'essentiel était d'atteindre son Eva.

Il acheva sa descente sur un pied. Arrivé près d'Eva, il s'assura avec précaution que la corniche sur laquelle gisait sa femme était assez solide. Alors, il prit une profonde inspiration et, le visage dénué d'expression, se pencha sur le corps glacé, rigide, de son épouse.

Il glissa son bras libre sous elle, si frêle et si petite dans la mort, et l'attira contre lui. La jolie tête dodelina sur son épaule. Le vent rabattait les mèches flamboyantes sur la figure de Lucien, et le parfum de ces cheveux qu'il avait tendrement caressés faillit avoir raison de sa volonté.

Eva… Oh, Eva…

Il la tint un long moment contre lui, luttant contre le chagrin, les larmes, l'envie de lâcher la corde de cuir et de capituler. Il n'avait plus rien à perdre, puisqu'il avait tout perdu.

À cause de sa morgue, de sa suffisance.

Il s'obligea à respirer lentement, pour se calmer. Puis il leva les yeux et scruta la paroi de la falaise. Ce ne serait pas facile. Pourtant, il devait ramener Eva à la maison. Elle était la duchesse de Blackheath.

Il passa le bout de la corde autour de la taille d'Eva, puis autour de la sienne, avant d'entreprendre la périlleuse remontée jusqu'à la route.

Il ne sentait plus ses doigts. Le vent, la neige et la glace ralentissaient sa progression, et sa jambe blessée n'arrangeait pas les choses. Il pouvait uniquement se servir de son genou – son autre jambe faisait tout le travail. Il s'arrêta une minute pour reprendre son souffle, la joue appuyée contre la roche. Puis il recommença de monter, s'accorda un autre moment de repos…

Enfin, il parvint en haut de la falaise, hissa son précieux fardeau sur la terre ferme, réussit tant bien que mal à détacher Eva.

Puis il s'écroula dans la neige, étreignit son épouse défunte et laissa libre cours à ses larmes. Des larmes qui ne se tariraient plus, semblait-il. Au contraire, elles enflaient comme un fleuve qui, une fois les digues rompues, inonde tout sur son passage. De violents sanglots le secouaient tout entier.

Il berçait Eva dans ses bras, la figure enfouie dans sa luxuriante chevelure.

Blackheath.

Il crut d'abord être en proie à des hallucinations nées de son esprit torturé, de son atroce sentiment de culpabilité. Il lui avait semblé entendre une voix prononcer son nom. Mais Eva était morte. Il la serra plus fort contre lui.

— Blackheath…

C'était un fantôme qui lui parlait.

— Lucien… tu… tu es là…

Non, ce n'était pas une voix d'outre-tombe. Hagard, sous le choc, il scruta le visage si pâle, les yeux mi-clos qui cherchaient les siens. Elle n'était pas morte. C'était un miracle.

— Eva…

— Je… j'ai mal… partout…

Seigneur, il fallait la réchauffer, la mettre à l'abri. La faire examiner par le médecin. Vite.

Il la souleva dans ses bras, puis, glissant sur la fine couche de neige, la transporta jusqu'à la calèche et la déposa entre les roues, où elle serait protégée du vent. Comme il regrettait à présent de ne pas avoir de manteau, de cheval ! Et comme il s'en voulait de ne pas être parti plus tôt à sa recherche, au lieu de se noyer dans le désespoir et de s'apitoyer sur son triste sort !

— Où as-tu mal, ma douce ?

Elle renversa la tête contre le plancher de la calèche, ferma les paupières.

— Lucien… je l'ai… perdu.

Il comprit aussitôt ce qu'elle voulait lui dire. Les mains tremblantes, il souleva précautionneusement sa jupe et ravala un cri. Ses cuisses et ses jambes étaient rouges de sang, et elle continuait à saigner.

Elle se mit à pleurer.

Muet, Lucien étreignit sa femme, qui sanglotait à fendre l'âme, la berça tendrement, submergé lui aussi par une souffrance si terrible qu'il pensa en mourir. Elle noua les bras autour de son cou, se cramponnant à lui ainsi que l'aurait fait une toute petite fille, se pressant contre sa poitrine comme si elle espérait disparaître en lui.

Lucien ferma les yeux. C'était sa faute. Voilà ce qu'il leur avait infligé, à elle et à leur bébé. En voulant à tout prix que leur enfant reste en Angleterre, soi-disant pour sa sécurité, il l'avait tué.

Il n'était qu'un assassin.

— Eva…

Que fabriquait Rothwell ? Pourquoi n'était-il pas de retour ?

— Je dois aller chercher de l'aide.

— Ne me quitte pas, Lucien… s'il te plaît.

Elle pleurait de nouveau. Son obstination et son orgueil indomptable l'avaient désertée, de même que sa vigueur, sa fougue. Il ne restait d'elle qu'une coquille vide. À cause de lui, elle n'était plus qu'une fillette pitoyable. Une fillette qui mourrait s'il ne la mettait pas rapidement à l'abri.

— Eva, écoute-moi, murmura-t-il en l'écartant doucement de lui.

Il plongea son regard dans celui de sa femme et eut l'impression de scruter le néant, un abîme de chagrin. Elle semblait n'avoir plus la faculté d'entendre, de comprendre.

— Eva… je vais chercher de l'aide. Il faut que tu restes ici, ma douce.

— Ne me quitte pas. Par pitié.

— Chérie, j'y suis obligé. Je vais revenir. Promets-moi de tenir bon, de demeurer bien éveillée, de retrouver toutes les raisons que tu as de me haïr. Pour continuer à lutter. Ne t'endors pas – ne me quitte pas, toi non plus. Je ne pourrais pas vivre sans toi.

Il baisa longuement le front glacé de son épouse.

— Ne me quitte pas, Eva, je t'aime tant.

— Ne… ne me quitte pas, répéta-t-elle dans un souffle.

Il l'aimait. Il le lui avait avoué, mais, engloutie dans sa douleur, elle n'avait pas compris.

Lucien se redressa, observa la calèche. Il n'aurait pas la force de la remettre sur ses roues. Oh, bon Dieu.

La neige virevoltait autour de lui, des flocons s'accrochaient à ses cils. Il tremblait de tous ses membres. Comment protéger Eva du froid ?

Tout à coup, il songea qu'il devait y avoir une couverture de voyage dans le coffre.

Clopinant, il contourna la calèche, réussit à ouvrir le coffre et, soulagé, en extirpa la couverture.

Eva avait fermé les yeux. Affolé, il l'agrippa par l'épaule et la secoua jusqu'à ce qu'elle rouvre les paupières.

— Ne me quitte pas, Lucien…

Que lui répondre ? S'il restait auprès d'elle au lieu d'aller chercher du secours, elle s'éteindrait dans ses bras. Il l'installa tout contre le plancher de la calèche et étendit la couverture sur elle. Puis il déposa un baiser au creux de ses paumes, avant de lui glisser les mains sous la couverture.

Il se releva, maudissant Rothwell qui aurait dû les rejoindre depuis longtemps. Eva le regarda, la peur dilata ses pupilles, puis elle referma les yeux.

Lucien pivota. Il fourra ses mains glacées, tout écorchées, sous ses aisselles pour tenter de les réchauffer et, traînant sa jambe blessée, s'éloigna. Le chemin serait long jusqu'à Gingermere.

26

Les cavaliers que Lucien avait entendus galoper dans la nuit n'étaient pas une hallucination d'homme ivre. Ses frères, partis à la recherche de Nerissa dès la découverte de la lettre d'adieu de leur sœur, avaient trouvé celle-ci à Southampton, où elle attendait un bateau à destination de la France.

Elle était maintenant en sûreté dans le carrosse qui les suivait, et les frères Montforte avaient décidé de passer quelques jours à Gingermere avant de ramener leur sœur furibonde à Blackheath Castle.

Couverts de neige et transis jusqu'aux os, ils pénétrèrent dans le hall de la demeure. Le chaos régnait.

Monsieur le duc et Madame la duchesse s'étaient querellés.

— Madame la duchesse ? bafouilla Charles, tandis que ses frères et sa sœur, stupéfaits, écarquillaient les yeux.

— Il l'a épousée hier soir, expliqua la gouvernante.

— Ils ont eu une terrible dispute et elle est partie, il y a une heure de ça, ajouta le majordome. En pleine tempête.

Là-dessus arriva un jeune homme frigorifié et totalement bouleversé. Il bredouilla que la duchesse était morte, qu'elle avait dégringolé en bas de la falaise, qu'il avait rencontré Sa Grâce – qui paraissait avoir beaucoup trop bu et qui se promenait dehors sans manteau, avec rien d'autre qu'une fine chemise pour le protéger du froid. Sa Grâce était descendue chercher la duchesse, et tous les domestiques de la maisonnée devaient partir l'aider et…

Heureusement, lord Charles était un militaire. Son sang-froid et son autorité naturelle ramenèrent le calme.

— Tout le monde se tait, ordonna-t-il d'un ton sec qui cloua aussitôt le bec aux domestiques en proie à la peur et à l'incertitude. Écoutez-moi, tous autant que vous êtes.

Il ne portait pas son uniforme, et de la neige fondue dégoulinait de son catogan, pourtant tous le virent comme l'officier que ses subordonnés craignaient et respectaient.

— Qu'on apporte une boisson chaude à cet homme, demanda-t-il en montrant le malheureux valet d'écurie qui grelottait. Comment vous appelez-vous, mon garçon ?

— Rothwell, milord.

— Bien. Racontez-moi exactement ce qui s'est passé, à quel endroit vous avez laissé la duchesse, et où vous avez vu mon frère pour la dernière fois.

Claquant des dents, Rothwell relata toute l'histoire, en se tordant les mains et en répétant à tout bout de champ que si seulement la duchesse n'avait pas bougé, elle serait encore en vie.

— Elle est dans le virage de Taverton, milord… Elle est tombée sur une corniche, à mi-hauteur de la falaise…

La mine sombre, Charles écouta avec attention le récit du serviteur. Dès que celui-ci eut terminé, il se mit à aboyer des ordres.

— Vous, là – il désigna un valet de pied –, quel est votre nom ? Peterson ? Bon, ouvrez bien vos oreilles, Peterson. Vous allez vous rendre au village et ramener le médecin ici. Et qu'il ne sorte pas de cette maison avant que mes frères et moi-même soyons revenus avec le duc et la duchesse. Partez vite.

Charles pivota vers la gouvernante.

— Votre nom ?
— Mme Cantwell, milord.
— Vous et votre personnel, préparez les chambres, faites du feu dans les cheminées, rassemblez toutes les couvertures que vous trouverez et arrangez-vous pour que des mets chauds et reconstituants nous attendent à notre retour. Ma sœur vous prêtera main-forte.
— Bien, milord.
— Et vous… Johnson, c'est cela ? Courez aux écuries, prenez vingt mètres de corde et sellez les chevaux sans perdre une minute. Il me faudra aussi une lanterne. Allons, hâtez-vous !
Charles prit ainsi la peine de retenir le nom de chacun, ce qui lui valut la gratitude de tous les serviteurs qui lui obéirent dès lors sans regimber, soulagés d'avoir quelqu'un pour les guider.
Quand Charles se fut assuré que chacun était à son poste et prêt à remplir la mission qu'il lui avait affecté, il demanda qu'on lui apporte des manteaux secs et, flanqué de Gareth et d'Andrew, ressortit à grands pas. Le temps pressait.

Lucien avait atrocement mal à la cheville. S'il en avait eu le loisir, il aurait déchiré sa culotte pour fabriquer un garrot de fortune, mais il n'y avait pas une seconde à perdre. Il devait atteindre la maison, sauver Eva… c'était tout ce qui comptait.
Mais sa satanée patte folle ne le soutenait plus. Il ramassa une branche par terre, qui, malheureusement, se cassa net quand il s'en servit comme d'une béquille. Il la jeta au loin et continua d'avancer sur une jambe, traînant l'autre qui lui semblait aussi lourde qu'un âne mort.
Soudain, une plaque de verglas lui fit perdre l'équilibre. Il s'étala de tout son long, se cogna rudement le menton et se mordit la langue. Il se redressa tant bien que mal, crachant du sang. Le froid lui donnait des étourdissements – il avait parfois la sensation que

sa tête se détachait de son cou pour flotter dans la nuit.

Alors, il se mit à ramper sur la mince croûte de neige qui tapissait le sol, indifférent à la souffrance de ses mains écorchées et gelées. Combien de chemin avait-il parcouru ? Il n'en avait pas la moindre idée.

Plus rien n'existait, hormis le froid, et l'unique pensée qui occupait son esprit, lui donnant la force de ne pas abdiquer : il devait regagner Gingermere, sinon Eva mourrait.

Ses paumes, ses doigts étaient épouvantablement douloureux. Cela devenait insupportable. Il réussit à s'agenouiller et, s'appuyant sur sa cheville blessée, se releva. Il fit passer tout le poids de son corps sur cette misérable cheville, la forçant à tenir, la punissant de le trahir au pire moment. Il ne lui permettrait pas de l'empêcher d'atteindre son but, sauver la vie de sa duchesse.

Il avait de plus en plus froid. La sueur qui imprégnait sa chemise avait gelé, raidissant le tissu, qui lui râpait la peau du dos.

Et la neige tombait toujours, murmurant et tourbillonnant autour de lui. Il s'arrêta un instant, à bout de souffle, et scruta l'obscurité. Il ne voyait rien alentour, n'entendait rien, hormis le chuchotement de la neige et, au loin sur sa droite, le grondement sourd de la mer.

Avance.

Bouger les jambes était une torture. Respirer, rester conscient, un calvaire.

« Promets-moi de tenir bon », avait-il dit à Eva.

« Toi aussi, tiens bon », s'ordonna-t-il.

Mais il était de moins en moins lucide. Sa volonté s'émoussait, son esprit et son corps ne lui obéissaient plus. Il grelottait de froid, de fatigue, de peur. Garder les yeux ouverts lui demandait un effort surhumain.

De nouveau, il tomba. Et, une fois encore, il réussit à se relever. Sa jambe blessée avait rougi la neige. Il avait l'impression qu'un poignard brûlant le fouaillait, mais cette douleur intolérable le tenait éveillé. Vivant.

S'il cédait à l'épuisement, s'il s'assoupissait, ce serait la mort, il le savait. Aussi s'obstinait-il, s'appuyant sur sa mauvaise jambe, se concentrant sur chaque pas, serrant les dents quand de violents élancements lui donnaient envie de hurler.

Il songeait à Eva, recroquevillée sous la couverture, seule, impuissante, agonisante sans doute. Sa survie dépendait de lui. Il n'avait pas le droit de l'abandonner. Mais où diable était Rothwell ? Pourquoi ne revenait-il pas ? Où étaient ses serviteurs ?

Et lui, où était-il au juste ?

Avance.

Tout à coup, sa jambe se déroba. Il s'effondra, glissa le long d'une pente et atterrit brutalement sur une plaque de glace qui céda sous son poids. De l'eau salée lui piqua les yeux, lui emplit les narines, l'étouffant à moitié.

Glacé jusqu'à la moelle, il parvint à remonter à la surface.

Le bras de mer. Il n'était plus très loin de la maison. Encore un effort…

Mais il avait trop froid, ses dernières forces le quittaient. Des éclats de glace pleuvaient sur lui, lui meurtrissaient le visage et la main qu'il agitait pour tenter de les écarter. Il s'enfonça sous l'eau… remonta de nouveau à la surface, bandant tous ses muscles pour remuer ses jambes, ses bras. Dans un ultime effort, il se hissa sur la berge, rampa sur le sol. L'eau lui léchait encore les jambes.

Avance.

Il essaya.

Avance, sacrebleu !

Sa figure heurta la rive gelée. C'était fini, son corps était vidé, exténué. Alors, Lucien chuchota les mots que jamais, durant son existence, il n'avait prononcés, qu'il n'aurait jamais imaginé prononcer un jour.

— Je… je ne peux plus.

Et il sombra dans l'inconscience.

Charles, une lanterne à la main, chevauchait Parfait, son étalon, et guidait ses frères vers le pont. Il refusait de penser à ce qu'ils risquaient de découvrir dans l'obscurité, refusait de se dire qu'il était peut-être déjà trop tard. Il ne voulait pas réfléchir. Il devait retrouver son frère et sa belle-sœur, voilà tout ce qui importait.

— Charles, attends ! s'exclama Gareth.

Il arrêta son fidèle Crusador au bout du pont ; derrière lui, le pur-sang gris d'Andrew, Newton, faillit le percuter.

— Regardez, il y a quelqu'un en bas, dans l'eau !

Charles suivit du regard la direction que Gareth indiquait et sentit son cœur manquer un battement.

— C'est Lucien ! dit-il.

Il sauta à terre et se précipita vers la berge. Saisissant son frère par les mains, il le tira hors de l'eau. Gareth et Andrew, accourus eux aussi, l'aidèrent à coucher leur aîné sur la rive sablonneuse.

— Seigneur, marmonna Andrew en découvrant le visage figé et blême du duc. Il est...

— ... mort ? souffla Gareth.

Sans répondre, Charles déchira la chemise de Lucien et colla l'oreille contre sa poitrine. Dans l'obscurité, ses frères à genoux, muets et horrifiés, observaient les flocons de neige qui s'écrasaient mollement sur les cils, la figure de Lucien.

Charles se redressa.

— Non, il respire encore. Vite, il faut l'envelopper dans une couverture et le hisser sur le dos de Newton. Vous le ramènerez à la maison et ferez le nécessaire pour qu'il se réchauffe. Empêchez-le de bouger quand il se réveillera, car il voudra repartir secourir Eva. Enfin... s'il se réveille, ajouta-t-il d'un ton sinistre. Morbleu, il empeste le cognac.

Gareth et Andrew échangèrent un regard surpris. Lucien n'avait jamais été du genre à abuser de la boisson. Mais ce n'était pas le moment de s'interroger sur ce point. Tous savaient qu'un malheur avait dû arriver, pour que leur aîné soit dans ce triste état. Vraisemblablement, la duchesse était morte.

— Reviens parmi nous, Lucien, dit Gareth avec un entrain qui sonnait faux, tandis qu'ils roulaient leur frère inconscient dans une épaisse couverture de laine. Ça va aller.

Alors qu'ils l'installaient en travers de la croupe de Newton, Lucien remua.

— Eva…

Charles se pencha vers lui.

— Où est-elle, Lucien ?

— Le virage… Taverton… contre la calèche. Tu dois la sauver, Charles. Je… je m'en remets à toi…

Charles était habitué à ce que les gens s'en remettent à lui et il se flattait de mériter leur confiance, mais il était comme tout le monde : impuissant face à la mort. Cependant, il déclara, en pressant fortement la main de Lucien :

— Je te la ramènerai. Je te le promets.

Après quoi, il ordonna à Gareth et Andrew de reconduire Lucien à Gingermere et, sautant en selle, talonna Parfait qui s'élança au galop.

Un cheval.

Elle entendit claquer les sabots, malgré le vent et le grondement de la mer qui la berçait et avait bien failli, depuis que Lucien l'avait laissée là, l'endormir. Mais elle avait juré à son mari qu'elle ne s'assoupirait pas. Elle avait tenu parole, et à présent, elle entendait un cavalier s'approcher à toute vitesse. On venait la chercher. Les larmes lui montèrent aux yeux.

Oh, Lucien…

Elle tourna la tête, au prix d'un terrible effort. Effectivement, un cavalier se dirigeait droit vers elle. Le bras levé, il brandissait une lanterne, et cette lumière brillait comme l'étoile du berger. Eva était agitée de tremblements convulsifs, à présent. Son calvaire s'achevait. Lucien était de retour.

Mais… non, ce n'était pas lui. La silhouette du cavalier avait pourtant quelque chose de familier. Il arrêta sa monture juste devant Eva et mit pied à terre. La lanterne éclaira son visage, qu'Eva reconnut immédiatement.

Aussitôt, elle se remémora la façon dont elle avait frappé cet homme alors qu'il tentait, comme maintenant, de l'aider.

Elle fondit en larmes.

— Madame la duchesse, murmura-t-il d'une voix vibrante de gentillesse, je suis là pour vous ramener chez vous.

— Lucien…

— Il n'est pas au mieux. Il a besoin de vous.

Il s'accroupit, solide, efficace et, oui, inquiet pour elle – quand il aurait dû la détester.

— M'autorisez-vous à vous aider ?

— Vous ne me donnez plus d'ordres ? balbutia-t-elle, glissant sa main glacée dans la sienne.

— Non, Votre Grâce. Je suis désormais votre inférieur.

Sa bonté la bouleversa. Elle l'avait pourtant traité d'une façon si méprisable… Elle l'avait blessé ! Les larmes, de nouveau, coulèrent sur ses joues. Elle n'était pas digne de sa sollicitude, elle ne méritait pas qu'on l'aime. La mort serait pour elle un juste châtiment.

Charles, qui était un gentleman, feignit de ne pas remarquer ses pleurs. Elle tenta de se redresser. Impossible, elle était à bout de forces. Sans commentaire, il la souleva dans ses bras et, resserrant autour d'elle son manteau et la couverture, la porta jusqu'à son cheval.

Elle ne comprit pas comment il se débrouilla, cependant il réussit à l'asseoir en selle et, sans la lâcher, à se hisser derrière elle. La serrant contre lui, il fit faire demi-tour à son cheval.

Il était si robuste, si chaud… Elle sentait l'odeur de laine mouillée de sa pelisse, les muscles d'acier de son bras qui la tenait. Elle en était rassurée, réconfortée, comme elle aurait pu l'être en compagnie d'un frère.

Un frère. Seigneur, elle ne méritait pas cela.

Il obligeait son cheval à marcher lentement sur le terrain glissant, pour ne pas secouer Eva qui souffrait le martyre. Elle éclata en sanglots, sans plus se soucier de ce qu'il risquait de penser d'elle. Elle n'en était plus à vouloir coûte que coûte prouver la supériorité des femmes.

Il demeurait silencieux.

— Je suis tellement désolée, Charles, hoqueta-t-elle. Pourquoi êtes-vous si gentil avec moi, après ce que je vous ai infligé ?

— Je considère que chacun a droit à une seconde chance.

— Mais je vous ai frappé, humilié, et vous... vous me sauvez la vie. Mon Dieu... je regrette tant...

— Tout va bien, Eva, je vous ai pardonné. Calmez-vous, à présent. Économisez vos forces. Mon frère a besoin de vous. Nous avons tous besoin de vous.

Elle se tut, à l'abri dans les bras de son beau-frère. Elle ferma les yeux et, tandis que les bienveillantes brumes de l'oubli s'insinuaient dans son esprit, elle comprit qu'elle faisait fausse route depuis le début. Elle avait mal jugé les hommes. Elle s'était trompée à propos de Lucien.

Elle avait eu tort de A à Z.

Si elle survivait, elle devrait se racheter.

Changer.

27

Ils formaient une famille, aussi se rassemblèrent-ils autour d'elle, pas seulement pour ce qu'elle représentait aux yeux de Lucien, mais parce qu'elle était désormais l'une des leurs.

Nerissa prit en charge les devoirs de la maîtresse de maison avec une efficacité innée. On manda d'urgence les meilleurs médecins. Charles, Gareth et Andrew se relayèrent pour convaincre Lucien de ménager sa jambe blessée – sans guère de succès. Il ne quittait pas le chevet de sa duchesse, que la fièvre faisait délirer. Selon les docteurs, elle avait peu de chances de survivre.

Mais ils n'étaient que des médecins, se disait farouchement Lucien. Lui était le duc de Blackheath, sa volonté avait force de loi – il en avait d'ailleurs usé et abusé – et il ne supportait pas les sinistres prédictions de ces médicastres.

— Je suis désolé, Votre Grâce. Mais si nous ne pratiquons pas une saignée, elle ne passera sans doute pas la nuit.

— Vous voulez la saigner ? Vous êtes fou ! Ces deux derniers jours, elle a perdu des litres de sang ! Sortez d'ici ! tonna-t-il en foudroyant de son regard noir l'imbécile qui osait émettre une suggestion aussi grotesque.

Le médecin s'enfuit. On en introduisit un autre dans la chambre.

— Même si elle survit, elle ne pourra certainement pas concevoir d'autre enfant, Votre Grâce. Autant renoncer à l'espoir qu'elle vous donne l'héritier que vous...

Le médecin s'interrompit au milieu de sa phrase, terrorisé par la mine de Lucien.

— Fichez le camp!

Puis arriva un troisième médecin, tout gonflé de son importance. Il se pencha sur le corps meurtri de la duchesse et perdit rapidement son assurance en sentant Lucien planté derrière lui. Finalement, il secoua la tête d'un air très embêté.

— Je suis navré, Votre Grâce, je ne peux rien faire pour elle.

Lucien le jeta dehors et piqua une telle crise de rage que même ses serviteurs n'osèrent plus l'approcher.

Il arpentait la pièce, appuyé sur sa canne, insultant quiconque se risquait à lui conseiller de rester allongé jusqu'à ce que sa jambe soit guérie. Il refusait de manger, de dormir, et ne tenait que grâce au café noir et amer qu'il ingurgitait en grande quantité. Il avait perdu la notion du temps, ne savait plus quel jour on était. Plus rien n'existait, hormis la respiration sifflante de la duchesse, son front brûlant sur lequel il appliquait continuellement un linge humide, et l'angoisse qui le tenaillait.

Il l'aimait, et il ne craignait pas de l'avouer. Elle avait réussi à abattre ses défenses, à s'emparer de son cœur, et aujourd'hui, elle s'éteignait doucement sous ses yeux, comme la flamme fragile d'une bougie. Elle l'abandonnait et emportait son âme avec elle.

Maudit soit le destin qui lui imposait cette épreuve! Il voulait retrouver son épouse, il voulait sa duchesse armée de son admirable courage – elle était l'une des rares personnes au monde qui n'aient pas peur de lui, l'unique femme capable d'être son égale.

Hélas, celle qui gisait dans ce lit n'était que l'ombre, pâle et muette, d'Eva de la Mourière, avec sa chevelure ramassée en une natte de petite fille sagement posée sur sa poitrine.

Elle se mourait. À cause de lui. En tentant de contrôler sa vie, il l'avait tuée, comme il avait probablement tué Perry et anéanti les chances de Nerissa de connaître le bonheur.

Il avait provoqué d'impardonnables ravages dans l'existence des gens qui l'entouraient – des gens qui n'étaient pas des pions sur un échiquier, ni des marionnettes dont on manipulait les fils pour les faire danser, mais des êtres humains qu'il aimait. Des individus qui avaient le droit de prendre leurs propres décisions, de mener leur vie comme ils l'entendaient, de se forger l'avenir auquel ils aspiraient… sans qu'il y mette son grain de sel.

Le regard rivé sur Eva, il poussa un soupir pour essayer de desserrer l'étau qui lui comprimait le cœur. Son orgueil, sa prétention lui avaient coûté un prix astronomique, et il n'était sans doute pas encore au bout de ses peines. Les paroles d'Eva résonnaient sans cesse dans son esprit.

Tu as grand besoin de réfléchir à ce qu'implique le fait de régenter la vie d'autrui, de décider pour les autres, de ne jamais respecter leur volonté.

Ce que cela impliquait, il le comprenait maintenant. Il avait nié le libre arbitre d'Eva, n'avait pas tenu compte de ses désirs ni ses sentiments. Il avait agi de la sorte car il était absolument sûr d'avoir raison, estimant que sa façon de voir les choses était la seule valable, que personne n'était à même d'endosser les responsabilités qu'il assumait.

Il avait agi de même avec ses frères et sa sœur. Ses stratégies, ses habiles machinations étaient une sorte de jeu pour lui. Comme il s'était enorgueilli de ses réussites, de la facilité avec laquelle il avait organisé leur existence à tous !

Aujourd'hui, il était la proie d'un amer et terrible remords. Il avait compris que la vie et la mort n'étaient pas un jeu.

J'ai appris ma leçon.

Il se passa les mains sur le visage, puis les noua sur sa nuque et posa les coudes sur ses genoux. Il contemplait sa femme, son visage blafard et inerte, sa poitrine qui s'élevait et s'abaissait sous la courtepointe. Il priait pour que chacune de ses inspirations ne soit pas la dernière.

J'ai appris ma leçon, Eva. Je ne me prendrai plus pour Dieu décidant du destin des simples mortels. Si tu guéris, mon adorée, je me rachèterai, je réparerai. Si veux ta liberté, tu l'auras. Je te le jure.

À cet instant, on frappa doucement à la porte.

— Lucien ?

Celui-ci leva des yeux rougis par la fatigue. Charles était sur le seuil de la chambre. Lucien poussa la bougie, sur la table de chevet, afin que son frère ne distingue pas ses traits ravagés.

— Entre…

Charles s'avança, un plateau dans les mains.

— Je pourrais rester un moment auprès d'elle. Tu devrais te reposer.

— Je serais incapable de dormir. Je ne bouge pas.

Je ne bouge pas parce que j'ai atrocement peur de la laisser. J'ai peur, si je la quitte une seconde des yeux, qu'elle ne meure et ne m'abandonne, comme notre père l'a fait. Et notre mère. Il m'est impossible d'accepter cela.

Charles opina et, approchant un guéridon, y déposa le plateau. L'arôme du café corsé s'éleva dans la pièce. Il remplit deux tasses, auxquelles il ajouta du lait et du sucre. Ensuite, il se campa devant la cheminée.

— Je viens de discuter avec Nerissa, déclara-t-il. Elle se fait un mauvais sang terrible pour Perry, et elle est furieuse que nous l'ayons arrêtée à Southampton. Tu comptes reprendre les recherches pour le retrouver, je ne l'ignore pas, mais pour le moment, il n'est pas question que tu te rendes en France. Je vais donc y aller à ta place.

— Nous sommes sur le point d'entrer en guerre contre la France, Charles. C'est dangereux.

— Je sais, mais certains problèmes doivent être réglés, notamment celui-ci.

— Quand partirais-tu ?

— Demain matin.

Lucien faillit protester, mais se ravisa. Depuis toujours, il protégeait ses frères et sa sœur – ou plutôt, il les manipulait à sa guise.

Qui suis-je pour empêcher Charles d'aller en France ?

Il serra les dents. Il avait l'impression que la terre se dérobait sous lui, qu'il ne maîtrisait plus rien, et il détestait cela. Seigneur, c'était difficile… affreusement difficile.

— Comment va ta jambe ? demanda Charles.

Ah, oui, sa jambe. Distraitement, il toucha son mollet et sa cheville bandés.

— Ça s'améliore.

Puis il baissa la tête et, du bout des doigts, se massa le front, essayant de trouver les mots justes.

— Charles, je tiens à te présenter mes excuses. À vous tous, en réalité. Il y a longtemps que j'aurais dû le faire.

Son frère tourna la tête vers lui, haussant un sourcil interrogateur.

— Sache que je regrette, continua Lucien d'un ton bourru. Je regrette d'avoir régenté vos vies, de vous avoir imposé ma volonté, de vous avoir empêchés de prendre vos propres décisions. Je… je ne me comporterai plus de cette façon, plus jamais. Je crois que je… j'ai compris la leçon.

Charles fixa sur lui son regard bleu clair, indéchiffrable. Puis il se retourna vers le feu, sa tasse dans la main, et observa les flammes avec un petit sourire.

— Cela explique que tu ne me tarabustes pas au sujet de mon départ pour la France.

— En effet. Ton projet me déplaît, naturellement, mais je ne t'empêcherai pas de partir.

— Ce n'est sans doute pas facile pour toi.

— C'est épouvantable, avoua Lucien. Mais je suppose que je finirai par m'y habituer.

Charles but une gorgée de café puis étudia sa tasse en silence, plongé dans ses réflexions.

— Charles ?

— Oui ?

— Tu… euh… tu es déjà passé par là. Tous, vous êtes passés par là. Est-ce que…

Lucien déglutit, eut un geste d'impuissance.

— C'est comme ça que ce doit être ?

— Pardon ?

Lucien tourna les yeux vers sa femme inconsciente dans le lit.

— Arrête, tu sais de quoi je parle.

— Évidemment, répliqua Charles, souriant. Je t'avoue cependant que j'aimerais te l'entendre dire clairement.

— Alors, je ne te priverai pas de ce plaisir.

Lucien effleura le front d'Eva, écarta une boucle que la sueur collait à la peau livide.

— Pendant toutes ces années, j'ai été persuadé que jamais je ne m'éprendrais de quiconque. Cette simple idée me faisait ricaner. Je croyais à l'amour, bien entendu. Je me rappelle combien nos parents étaient unis, et aujourd'hui, je vois bien à quel point toi, Gareth et Andrew êtes attachés à vos épouses. Mais je ne pensais pas que cela m'arriverait à moi. Il me semblait que je n'avais pas assez de temps pour cela, que mes responsabilités envers le duché ne me laissaient pas le loisir de trouver la compagne idéale. Et puis, pour être honnête, je m'estimais capable de contrôler mes sentiments, assez en tout cas pour ne jamais être contaminé par ce fléau.

Il s'interrompit et secoua la tête.

— Et voilà que ça m'est arrivé. Plus exactement, ça m'est tombé dessus. Je ne m'y attendais vraiment pas.

Charles se taisait, un sourire affectueux aux lèvres. Lucien, lui, contemplait toujours Eva avec une infinie tristesse.

— Je ne m'attendais pas à être… dans cet état, souffla-t-il.

— Tu veux dire, merveilleusement euphorique et, l'instant d'après, dans les affres du désespoir ? Oui, Lucien, c'est comme ça, c'est ce que l'on éprouve. Du moins au début. Au fil du temps, les choses s'apaisent. La passion dévastatrice se calme, des liens d'amitié se tissent dans le couple.

— Quand même, on peut se demander pourquoi les gens choisissent de tomber amoureux.

Charles réprima un petit rire.

— Pour la plupart d'entre nous, je ne pense pas que nous ayons le pouvoir de décider. Le plus souvent, c'est l'amour qui nous choisit.

Lucien ne répondit pas. Son café refroidissait dans sa tasse. Le silence s'installa dans la chambre, à peine troublé par le sifflement des flammes et le murmure mélancolique du vent au-dehors.

— J'ai tant de péchés à expier, Charles, reprit Lucien, tout bas. Si elle vit, je ne sais même pas par où il me faudra commencer.

— À ta place, je lui dirais que je l'aime de toute mon âme, que je n'existe pas sans elle. Cela pourrait lui donner la force dont elle a besoin pour s'en sortir.

— Je ne suis même pas convaincu qu'elle veuille vivre. Je l'ai traitée d'une manière abominable, Charles. Je l'ai obligée à se plier à ma volonté. Pour elle, la mort serait une échappatoire. Une façon de se délivrer de moi.

Charles termina son café, le regard rivé sur les épaules voûtées de son frère. Il n'avait jamais vu Lucien aussi abattu, aussi humble.

Il observa la jeune femme alitée. Beaucoup d'hommes avaient été tués près de lui, sur les champs de bataille, et il connaissait le masque de la mort. Or il savait, avec une certitude absolue, que la duchesse de Blackheath n'allait pas mourir.

Du moins pas maintenant.

Mais Lucien, lui, l'ignorait. Dans la mesure où l'amour opérait en lui une transformation que Charles n'aurait jamais imaginée, même dans ses rêves les plus fous, il décida de se taire. L'amour avait une leçon essentielle à enseigner à son aîné. Charles ne s'en mêlerait pas. Que Lucien découvre toute la gamme des émotions que l'on éprouvait quand on donnait son cœur à un autre être… y compris cet effarant sentiment d'impuissance qui le crucifiait en cet instant.

Se sentir désarmé, vulnérable ferait le plus grand bien à cet homme habitué à tout contrôler.

Charles reposa les tasses sur le plateau, qu'il souleva.

— Bien, je vais me coucher. Bonne nuit, Lucien.

— Bonne nuit.

Au passage, Charles étreignit l'épaule de son frère, puis il quitta la pièce et referma la porte sans bruit.

Gareth et Andrew l'attendaient dans le couloir, assis sur une banquette. Ils se redressèrent aussitôt, l'air perplexe, car Charles arborait un large sourire.

— Qu'est-ce qu'il y a, mon vieux ?

— C'est Lucien, répondit Charles, qui se mordit les lèvres de crainte d'éclater de rire. Les remparts sont enfin tombés ! ajouta-t-il, dévisageant tour à tour ses deux cadets.

Quelques heures plus tard, Eva ouvrit les yeux.

Il faisait sombre dans la chambre. Tout semblait étrangement figé. Elle percevait le lointain fracas de la mer, le craquement des chambranles des fenêtres malmenées par le vent, de rares cris de mouettes.

D'abord, elle ne comprit pas ce qui lui était arrivé. Elle avait simplement conscience que quelque chose n'allait pas du tout.

Quelque chose manquait.

À cette pensée, une douleur atroce enfla au tréfonds de son corps, de son âme.

Alors, elle se souvint.

J'ai perdu mon bébé.

Tout lui revenait. La dispute avec Lucien. Sa volonté irrévocable de le quitter en dépit de la tempête. L'accident. Ô Seigneur… l'accident. Elle se rappelait vaguement son mari accourant à sa rescousse, l'arrachant à cette saillie rocheuse sur laquelle elle était tombée... et le sang qui coulait entre ses jambes, inlassablement, comme si tout son corps pleurait la mort de son bébé.

Je l'ai tué. J'ai tué mon enfant.

Il est mort.

Des larmes brûlantes emplirent ses yeux, roulèrent sur ses tempes, mouillant l'oreiller.

Son ventre était vide, désormais. En se laissant guider par son orgueil et sa méfiance, elle avait tué son petit bébé.

Il était mort.

Elle pleura sans bruit, contemplant le plafond, écoutant les vagues lointaines dont le murmure semblait un glas clamant à tous les échos la disparition de son enfant.

Les lueurs de l'aube se faufilaient à présent dans la pièce, révélant peu à peu le décor. Une commode, le rectangle d'un tableau sur le mur. Une silhouette dans un fauteuil, tout près du lit. Un homme qui sommeillait.

Elle posa une main sur la sienne.

Lucien.

Il bougea, lui étreignit les doigts. Il ne prononça pas un mot, se contentant de lui tenir la main, tendant entre elle et lui, qui était si fort, une ligne de vie.

Tu n'es pas seule, mon amour. Je suis là.

Elle n'aurait su dire si ces mots avaient franchi les lèvres de Lucien ou s'ils émanaient des replis les plus secrets de l'âme de son époux. Mais elle les avait entendus. *Je suis là.*

Ses larmes la déchiraient, pourtant elle ne sanglotait pas, n'émettait pas un son. *Je suis là*. Elle ferma les yeux, cramponnée à la main de son mari, désespérée. *Je suis là.*

Il s'assit sur le lit, lui ouvrit les bras.

Un an, un mois, une semaine auparavant, elle aurait dédaigné le réconfort qu'il lui offrait ; elle lui aurait ri au nez, aurait enfoui au plus profond d'elle-même cette douleur atroce. Mais, à présent, les bras de Lucien étaient son seul havre en ce monde. Le seul port qu'elle ne voulait jamais quitter, car elle savait qu'elle y serait à l'abri.

— Lucien… balbutia-t-elle d'une voix brisée. Le bébé… Mon Dieu, le bébé…

Il resta silencieux. Il se contenta de la serrer contre lui jusqu'à ce que ses larmes se tarissent, que son indicible chagrin commence à refluer, cédant la place à l'épuisement. Mais bien qu'il ne dît rien, elle comprit qu'il partageait sa souffrance. Que ses bras solides la berceraient toujours ainsi. Qu'il n'avait pas quitté son chevet, qu'il serait toujours auprès d'elle. Alors, elle se laissa aller à l'oubli bienfaisant du sommeil.

Elle ne risquait plus rien. Après toutes ces années de rancœur, de défiance, tout ce temps passé à jouer la comédie, elle était enfin en sécurité.

Car elle n'était plus seule. Lucien était là.

28

Durant les jours qui suivirent commença pour Eva le long chemin vers la guérison et l'acceptation. Car il lui fallait accepter d'avoir perdu son bébé, mais également ses chances de donner à son mari cet héritier si important pour une puissante famille aristocratique comme les Montforte.

Elle n'était plus digne d'être la duchesse de Blackheath. Elle ne pourrait pas garder son époux, ce n'était pas concevable. L'annulation de leur mariage serait prononcée bientôt, à coup sûr.

Jour après jour, elle guettait chez Lucien les signes annonciateurs d'un changement d'attitude. Elle s'attendait qu'il se montre plus froid, distrait, qu'il trouve des excuses pour quitter son chevet. Mais non, il demeurait auprès d'elle, l'encourageait à manger quand elle n'avait pas d'appétit, se glissait dans son lit la nuit pour la réchauffer, lui narrait mille anecdotes sur sa vie, son enfance, les personnes qui lui étaient chères… et demandait qu'elle lui raconte son histoire, elle aussi.

Elle restait sur ses gardes, redoutant que le tonnerre n'éclate dans leur ciel bleu, que Lucien ne comprenne que, désormais, sa duchesse n'était qu'un ventre vide, un poids mort. Qu'elle était inutile.

Pourtant, il ne prenait pas ses distances, ne la quittait pas. Et, au fil des jours puis des semaines, les craintes d'Eva se changèrent en confusion, avant que ne germe en elle une fragile espérance – peut-être avait-elle trouvé le trésor que possédaient ses belles-sœurs.

Ce trésor dont elle avait rêvé toute sa vie.

L'amour inconditionnel, éternel, d'un homme.

Dieu savait à quel point *elle* l'aimait. Comment ne pas l'adorer ? Il était l'opposé de l'individu mâle tel qu'elle se l'imaginait naguère. Il était fort, intelligent, doué de compassion, dévoué, tendre, infiniment respectable.

Dès qu'il sortait de la chambre, même pour un moment, il lui manquait. Lorsqu'il la rejoignait, elle s'illuminait. Elle lui souriait et constatait que son beau visage s'éclairait aussi, que la sévérité qui marquait ses traits et l'ombre qui cernait ses yeux s'atténuaient.

Il lui répétait qu'il l'aimait. Il le lui prouvait par ses paroles, sa douceur. Hélas, elle ne parvenait pas à l'imiter. C'était encore trop tôt. Mais son incapacité à le faire commençait à lui peser…

Elle résolut donc de réparer ses torts envers lui et sa famille. Elle devait lui montrer à son tour à quel point elle l'aimait, même si elle ne parvenait pas à le lui dire.

Ses forces lui revenant peu à peu, elle se mit à arpenter sa chambre, puis à faire les cent pas dans la demeure et enfin dans le parc, le regard tourné vers une mer aussi agitée que son cœur.

Jusqu'à ce que, un matin, une lettre que l'on attendait depuis longtemps arrive de France.

Nerissa s'éveilla à l'aube.

Trois semaines s'étaient écoulées depuis que Charles était parti à la recherche de Perry. Trois longues semaines d'angoisse pour son frère et son bien-aimé disparu. Des journées interminables à espérer des nouvelles de France.

Où était Charles ? Qu'avait-il découvert ? Elle se le demandait à chaque seconde. *Je t'en prie, mon frère, rentre à la maison et ramène-moi Perry.*

Tout le monde était sur les nerfs. Gareth et Andrew, qui avaient décidé de rester à Gingermere jusqu'au retour de Charles, avaient hâte de retrouver leurs épouses. Pour tromper son impatience, Gareth chevauchait par monts et par vaux. Andrew, au grand désarroi de tous, se distrayait en testant son nouvel explosif. Son premier essai ébranla les alentours : on sonna même le tocsin jusqu'à ce que, les doigts noircis et les sourcils roussis, Andrew se précipite au village pour expliquer aux habitants affolés la cause de ces détonations effrayantes et leur certifier que non, les Français ne les attaquaient pas et que la Grande-Bretagne n'était pas en guerre contre son ennemi séculaire d'outre-Manche.

Pas pour l'instant.

Car, malheureusement, cela ne tarderait plus. Nerissa avait peur pour Charles. Elle s'enfermait dans sa chambre pour contempler la mer et attendait en se rongeant les sangs.

Ce matin-là, campée devant sa fenêtre, elle regardait le soleil se lever, pareil à une boule de feu qui jetait mille diamants sur l'eau. Était-ce aujourd'hui qu'éclaterait ce nouveau conflit entre les deux nations ?

Un coup frappé à la porte la fit sursauter.

— Entrez !

Elle pivota et découvrit Eva sur le seuil.

— Oh, bonjour, Eva... Dites-moi, ne vaudrait-il pas mieux vous allonger et vous reposer ?

— Bah, j'en ai plus qu'assez de me reposer. Je me sens beaucoup mieux. Assez bien, même, pour aller me promener à cheval avec Lucien cet après-midi.

Les yeux verts d'Eva brillaient, comme chaque fois qu'elle parlait du duc.

— Mais, d'ici là, je me suis dit que nous pourrions prendre notre petit déjeuner ensemble.

Nerissa l'étudia avec attention. Eva était encore pâle et amaigrie, cependant, chaque jour qui passait lui rendait un peu de sa vigueur. Tandis que sa belle-sœur s'avançait dans la pièce baignée de soleil, Nerissa fut frappée par la force qui émanait d'elle. Une force que les épreuves n'avaient pas entamée, au contraire.

Rien d'étonnant à ce que Lucien se soit épris d'elle et ne l'ait pas quittée un instant depuis l'accident. Était-ce la tendresse dont il l'entourait qui avait ainsi adouci les traits altiers de la jeune femme ? Était-ce l'amour de Lucien qui lui donnait ce visage ravissant, ouvert, à la fois empreint de courage et de vulnérabilité ? On eût dit que la main d'un sculpteur l'avait remodelé, effaçant les aspérités, les angles pour dégager de sa gangue un éblouissant joyau.

Une servante posa sur un guéridon un plateau chargé de tasses, d'une théière et de petits pains tout chauds. Elle fit la courbette et se retira à pas de loup, comme elle était entrée.

Nerissa se retourna vers la fenêtre, regardant les mouettes qui planaient dans le ciel et plongeaient dans les vagues. Eva vint se placer près d'elle.

— Mon cher Perry… il est vivant, murmura Nerissa. S'il était mort, je le saurais… Au moment où son cœur se serait arrêté de battre, je l'aurais senti, là, ajouta-t-elle, pressant une main sur sa poitrine. N'ai-je pas raison, Eva ?

— Si…

Nerissa tourna vivement la tête et scruta les yeux étincelants de sa belle-sœur.

— Vous savez quelque chose que j'ignore ?

— Une lettre de Charles vient d'arriver. Comme Lucien n'est pas encore debout et que je suis une vilaine curieuse, j'ai pris la liberté de la lire.

Elle sortit de sa poche une feuille de papier vélin pliée en deux et, avec un sourire affectueux, la tendit à Nerissa.

— Tenez.

Nerissa ne respirait plus, écartelée entre l'espoir et la terreur. De ses mains tremblantes, elle déplia la missive et l'approcha de la fenêtre pour mieux voir.

Calais, 3 février 1778

Mon cher Lucien,

Après de longues et fastidieuses investigations, j'ai appris que les survivants du Sarah Rose *avaient été transférés dans une prison non loin d'ici. J'ai donc décidé de m'y rendre en me faisant passer pour un diplomate américain. J'y ai retrouvé Brookhampton. Notre ami, quoique vivant, est en piteux état. D'après ses compagnons de geôle, il prêtait main-forte à l'équipage lorsque le navire a été attaqué. Il a reçu une blessure qui l'a rendu incapable de parler et a été fait prisonnier avec les marins. Ceux-ci, ignorant son identité, n'ont pas été en mesure de fournir de renseignements à son sujet. Notre ami a donc, durant ses premières semaines d'incarcération, consacré son énergie à recouvrer la parole – et, ces derniers temps, la liberté.*

Comme tu l'imagines, la situation, ici, est plus qu'instable. Compte tenu des activités assez singulières de notre ami au moment de l'attaque du navire, les Français refusent de le reconnaître comme un pair d'Angleterre et, par conséquent, de le relâcher. Les autorités anglaises auprès desquelles j'ai plaidé sa cause hésitent à pousser plus loin cette affaire, de crainte de mettre le feu aux poudres et de déclencher la guerre qui couve.

Je n'ai pas les moyens de résoudre le problème. Je loge actuellement au 22, rue de la Mer à Calais. Il conviendrait que tu me rejoignes ici le plus vite possible.

Charles

— Il est vivant, balbutia Nerissa, les larmes aux yeux. Oh, Eva… il est vivant ! Je dois aller le voir tout de suite !

Avec douceur, Eva lui prit la lettre des mains et, lui entourant les épaules de son bras, l'entraîna vers le guéridon où leur petit déjeuner attendait.

— J'ai commis une terrible erreur, Nerissa. Lors de ma visite aux prisonniers, il y avait un jeune homme étendu par terre ; il paraissait agonisant… Il était vêtu comme les autres marins, si bien que je n'ai pas songé un instant qu'il pouvait s'agir de votre cher Perry.

La mine sombre, Eva servit le thé.

— Si j'avais pu me douter que votre bien-aimé s'était déguisé en matelot, j'aurais été plus attentive.

— Je suis sûre qu'il a fait cela pour s'amuser, pour se griser une dernière fois de liberté avant de s'installer dans une monotone vie conjugale à mes côtés.

— Allons, allons, vous n'en savez rien. Après tout, les hommes ont parfois des idées stupides, rétorqua Eva d'un ton gentiment moqueur.

— Certes… admit Nerissa en esquissant un pauvre sourire. Et n'oublions pas que Perry est le chef du Cercle des Débauchés, dont les membres sont réputés dans toute la région pour leurs frasques et leurs farces de mauvais goût. Du moins, il *était* leur chef. Car je vous assure, Eva, que cela changera dès que nous l'aurons ramené ici.

— J'en suis persuadée. Tenez, buvez votre thé tant qu'il est chaud, et réfléchissons à…

— C'est tout réfléchi. Il faut sortir immédiatement mon cher Perry de cette infecte prison !

— Écoutez-moi, Nerissa. Ainsi que Charles l'écrit, la situation politique en France est dangereusement instable. Ne m'en veuillez pas, mais j'estime qu'il serait préférable pour Perry que vous demeuriez ici et que vous lui prépariez un nid douillet pour son retour. C'est moi qui irai en France négocier sa libération.

— Vous ? Mais, Eva, vous venez de subir un terrible accident ! Pourquoi ne pas laisser mes frères s'en occuper ?

— Parce que je dois m'en charger, répondit fermement Eva. J'ai une dette considérable envers votre famille, cela pèse sur ma conscience. Je vous en prie, laissez-moi régler ça… pour vous, pour Perry, pour Charles.

Son visage s'assombrit.
— Et pour Lucien.
— Lui ? Il ne vous autorisera jamais à partir seule.
— Lucien fera ce qu'on lui dit de faire, rétorqua Eva, feignant de prendre l'air supérieur qui la caractérisait avant l'accident.
Une voix masculine lança d'un ton amusé :
— Qu'est-ce qu'il fera, Lucien ?
Les deux jeunes femmes sursautèrent. Le duc se tenait immobile dans l'encadrement de la porte, les yeux pétillants de malice. Il s'approcha et s'assit auprès d'Eva, qu'il enlaça.
— Je crois qu'une lettre de Charles est arrivée pour moi ce matin, enchaîna-t-il.
— Comment le sais-tu ?
— Je sais tout, mon amour. Cela ne t'ennuie pas que je la lise ?
— Pff… Tiens.
Elle le regarda parcourir rapidement la missive. Une expression grave se peignit sur son visage.
— Je dois partir immédiatement pour la France.
— Je t'accompagne.
— Non, Eva, je te l'interdis. Tu es encore convalescente. Je ne permettrai pas que tu participes à une aussi périlleuse mission…
— Plaît-il ?
— C'est beaucoup trop risqué et…
— Écoute-moi bien, mon cher mari…
Sagement, Nerissa choisit ce moment pour intervenir.
— Allons, Lucien, tu nous as juré à tous que tu ne serais plus le même, que tu ne tenterais plus jamais de régenter nos vies. Si Eva souhaite venir avec toi, je considère que tu dois t'incliner sans discuter.
Lucien serra les dents.
— Ta sœur a raison, dit Eva en se levant. En outre, je connais la diplomatie française beaucoup mieux que toi. Tu serais bien inspiré de me confier les rênes de cette affaire.

— Mais…

— Lucien, coupa Nerissa.

Il inspira à fond, ravala ses protestations et essaya de se calmer. Bon Dieu ! C'était tellement difficile de ne plus régner en maître sur la maisonnée !

Pourtant, Eva avait raison. Dans cette mission de sauvetage, elle serait plus efficace que lui. Sa présence serait un atout de taille, et non un inconvénient.

Il poussa un soupir à fendre l'âme et fixa sur son épouse un regard lugubre.

— Je capitule, murmura-t-il. De toute façon, je ne peux pas gagner.

— Eh non…

Nouant les bras autour du cou de son mari, elle l'embrassa à pleine bouche, jusqu'à ce qu'un soleil ardent brille dans les yeux noirs de Lucien.

— Tu ne peux pas gagner, effectivement, alors inutile de lutter.

29

La guerre entre la France et l'Angleterre fut déclarée le lendemain.

Tandis qu'Eva, Gareth et Andrew se rendaient à Portsmouth, Lucien se précipita à Londres afin d'y rencontrer le premier lord de l'Amirauté[1], chargé d'administrer la flotte anglaise. Quelques heures plus tard, il atteignait Portsmouth et informait sa femme et ses frères qu'ils voyageraient à bord de l'*Arundel*, vaisseau militaire portant soixante-quatorze canons et commandé par le capitaine Christian Lord.

Comme c'était prévisible, le capitaine, un homme grand et austère aux yeux gris et aux cheveux d'un blond très clair, ne se réjouissait pas du tout d'avoir des civils à bord. Il fut même franchement furieux lorsqu'il apprit que l'un d'eux était un célèbre et puissant pair du royaume. Néanmoins, il céda courtoisement sa cabine au duc et à la duchesse de Blackheath. Il ordonna également à ses premier et second lieutenants de laisser les leurs à lord Andrew et lord Gareth de Montforte, et de s'installer ailleurs.

Il se mit à pleuvoir peu de temps après que le navire eut levé l'ancre et mis le cap vers la mer écumante. Le capitaine, dirigeant la manœuvre du gaillard d'arrière,

---

1. Ancien ministre de la Marine en Grande-Bretagne. *(N.d.T.)*

attendit que les navires sous ses ordres, ainsi que le *Magic*, le brick qui l'escortait, soient bien au large du Spithead, où de nombreux vaisseaux de la Royal Navy étaient au mouillage, avant de prier le duc et la duchesse de le rejoindre dans ses quartiers pour une conférence au sommet.

Là, les deux hommes se témoignèrent mutuellement un prudent respect, chacun étant conscient du pouvoir de l'autre. Le capitaine Lord avait déjà été informé par son amiral du projet de ses hôtes : faire sortir discrètement le comte de Brookhampton de France. Lucien, bien qu'accoutumé à commander, avait admis qu'il s'agissait là d'une opération militaire et par conséquent était prêt – à contrecœur – à s'en remettre au jugement du capitaine Lord.

L'officier fit apporter du thé, du café et des rafraîchissements, puis déroula une carte de Calais sur la table. Désignant à l'aide d'un sextant différents points de la côte, il leur exposa son plan pour libérer lord Brookhampton de sa prison.

— J'ai reçu l'ordre de veiller à ce que la libération du comte se déroule le plus pacifiquement possible, déclara-t-il. J'espère que nous ne serons pas forcés de nous appuyer sur les canons de l'*Arundel* pour accomplir notre mission. Cependant, si cela se révèle nécessaire, nous n'hésiterons pas.

Il s'interrompit pour boire une gorgée de café.

— L'Amirauté a déjà pris contact avec lord Charles à Calais pour lui communiquer notre plan.

Le capitaine observa de ses yeux perçants ses hôtes et ses lieutenants, qui l'entouraient.

— La guerre étant déclarée, il serait évidemment déraisonnable de nous approcher de la côte française. Par conséquent, nous devons berner les mangeurs de grenouilles. Il faut les convaincre que c'est une délégation américaine, et non anglaise, qui intervient. Si jamais les Français aperçoivent l'*Arundel*, tout sera perdu.

Eva, assise près de Lucien, se redressa sur son siège.

— Je suis de votre avis, capitaine. Comme je connais bien la côte française et que j'ai des contacts dans les environs de Calais, je propose d'être celle qui ira à terre négocier la libération de lord Brookhampton, en tant que membre de la communauté américaine de Paris.

— Pas question, dit simplement Lucien. C'est moi qui irai là-bas.

— Impossible, riposta Eva. Au premier regard, les Français sauront que vous êtes anglais. Et ensuite, nous serons obligés de vous tirer, vous aussi, de cette prison.

— Je ne vous laisserai pas vous mêler de cela. C'est dangereux. D'ailleurs, si Charles réussit à se faire passer pour un Américain, j'en suis également capable.

— Charles a combattu à Boston. Il est marié avec une Américaine. Il peut prendre un accent yankee suffisamment convaincant pour duper les Français. Je suis navrée, Lucien, mais ce n'est pas votre cas.

— Eva, vous êtes à peine rétablie. C'est trop risqué !

Sous la table, du bout du pied, elle lui effleura la cheville.

— Et vous, vous êtes tout juste remis de votre blessure, rétorqua-t-elle d'un ton suave.

Impassible, le capitaine les dévisagea tour à tour. Puis il s'éclaircit la gorge.

— Avec tout le respect qui vous est dû, Votre Grâce, j'opte pour le plan de la duchesse. Mes hommes assureront sa sécurité. D'ailleurs, ajouta-t-il d'un ton ironique, si je vous autorisais – vous, un duc – à effectuer cette mission et qu'il vous arrive malheur, l'Amirauté aurait ma tête.

— Vous essayez de me dire que vous m'interdisez d'aller à terre ? articula Lucien, glacial.

Le capitaine le regarda droit dans les yeux. Un sourire implacable étirait ses lèvres.

— En effet.

Lucien faillit lui sauter à la gorge. Personne, absolument personne, n'avait jamais osé se mettre ainsi en travers de sa route. Pour qui diable se prenait cet olibrius ?

— Et vous pensez que votre tête demeurera sur vos épaules s'il arrive malheur à ma femme ? Croyez-moi, capitaine, si elle a ne fût-ce qu'une égratignure, je ferai en sorte que votre carrière s'arrête là.

— Messieurs… soupira Eva.

Mais le capitaine Lord n'avait pas terminé.

— J'ai reçu des ordres et je les exécuterai.

— Mon épouse n'ira pas à terre.

— Oh que si ! s'exclama Eva.

Les mâchoires crispées, Lucien se leva. Il n'ignorait pas qu'à bord du vaisseau, l'autorité du capitaine supplantait la sienne. Il savait également que le raisonnement d'Eva était logique, bien qu'il le jugeât offensant pour lui. Mais il était conscient que s'il ne quittait pas sur-le-champ cette cabine, quelqu'un – probablement cet inflexible capitaine – recevrait un coup de poing en pleine figure.

— Je vous verrai au dîner, ma chère, dit-il à Eva.

Là-dessus, il tourna les talons et s'en fut d'un pas martial.

Eva attendit que la porte se referme, puis sourit au capitaine, toujours imperturbable.

— Parfait, murmura-t-elle. Continuons, voulez-vous ?

Gareth et Andrew, fascinés par les manœuvres du vaisseau de guerre, étaient restés sur le pont, regardant les marins courir sur les enfléchures pour monter dans la mâture et hisser les voiles, admirant l'efficacité de l'équipage et la remarquable organisation qui régnait à bord – et se demandant pourquoi Lucien, appuyé au bastingage du pont supérieur, seul, paraissait fou de rage.

Ensuite, comme la pluie tombait de plus en plus dru et que la proue de l'*Arundel* fendait les eaux de la Manche, Andrew s'était retiré dans sa cabine.

Gareth ne tarda pas à l'y rejoindre.

— Lucien est d'une humeur massacrante, annonça-t-il en se campant devant le hublot pour regarder la côte anglaise disparaître dans la brume. Je viens de croiser Eva qui montait le consoler sur le pont supérieur. Il semblerait que le capitaine et lui ne se soient pas quittés dans les meilleurs termes.

— Ce n'est pas surprenant, répondit Andrew qui griffonnait dans un carnet, un petit coffre en plomb posé près de son coude. Deux hommes habitués à détenir le pouvoir absolu ne peuvent que s'affronter.

— J'ai discuté avec un lieutenant, un dénommé Teach, qui a des faux airs de pirate. Il m'a dit que le capitaine était l'un des meilleurs éléments de la Royal Navy et qu'il avait combattu un temps à Boston. Il connaît bien les Yankees et s'entendrait sans doute à merveille avec Charles.

— À propos de Charles, je me demande comment on va pouvoir s'approcher assez près de Calais pour les récupérer, Perry et lui, sans que les Français nous envoient leurs propres bâtiments de guerre. Car il leur suffira de voir l'*Arundel* pour comprendre que c'est un vaisseau britannique.

— Eva m'a tout expliqué. Le plan est de garder l'*Arundel* hors de vue. Le *Magic*, battant pavillon américain, conduira Eva et nos hommes à terre. De cette façon, les Français ne se douteront pas qu'il s'agit d'une opération anglaise.

— Ce n'est pas idiot... mais en temps de guerre, tout peut arriver, répliqua Andrew sans lever les yeux de ses notes. Voilà pourquoi je suis paré, ajouta-t-il en entourant de son bras le coffre en plomb.

— Eva ira à terre ce soir, dès qu'il fera nuit, poursuivit Gareth, qui n'avait prêté qu'une attention distraite aux propos de son frère. Elle retrouvera Charles, qui l'attendra avec des chevaux. Ensemble, ils se rendront à la prison demain matin, se présenteront comme des émissaires de la communauté américaine de Paris et se débrouilleront pour que Perry soit libéré – pacifiquement, on l'espère. Dans le cas contraire, l'*Arundel* interviendra.

Il secoua la tête.

— Pas étonnant que Lucien ait eu l'air sur le point d'égorger quelqu'un quand nous l'avons vu tout à l'heure !

Andrew détacha enfin son regard de ses notes.

— Quoi ? Il n'accompagne pas Eva ?

— Le capitaine le lui a interdit, sous prétexte qu'il n'a pas envie de payer les pots cassés s'il arrive malheur à un duc. Par conséquent, Lucien reste ici avec nous.

— Lui qui n'a jamais obéi à personne ! s'exclama Andrew en riant. Il va y avoir du grabuge, je te le prédis.

— Je suis d'accord. Mais, franchement, je suis persuadé qu'Eva réussira à ramener Perry. Alors, à moins que Lucien et le capitaine ne s'entre-tuent, nous voguerons de nouveau vers l'Angleterre demain soir, sans qu'il y ait eu d'effusion de sang.

Brusquement, Gareth remarqua le coffre en plomb, près de son frère.

— Qu'est-ce que tu as là, Andrew ?

— Mon explosif, bien sûr.

— Morbleu ! jura Gareth, les yeux exorbités. Si le capitaine l'apprend, il nous fera jeter à la mer.

— Il n'en saura rien. De toute façon, nous sommes en guerre, déclara Andrew d'un air angélique. Un nouvel explosif très puissant pourrait s'avérer utile, n'est-ce pas ?

La nuit tomba.

L'*Arundel* se préparait à son rendez-vous avec le *Magic*, et la duchesse de Blackheath se tenait sur le pont désert et venteux. Elle était emmitouflée dans un manteau dont la capuche protégeait ses cheveux.

Sous ses pieds, le puissant navire tanguait au gré des vagues, tous feux éteints. La silhouette noire des côtes françaises se faisait de plus en plus proche.

C'était presque l'heure. Elle pensa à Nerissa, sans doute incapable de dormir et qui devait prier pour ceux qu'elle aimait. Elle pensa à Charles qu'elle avait frappé, à Andrew qu'elle avait humilié. Et elle pensa bien sûr à Lucien, à qui elle ne donnerait jamais d'héritier. Tout cela à cause de son maudit orgueil.

Le chagrin lui noua la gorge. Il était temps pour elle de se racheter, de payer sa dette envers les Montforte et de se prouver qu'elle était digne de ce qu'elle considérait comme l'essentiel – l'amour de Lucien.

Soudain, elle sentit qu'elle n'était plus seule sur le pont. *Il* était venu la saluer.

— Lucien, murmura-t-elle.

Sans bruit, il la rejoignit et l'enlaça. Elle se blottit contre lui, devinant son angoisse.

— Pardonne-moi, mon cher Lucien. Je sais à quel point c'est dur pour toi de me laisser accomplir cette mission, mais je t'en prie, comprends-moi. Il faut que je le fasse.

— Non, je ne comprends pas. Toutefois, j'essaie de me persuader que cela ne me donne pas le droit de t'en empêcher.

Il lui prit le menton et plongea ses yeux dans les siens.

— Tu ne changeras pas d'avis, je suppose ?

— Cela m'est impossible. Il faut que j'y aille. Pour toi, pour ta famille. Et surtout pour moi-même.

Elle lut dans le regard de son mari une douloureuse inquiétude, qu'il se hâta de dissimuler sous un masque de résignation. Puis, repoussant la capuche d'Eva, il l'embrassa passionnément. Le fracas assourdissant des vagues s'estompa. Eva n'entendait plus que le souffle de Lucien, n'était consciente que de son corps si viril. Soudain, elle eut peur que ce ne soit leur dernière étreinte.

« Aie confiance en moi », l'implora-t-elle en silence.

Elle s'abandonna à son baiser, se pressant contre l'évidence de son désir. Comme elle aurait aimé qu'il la prenne, là, tout de suite ! Comme elle aurait voulu le sentir en elle !

— À mon retour…

— Pas de promesses, ma douce. Contente-toi de me revenir saine et sauve.

— À mon retour, il faudra que je te dise quelque chose.

— Dis-le-moi maintenant.

Parce que nous ne nous reverrons peut-être jamais.

Eva prit une profonde inspiration et garda le visage contre le torse de son époux, bien qu'elle entendît quelqu'un approcher.

Ce serait si facile d'attendre, de ne rien dire…

— Madame la duchesse, le brick est prêt. Il est temps d'y aller.

Non. Pour une fois, en matière de sentiments, elle ne serait pas lâche.

Elle posa sa paume sur la joue de Lucien, le contempla. Les mots jaillirent d'eux-mêmes.

— Je t'aime, Lucien.

Bouleversé, il se pencha pour l'embrasser encore. Mais Eva savait que si elle se laissait faire, elle ne le quitterait jamais. Alors, rassemblant toute sa volonté, elle recula et s'éloigna, la tête haute, en s'efforçant de ravaler la boule qui lui obstruait la gorge. Suivant le lieutenant qui la guidait vers le bateau, elle sentit le regard de son époux qui la suivait, perçut son amour, sa souffrance.

Le quitter à présent était une terrible épreuve. Elle n'avait jamais rien fait d'aussi pénible, d'aussi déchirant. Mais ils avaient la vie devant eux.

Refusant l'aide du lieutenant, elle descendit sur le pont du brick. Puis, les yeux tournés vers la côte française noire et menaçante, elle tenta de chasser le sinistre pressentiment qui l'avait tourmentée toute la soirée.

La vie devant eux ?

Elle l'espérait.

30

Vêtu d'un grand manteau noir, Charles l'attendait en faisant fébrilement les cent pas sur la plage obscure. Il se précipita vers le canot pour l'aider à mettre pied à terre.

— Vous êtes suffisamment rétablie, Eva, vous en êtes sûre ? Nous avons encore un assez long trajet à cheval.

— Je ne me suis jamais sentie mieux.

Elle donna aux marins le signal du départ, puis se dirigea avec Charles vers l'endroit où il avait attaché les chevaux.

— Les corps se réparent. En revanche, d'autres blessures sont moins faciles à soigner.

— Que voulez-vous dire ?

— Je dois faire cela pour vous, pour votre famille… et pour moi.

Il acquiesça d'un hochement de tête, et un sourire adoucit son expression sévère.

— Dans ce cas, je suis honoré de vous avoir à mes côtés. Et soulagé, je l'avoue, d'être en compagnie d'une authentique Yankee, car je ne me fie guère à mon faux accent américain. Si j'ai réussi à duper les gens à qui j'ai eu affaire jusqu'ici, c'est uniquement parce que l'anglais n'était pas leur langue maternelle.

— Avez-vous vu lord Brookhampton ?

— Oui.

— Êtes-vous sûr que cet homme que nous nous apprêtons à secourir est effectivement votre ami ?

— J'en suis certain.

— Vous a-t-il reconnu ?

— Non, il dormait. Je n'ai pas eu le cœur de le réveiller, de lui donner des espoirs qui, peut-être, se révéleront vains. Ah, voilà les chevaux. J'en ai prévu un pour Perry – à condition que nous réussissions à le faire sortir de cette prison.

— Nous réussirons.

Un moment plus tard, ils galopaient sur la route de Calais, Charles tenant la bride de la monture destinée à Perry. Des arbres, des prairies, des villages au loin commençaient à se découper dans la grisaille. L'aube ne tarderait plus.

Ils firent halte dans une auberge des faubourgs de Calais, où, grâce à l'autorité naturelle de Charles et à son français impeccable, on leur servit leur repas près de la cheminée. Le soleil perçait les nuages chargés de pluie quand ils repartirent.

Ils arrêtèrent les chevaux devant les grilles de la prison.

— Dans quel état est lord Brookhampton ? chuchota Eva, sautant à terre, alors qu'un garde approchait.

— Il est mal en point. Mais nous sommes deux pour le soutenir, ça ne devrait pas poser de problème.

— Vous avez reçu le message du capitaine Lord concernant le plan d'action ?

— Oui. Sortir Perry d'ici de la manière la plus diplomatique possible, s'en aller tranquillement, passer le reste de la journée à l'abri et retrouver l'équipage de l'*Arundel* après la tombée de la nuit.

— Si tout se déroule sans complications.

— Sinon, quels sont les ordres ?

Eva esquissa un sourire sinistre.

— Nous débrouiller par nos propres moyens.

Le garde ouvrit les grilles et les dévisagea d'un air suspicieux.

— C'est pour quoi ? grommela-t-il.

— Je suis la comtesse de La Mourière. Et voici mon collaborateur, Charles Montvale. Nous appartenons à la délégation américaine à Paris, et nous sommes ici sur ordre du Dr Benjamin Franklin. Nous devons parler à votre commandant.

Le garde, impressionné par l'autorité qui émanait d'Eva, s'inclina.

— Si vous voulez bien laisser vos chevaux ici et me suivre…

Ils opinèrent, et tous trois se dirigèrent vers le bâtiment de pierre gris sombre. Un autre garde apparut derrière eux et repoussa les grilles, qui se refermèrent avec un claquement effrayant dans le silence du matin.

Eva et Charles échangèrent un regard éloquent. Les nerfs tendus à se rompre, la jeune femme toucha le pistolet dissimulé dans la poche de sa jupe. Dans l'immédiat, se dit-elle, ils n'étaient pas en danger, mais ils avaient intérêt à se montrer extrêmement vigilants.

— Par ici, s'il vous plaît…

Leur cicérone poussa une porte, et ils se retrouvèrent à l'intérieur de la prison. Eva cligna des paupières pour s'accoutumer à la brusque pénombre.

Mais ce n'était rien par rapport à la puanteur ambiante. Elle prit un mouchoir qu'elle pressa sur son nez, tandis que le garde les entraînait dans les profondeurs de la prison.

Son supérieur, un certain M. Durant, était installé dans un bureau éloigné de l'aile centrale, occupé à manger des œufs et de la saucisse, arrosés de ce qui ressemblait à une bière très brune. Corpulent, ventru, il avait de petits yeux méfiants enfoncés dans un visage trop gras. Quand les visiteurs entrèrent dans la pièce, il reconnut Charles, qu'il salua d'un hochement de tête, et examina Eva avec curiosité, promenant sur elle un regard libidineux.

Elle en frémit de dégoût.

— Je suis la comtesse de La Mourière, déclara-t-elle, hautaine. Le Dr Benjamin Franklin m'a dépêchée ici avec l'ordre de faire relâcher l'un des prisonniers capturés à bord du navire anglais, le *Sarah Rose*.

Durant repoussa son assiette, s'adossa à son fauteuil et, d'un ongle en deuil, délogea un bout de viande fiché entre ses incisives.

— Vous avez des documents ?

Eva sourit, malgré le regard de son interlocuteur rivé sur ses seins.

— De la main du Dr Franklin, murmura-t-elle en tendant au commandant les documents qu'elle avait elle-même fabriqués.

Durant s'en empara et les parcourut rapidement.

— Tout semble en ordre, dit-il en les lui rendant. Mais, personnellement, je n'arrive pas à comprendre pourquoi les Américains souhaitent tant que je libère l'Anglais. Qu'est-ce qu'il a de si important pour vous ? Il est complètement fou.

— En effet, approuva Eva en repliant les papiers.

— Il affirme être un lord anglais. Mais même si c'est vrai, pourquoi diantre les Américains veulent-ils s'encombrer d'un lord anglais ?

Eva le gratifia de son sourire le plus enjôleur et lui tapota l'épaule avec les documents.

— Parce que, mon cher monsieur, un lord anglais vaut cent marins américains prisonniers. Vous, les Français, vous n'êtes pas les seuls à faire la guerre à ces satanés Anglais. Nous les combattons depuis près de trois ans.

— Vous les détestez autant que moi, hein ?

— Je les méprise, répondit Eva d'un ton catégorique.

— Eh bien, venez, je vous emmène auprès de ce triste sire. Il est pénible, vous savez. D'une arrogance ! Il a fallu le punir pour désobéissance, le mettre à l'isolement… le rosser un peu, voyez. Vous n'allez pas vous amuser, avec cet individu, c'est moi qui vous le dis.

Il souleva son énorme postérieur et, en grognant car il lui était pénible de déplacer sa graisse, sortit du bureau. Eva lança un coup d'œil à Charles. Le regard de son beau-frère était glacial.

Durant les précéda le long des couloirs empuantis de la prison. Derrière les portes noires de saleté s'élevaient des gémissements, des sanglots, parfois un refrain fredonné par une voix éraillée, le tintement d'un gobelet en fer-blanc contre des barreaux – autant de bruits désespérants.

Enfin, ils parvinrent devant une porte au fin fond du bâtiment. Durant prit à son ceinturon un anneau auquel pendaient des clés. Il en introduisit une dans la serrure.

Le battant pivota, révélant une cellule plongée dans une pénombre glauque.

Le silence y régnait.

Une silhouette solitaire était affalée dans un coin, sur une couche de paille immonde. L'homme avait la joue appuyée contre la pierre humide et malodorante ; il levait un regard fixe vers la lumière grise filtrant par un vasistas hors de sa portée.

— Le prisonnier est encore au cachot, comme vous le constatez, commenta Durant en observant l'homme, qui ne tournait même pas les yeux vers eux. La nuit dernière, il a frappé un de mes gardes. Qui lui a rendu la monnaie de sa pièce, pardi. J'ai l'impression que, finalement, on lui a rabattu son caquet, au lord. Il ne vous donnera pas de fil à retordre.

Durant s'avança dans la cellule, les visiteurs sur ses talons. Eva ne connaissait pas Perry, mais, sachant qu'il était un grand ami de la famille Montforte, elle imaginait la peine que devait ressentir Charles en le voyant dans cet état.

Ses cheveux étaient si sales, si poissés de sang qu'on ne discernait plus leur couleur naturelle. Ses joues étaient creusées, ses lèvres tuméfiées, ses haillons trop amples pour son corps terriblement amaigri.

Eva était bourrelée de remords. Car l'homme qu'elle avait devant les yeux était bien celui qui gisait, inconscient, dans la cellule, lorsqu'elle avait rendu visite aux prisonniers du *Sarah Rose*, des semaines auparavant. À ce moment-là, il n'était pas en état de parler. Les autres ne savaient rien de lui. Comment avait-elle pu se fourvoyer ainsi dans son analyse de la situation ?

— Eh bien, vous pouvez l'emmener, dit Durant. Bon débarras.

— Vous avez un manteau pour lui ? interrogea Charles, qui étudiait les bleus et les plaies que découvraient les guenilles du malheureux Perry. Il fait très froid dehors.

— Ah, vous autres Américains, vous ressemblez aux Anglais – vous vous apitoyez pour un rien. Je regrette, mais non, j'ai pas de manteau pour lui.

Les dents serrées, indigné, Charles ôta son manteau et le drapa sur les épaules de Perry, lequel ne broncha pas lorsque son ami lui glissa les bras dans les manches.

— Il est sans réaction depuis le début ? s'enquit sèchement Eva.

— Non, seulement depuis hier. À mon avis, c'est beaucoup mieux comme ça.

Durant s'écarta, tandis que Charles soulevait Perry – qui ne paraissait toujours pas reconnaître l'homme avec lequel il avait grandi – et le hissait en travers de ses épaules. Eva, effarée mais s'efforçant de dissimuler au mieux ses émotions, notamment sa fureur de voir qu'on avait ainsi maltraité un innocent, se demandait comment ils allaient faire pour arrimer Perry sur le dos du cheval qui attendait dehors.

L'*Arundel* croisait quelque part au-delà de l'horizon ; inaccessible, semblait-il.

Durant continua de jacasser pendant qu'ils longeaient le couloir sombre, mais Eva ne l'écoutait plus. Elle avait dans la bouche la saveur amère de la peur et sentait son cœur battre follement.

Son instinct lui disait que quelque chose clochait. *Vite, Charles.*

De fait, il se hâtait – même s'il s'évertuait à ne pas le montrer pour ne pas alerter Durant. Eva en avait des sueurs froides. *Vite, Charles*. Elle avait l'impression que son cœur allait exploser. *Plus vite.*

Un peu plus loin dans le couloir, deux gardes faisaient sortir d'une cellule un groupe de prisonniers.

Des prisonniers britanniques.

Les hommes du *Sarah Rose*.

Oh, non…

Soudain, Eva comprit ce qui n'allait pas. Charles, quoique capable d'imiter l'accent américain, ne réussirait jamais à masquer qu'il était un militaire de carrière. Cela se voyait dans sa façon de marcher, de tenir ses épaules, dans toute son attitude.

Ils sortaient du bâtiment, la victoire à portée de main, lorsqu'une voix lança derrière eux :

— Ça alors ! C'est vous, lord Charles ?

— Ne vous arrêtez pas, murmura Eva.

— Lord Charles !

— Ce prisonnier vous prend pour quelqu'un d'autre, c'est ça ? fit Durant.

Il se retourna et s'adressa à l'homme, qui, à présent, gesticulait pour attirer l'attention de Charles.

— Vous, là-bas ! Du calme. C'est M. Charles Montvale. Il est américain, figurez-vous. Des lords, en Amérique, ça n'existe pas ! Tout le monde sait ça.

— Comment ça, l'est américain ? C'est lord Charles de Montforte, pas Charles Montvale. Et, morbleu, l'est aussi anglais que moi !

— Lord Charles de Montforte ?

— Et comment ! J'l'ai rencontré à Boston, en 75, l'était capitaine dans l'infanterie ! s'exclama le prisonnier. Lord Charles, emmenez-moi aussi ! Vous pouvez pas en sauver qu'un, faut nous prendre tous !

Certains des gardes fronçaient les sourcils. Même Durant avait l'air déconcerté, nerveux. Eva émit un rire flûté, continuant obstinément à avancer, car chaque pas les rapprochait de la liberté.

Mais Durant, à présent, avait des doutes.

— Attendez, ordonna-t-il.

— Charles, ne vous arrêtez pas, chuchota-t-elle.

— Pour que je m'arrête, il faudrait que j'aie une balle dans la peau, répondit-il à voix basse.

— Halte ! hurla Durant.

Il saisit son pistolet…

— Courez ! ordonna Eva.

D'un coup de poing qu'aurait admiré un champion de pugilat, elle fit voler l'arme dans les airs. Le commandant poussa un rugissement de douleur qu'interrompit un nouveau coup qui le cueillit à la pointe du menton et le fit basculer en arrière. Le temps pour Eva de sortir son propre pistolet de sa poche, et Charles et elle s'élançaient à toutes jambes.

Derrière eux, on vociférait, on sonnait la cloche. L'alarme était donnée.

— Nom de Dieu, jura Charles, tout en fonçant vers les chevaux qui piaffaient nerveusement devant les grilles. Je vais devoir tenir Perry, il n'est pas en état de chevaucher… Attention, Eva, un garde !

— Ne vous souciez pas de lui, courez…

Une détonation retentit, et Eva sentit une balle frôler ses cheveux. Le garde chargé d'ouvrir les grilles se ruait vers eux, pointant son mousquet sur Charles.

Eva s'immobilisa une fraction de seconde, le temps de viser et de tirer. L'homme tournoya sur lui-même et s'écroula, du sang giclant de son flanc. Eva le délesta de son arme, puis soutint Perry pendant que Charles sautait en selle et, avec son aide, asseyait le blessé devant lui.

— À cheval ! ordonna-t-il à Eva.

— Je m'occupe d'eux. Partez d'ici, vite !

— À cheval, j'ai dit !

Une autre balle siffla aux oreilles d'Eva et se planta dans un arbre, arrachant des morceaux d'écorce. Une armée de gardes déferlait maintenant dans la cour de la prison. Il n'y avait plus une minute à perdre.

Rassemblant ses forces, Eva se hissa sur sa monture et, suivie de Charles, franchit les grilles au grand galop.

Ils ne disposaient que d'un instant avant que leurs adversaires se mettent en selle à leur tour et leur donnent la chasse.

Ils avaient atteint la frontière entre la vie et la mort.

31

Lucien et le capitaine Christian Lord, qui, à contrecœur, avaient conclu une trêve, rongeaient leur frein dans la dunette lorsqu'un appel les fit sursauter.

— Signal du *Magic* !

Le capitaine Lord bondit aussitôt sur ses pieds et posa sa tasse de café.

— Au rapport !

— Fusillade sur la rive, capitaine ! Le *Magic* signale deux cavaliers sortis de la prison. La duchesse et lord Charles. Des hommes les poursuivent ! Le *Magic* demande des instructions !

Le capitaine se tourna vers un aspirant subitement surgi à son côté.

— Répondez-lui de mettre le cap sur le point de rendez-vous et de retenir les poursuivants aussi longtemps que possible. Allez, dépêchez-vous !

Le jeune homme se précipita hors de la dunette pour répercuter les directives. Le capitaine ordonna de virer dos au vent, et le puissant navire se tourna vers le rivage afin de soutenir le brick.

Mais soudain, un autre cri retentit :

— Trois navires à tribord ! Deux frégates et un navire de ligne, tous battant pavillon français !

— Annulez l'ordre précédent ! hurla Lord. Branlebas de combat !

Gareth et Andrew, alertés par ces vociférations, accoururent sur le pont.

— Que se passe-t-il ? interrogea Gareth.

Lucien, blême, les mains nouées derrière le dos, contemplait la côte qui se découpait de plus en plus nettement. Mais l'*Arundel* abattait sous le vent, son imposante poupe virait déjà de bord.

— Le brick est en position près du rivage. Nos hommes ont signalé deux cavaliers qui s'enfuyaient de la prison, des gardes aux trousses. Nous devons aller les secourir.

— Certainement pas ! riposta sèchement le capitaine Lord, qui avait entendu les propos de Lucien. Le fort que je vous ai montré sur la carte sera le premier alerté. L'*Arundel* n'aura aucune chance contre les canons d'un fort, et ne parlons même pas du *Magic*.

— Vous dites que nous abandonnons les miens ? tonna Lucien.

— Je dis que, si on ne prend pas de la distance pour combattre ces vaisseaux, là-bas, on sera coincés entre un fort bien équipé et trois navires de guerre français. Si vous pensez que je vais mettre en péril l'*Arundel* et la vie de six cents hommes pour deux personnes, vous vous fourrez le doigt dans l'œil, Blackheath ! Et maintenant, tous les trois, vous descendez dans vos cabines !

— N'y comptez pas ! Nous irons à terre, Lord, ou je vous certifie que plus jamais vous n'aurez un navire à commander !

— Capitaine, l'ennemi arme ses canons !

Lord prit un télescope des mains d'un aspirant. Un instant après, une sourde détonation ricocha sur l'eau, tel un coup de tonnerre dans le lointain.

— Ils nous tirent dessus, capitaine !

— Chargez les batteries de tribord et préparez-vous !

— Et maintenant ? bredouilla Gareth.

— Rendez-vous en enfer ! répondit un lieutenant. Vous trois, je vous conseille de descendre – il va pleuvoir de la mitraille !

Mais les trois frères ne bougèrent pas, et on les oublia. Le puissant vaisseau s'apprêtait à livrer bataille. On réduisait les voiles, des matelots se précipitaient vers les canots arrimés au passavant, les canonniers chargeaient de poudre les bouches à feu.

Lucien observait les trois navires français qui, effectivement, arrivaient sur eux, cherchant à leur couper toute issue.

— Dieu nous vienne en aide, souffla Gareth.

À cet instant, le capitaine Lord baissa son épée.

— Feu !

Le pont se transforma alors en vision de l'enfer. Chaque coup de canon était assourdissant ; des nuages de fumée dissimulaient les officiers et matelots qui couraient en tous sens, braillant des ordres, rechargeant les batteries.

— Descendez ! hurla Lucien à ses frères.

— Quoi ?

— Je vous dis de descendre !

— Pas question ! protesta Gareth.

Une seconde après, le navire français de tête tira de nouveau. Une grêle de plomb s'abattit sur les vagues, non loin de l'*Arundel*.

Andrew observait la scène avec une attention passionnée.

— Ils sont à notre portée, déclara-t-il, songeur.

À présent, ils distinguaient clairement la côte et le fort. Lucien attrapa un télescope et le braqua vers la rive. Il eut un haut-le-corps. Le fort grouillait de silhouettes, minuscules à cette distance, qui s'apprêtaient à couler le vaisseau anglais.

— Ils vont nous tirer dessus !

Lord cria un ordre dans son porte-voix.

Trop tard. Les langues de feu s'élevèrent du fort, et une tempête d'acier, pareil à un essaim d'abeilles furibondes, abattit le perroquet d'avant comme s'il s'agissait d'une brindille. Les hommes crièrent tandis que le mât plongeait, entraînant voiles et cordages dans sa chute. L'*Arundel* en fut secoué de part en part. Lucien se rua vers le bastingage sous le vent et repéra les cavaliers qui galopaient sur la route de Calais, s'évertuant à maintenir la distance qui les séparait de leurs poursuivants – un combat perdu d'avance.

Il ferma brièvement les yeux, au désespoir. Et dire qu'il était là, piégé à bord d'un navire qui, obstinément, tournait le dos aux êtres qui lui étaient chers !

Les canons de l'*Arundel* grondèrent, mais lorsque la fumée se dissipa, il fut évident que le vaisseau était bien trop loin pour atteindre les hautes murailles du fort. Jamais ils ne réussiraient à l'endommager.

— On va se faire écraser, dit Gareth.

— Descends, ordonna Lucien d'un ton rude.

— Si seulement on avait la même portée de tir que le fort...

— Va dans ta cabine, bon sang !

À cet instant, Andrew, les poings sur les hanches, les yeux brillants d'excitation, annonça :

— J'ai une idée.

— Et alors ? La belle affaire !

Mais Andrew s'engouffrait déjà par l'écoutille qui menait aux cabines. Le capitaine, la mine revêche, marcha droit sur Lucien et Gareth.

— Je vous ordonne de suivre votre frère. Des civils n'ont rien à faire sur le pont d'un vaisseau de guerre !

Lucien ne bougea pas d'un millimètre.

— Nous nous éloignons de la rive.

— Oui, pour diminuer les risques de nous retrouver tous au fond de l'eau.

Les deux hommes étaient face à face, se défiant du regard.

— Je ne laisserai pas ceux que j'aime périr entre les mains des Français. Vous allez me confier le commandement d'un de vos bateaux.

Lord, le visage déformé par la colère, ouvrait la bouche pour répondre quand les canons du fort firent feu de nouveau. Un déluge d'étincelles, de mitraille, tomba tout autour du capitaine et des Montforte.

— Je m'occuperai de vous dès que nous serons en sûreté ! menaça Lord.

— Certainement pas ! répliqua sauvagement Lucien.

Andrew les rejoignit alors au pas de course, portant un coffre en plomb.

— Capitaine ! hurla-t-il, tentant de couvrir l'infernal vacarme. Je suis un inventeur, et ceci est un explosif que j'ai mis au point ! C'est beaucoup plus redoutable que la poudre… Si on en charge le canon, nous aurons assez de puissance pour toucher le fort, mais aussi ces navires qui nous arrivent dessus ! Cela laissera le temps à Lucien d'atteindre la rive afin de secourir Charles et Eva !

— Qu'est-ce que vous me racontez ?

Lucien, Gareth sur ses talons, se ruait déjà vers un canot.

— Je vous en prie, il faut essayer ! insista Andrew en agrippant le bras du capitaine.

Lord fit signe à un lieutenant.

— Teach, rassemblez une demi-douzaine de matelots, qu'ils accompagnent le duc ! Il aura besoin d'aide.

— À vos ordres, capitaine !

— Mais mon explosif…

— Le fort se prépare à faire feu, capitaine ! brailla la vigie.

Ce fut une salve meurtrière qui manqua crever la coque de l'*Arundel*. Andrew vit l'un des canons du vaisseau jaillir de son sabord, tourner comme une toupie. Le grand navire français tirait à son tour, pendant que Lucien, Gareth et les matelots se préparaient à prendre la mer dans le canot.

— Capitaine, je vous supplie d'essayer mon explosif !

Lord s'arrêta, pivota et fixa sur Andrew un regard impassible.

— Très bien. Si vous parvenez à gagner un peu de temps pour le duc, j'accepte de manger mon bicorne !

Le canot se posa sur l'eau, la voile fut hissée. Lucien et ses compagnons étaient, dans l'immédiat, protégés contre les canons des navires français par l'*Arundel* lui-même.

Lucien observait au télescope les deux chevaux qui filaient à travers la campagne.

— On n'y arrivera pas. On a trop de retard.

— Ce n'est pas encore fini, dit Gareth en chargeant son pistolet. Bon Dieu, je me félicite de ne pas être dans la marine. Je crois que je supporterais mal ce genre de situation.

Lucien ne répondit pas. Il distinguait Charles qui tenait Perry contre lui et talonnait son cheval fourbu. Juste derrière lui venait Eva, ses cheveux flottant au vent comme une bannière flamboyante. Leurs poursuivants gagnaient du terrain, pointaient sur eux leurs mousquets. Lucien entendit les détonations, malgré le fracas des vagues.

Charles les avait aperçus. Il tira sur les rênes de sa monture, qui quitta la route et dévala à toute vitesse la pente boueuse menant au rivage.

Lucien crispa les poings. Jamais il ne s'était senti aussi impuissant.

— Cap sur la plage, commanda-t-il au matelot à la barre.

Dieu merci, le vent leur était favorable et les poussait rapidement vers le sable. Dieu merci, Gareth était avec lui. Dieu merci, Eva et Charles étaient ensemble. Dieu merci…

À cet instant, les canons de l'*Arundel* tonnèrent et le monde parut voler en éclats.

Ce fut si étrange que deux matelots se recroquevillèrent au fond du canot et que celui qui tenait le gouvernail le lâcha. L'embarcation gîta dangereusement, secouée par le souffle de l'explosion.

— Bon sang de bonsoir ! Qu'est-ce que c'était ? s'exclama l'un des hommes, les yeux écarquillés de frayeur.

Lucien esquissa un sourire, le premier depuis des heures.

— L'invention de mon frère Andrew.

— Ils sont là ! cria Charles en resserrant son bras sur la poitrine de Perry. Vite, il n'y a plus un instant à perdre !

Eva était à un mètre derrière lui. Les gardes de la prison accéléraient l'allure.

Les balles sifflaient autour d'eux.

Ils n'y arriveraient pas.

Eva avait également vu le canot qui venait à leur rencontre, les canons de l'*Arundel* pointés vers le rivage. Trop loin. Le vaisseau britannique était certes redoutable, mais il ne les sauverait pas. Charles, Perry et elle ne pouvaient compter que sur eux-mêmes.

— Nous aurons malgré tout bien travaillé ! dit-elle, alors que les deux chevaux galopaient à présent sur le sable.

— En tout cas, on aura essayé ! renchérit Charles.

— Si nous sommes pris, je suis sûre que Franklin négociera notre libération.

On continuait à leur tirer dessus. Charles grimaça lorsqu'une balle déchira le haut de sa manche, laissant sur son bras une traînée sanglante.

— Si nous sommes pris ? répéta-t-il, tandis que les Français, à leur tour, dévalaient la pente. Entre nous, si nous survivons, nous pourrons nous estimer chanceux.

— Regardez ! Lucien et Gareth sont dans le canot !

Le canot avait presque atteint la rive ; les matelots étaient déjà debout et épaulaient leurs mousquets. Six marins pour tenir tête à une garnison ? Seigneur Dieu, ils allaient se retrouver transformés en chair à pâté !

Mais, à ce moment, la proue de l'*Arundel* cracha deux panaches de fumée, puis un rugissement terrible courut sur les vagues, comme si l'enfer vomissait tous ses démons. Le cheval d'Eva fit un écart et celui de Charles se cabra, envoyant valser son cavalier et Perry sur la plage, avant de s'éloigner à toute allure. Charles se redressa aussitôt et chargea Perry sur ses épaules ; Eva sauta à terre et s'élança à toutes jambes, bandant ses muscles pour rejoindre le canot avant que les gardes ne leur tombent dessus.

— Qu'est-ce que c'était ? s'écria-t-elle.

— Je ne sais pas… Jamais entendu une explosion pareille de toute ma carrière !

Elle jeta un coup d'œil par-dessus son épaule, vers le talus.

— Oh… Charles, regardez !

Il s'exécuta… et crut assister à un miracle.

La moitié des gardes étaient morts ; les autres tourniquaient, affolés, montrant du doigt l'*Arundel*.

— L'explosif d'Andrew… c'est forcément ça ! dit Charles. Vite, ils ne tarderont pas à reprendre leurs esprits !

En effet, les mousquets recommençaient à tirer. Les matelots, à bord du canot, ripostaient pour essayer d'empêcher les gardes d'avancer. Lucien et Gareth couraient vers la plage.

Rien n'était gagné, comprit Lucien. Se campant devant les fugitifs pour les couvrir, il arma son propre pistolet et visa les Français qui accouraient.

— Montez dans le canot ! vociféra-t-il.

Charles obéit, mais Eva pivota pour tirer sur leurs poursuivants. Lucien tendit la main vers elle…

Il eut l'impression que son flanc prenait feu. Il pressa la paume sur sa blessure, sentit du sang chaud couler entre ses doigts.

C'était trop tard. À travers une sorte de brouillard grisâtre, il distingua le vis,age horrifié de Charles, entendit le « non ! » que criait Gareth. Il vit Eva – sa bien-aimée, son adorée – se précipiter pour le soutenir.

Charles et Gareth le hissèrent à bord du canot, tandis que la fusillade faisait rage.

Quand les bras d'Eva se refermèrent sur lui, Lucien sombra dans les ténèbres.

32

Il entendait des voix, lointaines. Des cris de douleur. Le grondement du canon. Il avait l'impression d'être dans les bras de sa mère, tendrement bercé.

— Il revient à lui.

Péniblement, Lucien ouvrit les yeux. Il demeura un moment immobile, essayant de comprendre où il était, de se rappeler ce qui s'était passé.

Il était étendu sur une surface dure. Il avait encore cette sensation de doux balancement, et quand il tourna le regard vers les poutres sombres au-dessus de lui, il vit une lanterne qui oscillait.

Un navire… C'était la mer qui le berçait.

— Lucien ?

Il esquissa un pauvre sourire.

— Eva…

— Tu nous as fait une peur terrible, dit-elle en lui caressant les cheveux.

— Tu vas bien ?

— Mais oui.

— Et les autres ?

— Les autres sont ici, déclara Charles, entrant dans le champ de vision de son frère – il avait le bras bandé, mais était indemne.

— Content de te retrouver, Lucien, murmura Gareth en s'approchant à son tour.

— Où est Andrew ?

— Ici.

— Votre frère nous a sauvés avec son explosif, déclara le capitaine Lord, le visage toujours aussi sévère. Je n'ose imaginer ce qui se serait passé sans lui.

— Si tu avais vu les trois navires français virer de bord à toute vitesse… Quel spectacle ! s'exclama Andrew, radieux.

Le capitaine Lord eut un petit sourire, puis reporta son attention sur Lucien.

— Vous avez une balle logée sous les côtes, annonça-t-il gravement. Le chirurgien s'occupe actuellement des autres blessés, mais il sera là dans un instant.

Ah, voilà qui expliquait tout. Ils étaient dans le faux-pont du navire. Les gémissements, l'odeur du sang et de la mort n'étaient pas le fruit d'un cauchemar.

— Comment va lord Brookhampton ?

— Il se repose. Il a une méchante blessure à la tête, mais il recouvre peu à peu sa lucidité et est impatient de regagner l'Angleterre.

— Il a hâte de retrouver Nerissa, renchérit Gareth.

Lucien sourit. Eva, Charles, Gareth, Andrew, et même Perry… tous étaient sains et saufs. L'univers était en ordre.

Il chercha le regard gris du capitaine.

— Vous ne me gardez pas rancune, j'espère ?

— Pas du tout, répondit Lord d'un ton amusé. Mais si on me demande encore une fois de prendre un duc à mon bord, je démissionne.

Lucien se mit à rire, cependant la douleur était trop violente. Il referma les yeux et essaya de se détendre. Le capitaine s'éloigna pour réconforter ses hommes.

Les siens étaient là, autour de lui. Il percevait leur tendresse, leur inquiétude. Jamais il ne remercierait assez le Ciel de cette bénédiction. Mais c'était surtout la présence d'Eva qui l'emplissait de bonheur. Eva, immobile à son côté, qui lui caressait les cheveux, son autre main posée, légère, sur son épaule. Eva, dont la bravoure et la détermination l'avaient conquis.

Eva, sa duchesse.

Son amour.

— Le chirurgien arrive, dit-elle.

Il n'eut pas la force de réagir. Il souffrait trop.

On déchira sa chemise en lambeaux. Des doigts compétents le palpèrent, explorèrent sa cage thoracique. Lucien retint son souffle, en proie au vertige.

— Donnez-lui du cognac, déclara une voix bourrue. Une dose généreuse.

Lucien se força à rouvrir les yeux.

— J'ai besoin de ma femme, pas de cognac.

— Et moi, je veux que vous restiez absolument immobile quand je trancherai dans le lard. Le moindre mouvement risque de vous coûter un poumon, peut-être même la vie.

— Je ne remuerai pas.

— Il ne remuera pas, répétèrent les frères Montforte, qui connaissaient leur aîné par cœur.

Le chirurgien, fronçant les sourcils, nettoya son scalpel. Gareth, Andrew et Charles se rapprochèrent. Eva se tenait toujours à côté de son mari, une main sur son épaule, son beau visage penché vers lui. Lucien aurait aimé l'embrasser, mais il avait promis de ne pas bouger. Il se contenta de plonger son regard dans les magnifiques yeux émeraude, ternis par une angoisse qu'elle ne pouvait dissimuler. Il contempla ses lèvres, remarqua qu'elle se les mordillait en observant le chirurgien qui s'apprêtait à inciser.

Quand le scalpel lui mordit la peau, il eut l'impression que son souffle se bloquait dans sa gorge.

— Monsieur le duc, il ne faut pas bouger.

— Je ne bouge pas, je ne respire même plus, marmotta Lucien.

De grosses gouttes de sueur dégoulinaient sur ses tempes. Il comprit soudain qu'il ne réussirait pas à tenir parole.

Le chirurgien recula, secoua la tête.

— Non, je m'arrête. Le risque est trop grand.

Le silence s'abattit sur le groupe. Tous se regardaient, en quête d'une solution. Lucien essaya d'inspirer et grimaça. La zone où la balle l'avait touché était atrocement douloureuse.

Il y avait forcément une solution…

La main d'Eva lui caressait toujours les cheveux, la joue.

Sans un mot, il la saisit, assez fort pour la faire tressaillir. Elle le regarda, tentant de deviner ce qu'il attendait d'elle. Il plaça sa main contre son cou, appuya doucement, fermement.

Elle lui sourit.

Elle comprenait.

— Docteur ? dit-elle au chirurgien, qui commençait à s'éloigner. Il ne vous dérangera pas. Accordez-lui juste un petit moment.

— Bon… d'accord.

— Vous tous, laissez-nous un instant, murmura Eva, s'adressant aux frères Montforte.

Ils hésitèrent, réticents, puis s'écartèrent de la table d'opération.

— J'ai épousé une femme remarquablement intelligente, balbutia Lucien en posant sa main sur les doigts experts d'Eva qui cherchaient l'endroit exact où appuyer. Je t'aime, Eva. Je t'ai aimée dès le jour où tu m'as… endormi pour la première fois.

— Veux-tu que je te dise, mon cher Blackheath ?

— Quoi donc, ma douce ?

— Je t'aime aussi.

Les yeux verts d'Eva brillaient d'une telle lumière que son âme semblait s'y refléter. Une âme désormais confiante, pleine d'espoir, délivrée de tout cynisme.

— Je t'aime, Lucien, plus que tout au monde.

Il appuya sa joue contre la paume de son épouse.

— Tu es prêt, mon amour ?

— Oui, ma chérie. Fais-moi ce tour de magie dont tu as le secret, et ne le rate pas. J'ai dit que je ne bougerais pas.

— Ne t'inquiète pas, tu ne bougeras pas.

Il s'emplit le cœur de son image, de sa beauté. Les doigts sur son cou, elle l'emmena lentement vers une contrée où n'existaient plus ni douleur ni conscience. Dans un instant, le chirurgien taillerait dans sa chair, en extrairait la balle, et il ne bougerait pas un cil.

Les ténèbres l'engloutirent sans qu'il tente de les combattre. Avec un soupir vaincu, il s'abandonna, inerte sous la main de sa duchesse.

Eva releva la tête.

— Monsieur le duc est prêt, annonça-t-elle.

Le scalpel s'introduisit sous les côtes de Lucien. Fidèle à sa parole, il ne bougea pas.

Tard dans la soirée, l'*Arundel* escorté du *Magic* jeta l'ancre à proximité du Spithead. Le soleil se couchait, dessinant un chemin orangé jusqu'en Amérique, semblait-il.

Eva et Lucien, enlacés, se tenaient sur le pont.

— Un sou pour tes pensées, dit-il, remarquant son air soucieux.

— Je songeais simplement à l'Amérique... Dans le fond, nous souhaitions la même chose pour ce pays, mais nous étions trop butés pour nous en rendre compte.

— Tu fais allusion à la paix ?

— Oui. De mon côté, j'espérais que l'intervention de la France mettrait rapidement fin au conflit. Toi, tu voulais obtenir la paix par la diplomatie. Tu pensais que, à force de négociations, ma patrie obtiendrait une réponse favorable à ses exigences de liberté. Je regrette de n'avoir pas compris que nous avions le même objectif, mais que nous empruntions des routes différentes.

— Si tu en avais la possibilité, Eva, tu retournerais là-bas ?

Il pensait à cette épouvantable nuit où elle avait appris la vérité sur son testament, sa volonté de la garder captive en Angleterre pour le salut de son héritier.

Elle lui sourit.

— Non. Aujourd'hui, mon pays, c'est ici. Près de toi et de ma nouvelle famille.

— Je t'aime.

Il l'attira contre lui et l'embrassa. Tant pis si on les observait, il n'en avait cure.

— Je suis l'homme le plus heureux du monde.

— Moi aussi, je t'aime, Lucien. Si seulement j'avais eu le courage de te l'avouer avant…

— Nous avons toute la vie pour réparer nos erreurs.

— Tu crois ?

Un sourire joua sur les lèvres de Lucien, métamorphosant son visage, lui donnant un air de petit garçon, optimiste et charmant.

— Je n'ai pas fait de cauchemars depuis des semaines. C'est fini, j'en ai la certitude.

— Ah… répliqua-t-elle, malicieuse. Cela prouve que j'avais raison.

— Vraiment ?

— J'étais persuadée que ce rêve affreux n'était qu'une sorte de métaphore. Réfléchis, Lucien. Chaque fois, on te plantait une épée dans le cœur, tu étais dominé par une force que tu ne contrôlais pas. Tu comprends maintenant ce que représentait cette épée ?

— L'amour, murmura-t-il, effleurant du bout des doigts les lèvres d'Eva. Et la mort que j'entrevoyais n'était autre que la fin de mon célibat. De mon besoin obsessionnel de tout maîtriser.

— La fin d'une chose implique le début d'une autre.

— Absolument. Veux-tu que je t'annonce une nouvelle ?

Elle haussa un sourcil interrogateur.

— J'ai discuté avec Perry, tout à l'heure. Il en a assez de l'aventure, et il a l'intention de demander Nerissa en mariage dès notre arrivée.

— Eh bien, ta dernière machination aura porté ses fruits, n'est-ce pas ?

— Oui… ma dernière machination. Et maintenant, ma chère duchesse, je suggère que nous nous consacrions à engendrer nos propres fruits…

Un triste sourire voila les yeux d'Eva.

— Tu n'ignores pas ce qu'ont dit les docteurs… Je n'aurai plus d'enfants.

— Au diable les médecins, rétorqua-t-il en lui offrant son bras. Je ne me suis jamais fié aux sinistres prédictions de ces gens-là.

Un moment après, ils se prouvaient leur amour, de tout leur corps et de toute leur âme.

Neuf mois plus tard, le sixième duc de Blackheath naissait paisiblement à Blackheath Castle, dans le grand lit de chêne où tous les ducs et duchesses avaient dormi avant lui et où il s'étendrait un jour auprès de sa bien-aimée.

Alors que la jeune mère et son mari, ivre de fierté, couvaient des yeux leur bébé, Eva fut submergée par un tel amour, une joie si pure qu'elle faillit fondre en larmes.

Lucien lui souriait.

Elle lui rendit son sourire.

Alors qu'il prenait leur fils, leur petit miracle, et l'emmenait près de la fenêtre pour lui montrer les collines éternelles moutonnant jusqu'à l'horizon, elle songea que certaines choses ne changeraient jamais. Il y aurait toujours vingt-quatre heures dans une journée. Jusqu'à la fin des temps, le soleil se lèverait à l'est et se coucherait à l'ouest.

Et le destin, apparemment, exaucerait toujours les vœux du cinquième duc de Blackheath.

Découvrez les prochaines nouveautés de nos différentes collections J'ai lu pour elle

AVENTURES & PASSIONS

Le 6 janvier 2010 :
Désir rebelle ☙ **Julie Garwood (n°3286)**

Caroline Richmond a grandi en Amérique. De retour en Angleterre, elle sauve un jeune homme d'une attaque en tirant sur ses deux agresseurs. Elle se persuade alors qu'à l'image de ce dandy, les gentlemen anglais manquent de courage. Jusqu'à ce que le duc de Bradford fasse son apparition… Impressionné par le fort tempérament et la beauté de Caroline, celui-ci est dès lors déterminé à faire de la jeune femme sa maîtresse. Caroline, quant à elle, tombe sous le charme du duc, mais loin de se contenter d'une aventure, elle souhaite conquérir son cœur…

Les Carsington —4. Apprends-moi à aimer ☙ **Loretta Chase (n°9123)**

Darius Carsington, cinquième fils du comte de Hargate, ressemble plus à une force de la nature qu'à l'érudit qu'il est. Mais, aux yeux de son père, la philosophie et la biologie sont une perte de temps. Il lui confie donc une tache d'importance afin qu'il lui prouve sa valeur : remettre sur pied un domaine laissé à l'abandon depuis des années. Darius relève le défi avec enthousiasme et, à Beechwood, il fait la connaissance de lady Charlotte Hayward. Tout de suite, le séducteur impénitent tombe sous le charme. Hélas, aucune aventure n'est possible : à vingt-sept ans, la jeune femme, bien que riche et belle à ravir, n'est toujours pas mariée. Pourquoi ? Cette énigme obsède Darius, et Charlotte semble décidée à défendre son secret…

Secrets dévoilés —3. Jeux de l'amour, jeux du destin ☙ **Liz Carlyle (n°9124)**

Au cours d'une partie de cartes enfiévrée, le comte de Valigny n'a pas hésité à miser la main de sa fille illégitime, Camille. Étrangement, cette exquise jeune femme a ému le cynique Kieran Rothewell. Et cette beauté lui appartient désormais puisqu'il a gagné. Mais qu'en fera-t-il, lui le loup solitaire blasé par une vie d'excès ? D'emblée, Camille lui propose un marché : il l'épouse et lui fait un enfant. Ensuite, elle le dédommagera grâce à sa dot et il pourra mener la vie qu'il désire, loin d'elle. Pour sceller ce pacte, elle est prête à se donner à lui dès le premier soir. Kieran est séduit. L'audace de la demoiselle n'est pas pour lui déplaire. Et il n'est pas question de sentiments dans cet arrangement pragmatique. À moins que…

Nouveau ! 2 rendez-vous mensuels aux alentours du 1er et du 15 de chaque mois.

Le 20 janvier 2010 :

Frissons interdits **Lisa Kleypas (n°6085)**

Holly n'en peut plus : le bourdonnement des conversations oiseuses, l'écla aveuglant des lustres, l'odeur entêtante des somptueux bouquets de fleurs, tou cela lui est insupportable. Accepter cette invitation était une erreur...
Depuis la mort de son mari, lady Taylor a vécu en recluse. Ce bal chez le Bellemont – sa première sortie depuis trois ans – met cruellement en évidenc sa solitude.
De la pénombre du petit salon où elle s'est réfugiée émerge tout à coup un haute silhouette masculine. « Vous avez mis bien du temps pour venir milady », chuchote une voix profonde et ensorcelante…

L'étrange docteur Cole **Eve Silver (n°9137)**

Darcie Finch a tout juste vingt ans quand elle pousse la porte d'un bordel don la tenancière n'est autre que sa sœur Abigail. Ce n'est pas son talent de dessinatrice qui la fera vivre : elle est prête à se prostituer elle aussi, pour avoi de quoi manger. Mais sa sœur la renvoie aussi sec : « Va voir le Dr Cole de ma part, seulement méfie-toi de lui ! » Il est en effet inquiétant, ce médecin aux yeux gris qui accepte d'engager Darcie comme bonne à tout faire. Quelles son ces recherches qu'il mène, dans le secret de son laboratoire ? Et quel rappor avec les meurtres commis dans les bas-fonds de Londres ? Malgré sa peur Darcie se sent de plus en plus fascinée par cet homme qui est peut-être un fou... peut-être un génie... ou peut-être un assassin.

Si vous aimez Aventures & Passions,
laissez-vous tenter par :

Passion intense

Quand l'amour vous plonge dans un monde de sensualité

Le 17 février 2010 :

Les SBC fighters 2. Corps à corps ☙ **Lori Foster (n° 9138)**

Simon Evans est revenu à Harmony, charmante petite ville, pour s'entrainer à la lutte. Un jour, débarque dans sa salle de gym la délicieuse Dakota Dream. Elle lui apporte des nouvelles du père qu'il n'a jamais connu et qui désormais le réclame. Simon refuse obstinément mais reste intrigué par la jeune femme. Celle-ci est en fait secrètement victime d'un chantage exercé par le père de Simon. Une passion naît entre eux, mais Dakota ne livre pas son secret. Quand Simon découvrira la vraie nature de la relation qui unit son père à Dakota, comment réagira-t-il ?

Recherche un homme, un vrai ☙ **Collectif (n° 9163)**

Recueil de nouvelles par des écrivains-phares de la fiction érotique.
Carrie Alexander : une jeune femme sexy et impudente, au volant d'une décapotable, croise le regard d'un ouvrier du bâtiment ; ils se livrent à un délicieux après-midi de plaisirs…
Pamela Britton : un séduisant pompier avive plus de flammes qu'il n'éteint de feux…
Susan Donovan : une chaude rencontre avec un irrésistible docteur…

Nouveau ! 2 livres tous les 2 mois
aux alentours du 15 de chaque mois.

Et toujours la reine du roman sentimental :

Barbara Cartland

Le 6 janvier 2010 :
Passions victorieuses (n° 2757)
Rendez-vous à Calcutta (n° 4603)

Nouveau ! 2 rendez-vous mensuels
aux alentours du 1er et du 15 de chaque mois.

9110

Composition
CHESTEROC LTD

Achevé d'imprimer en Italie
par GRAFICA VENETA
le 20 novembre 2009.

Dépôt légal novembre 2009.
EAN 9782290010365

ÉDITIONS J'AI LU
87, quai Panhard-et-Levassor, 75013 Paris

Diffusion France et étranger : Flammarion